读客科幻文库

跟着读客读科幻，经典科幻全看遍。

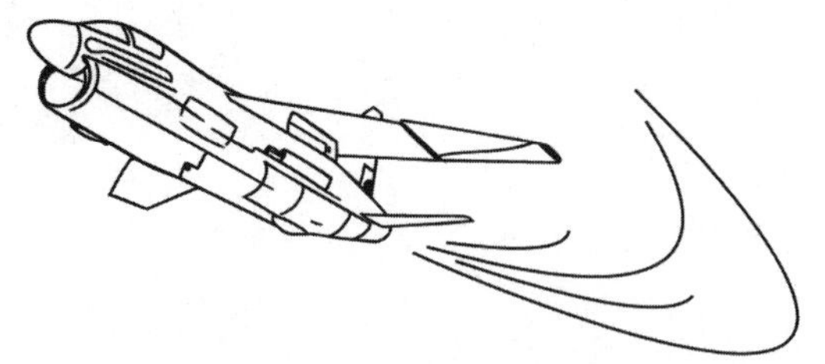

THE STARS, LIKE DUST

银河帝国

⑬ 繁星若尘

[美]艾萨克·阿西莫夫 著

叶李华 译

江苏凤凰文艺出版社

JIANGSU PHOENIX LITERATURE AND ART PUBLISHING, LTD

目 录

第一章
呢喃的寝室

寝室中传出轻声的呢喃，音量几乎在听力极限之下。那是一种不规律的声响，声音虽小但相当明确，而且相当有威胁性。

不过，并非这个声音吵醒拜伦·法瑞尔，将他从沉重、不宁的睡梦中拉回现实世界。此时，他正在不停地辗转反侧，想摆脱小桌上发出的一阵阵“嘟嘟”声，而他的努力却徒劳无功。

他一直没张开眼睛，只是笨手笨脚按下了开关。

“喂——”他咕哝了一声。

收话器中立刻有声音传出，听来既刺耳又响亮，拜伦却懒得将音量调低。

那声音说：“请找拜伦·法瑞尔好吗？”

拜伦终于张开眼睛，面对着周遭浓重的黑暗。他感到口干舌燥，并察觉室内有一丝徘徊不去的气味。

他答道：“我就是，请问哪位？”

那声音不理会他的回答，径自说下去，听得出越来越紧张，而且音量不算小：“有人在吗？我想找拜伦·法瑞尔。”

拜伦用一只手肘撑起身子，看准影像电话的位置，猛力拍了一下影像控制键，小小的荧幕便亮起来。

他说：“我就在这里。”荧幕上出现一张刮得干净、左右有点不对称的脸孔，他认出那是桑得·钟狄，“早上再打来吧，钟狄。”

他正准备关掉通话装置，钟狄又说：“喂，喂，有人在吗？这是不是大学楼，五二六室？喂。”

拜伦突然发现讯号输出电路的小指示灯没亮。他暗自咒骂一句，赶紧按下开关，指示灯却没有任何变化。这时钟狄终于放弃，荧幕变得空无一物，只剩下一块正方形的空洞光芒。

拜伦关上荧幕，然后趴下来，拱起双肩，试图再将脑袋埋进枕头里。他生气了，首先，谁也无权三更半夜对他大吼大叫。他瞥了一眼床头板上微亮的数字，现在是三点十五分。将近四小时后，室内的光线才会重新亮起。

此外，他不喜欢在完全黑暗的房间醒来。就算在地球上待了四年，他仍无法适应这里的传统建筑——全部采用钢筋混凝土，低矮、厚实、没有任何窗户。这是一种上千年的传统，可回溯到力场防护罩尚未发明、原始核弹依然无坚不摧的日子。

不过那已经是过去时。核战曾对地球造成莫大的危害，使大部分地区充满无法清除的放射性，变得毫无利用价值。如今情况坏到不能再坏，但建筑物依旧反映出古老的恐惧。因此当拜伦醒来时，四周是一片绝对的黑暗。

拜伦再度用手肘撑起身子。好像有什么不对劲，于是他顿了一下。他察觉的并非寝室中带有致命威胁的呢喃，而是某种或许更不容易引起注意，而且显然安全无数倍的东西。

他发现空气不再缓缓流动。平时空气总会不断更新，那简直是理所当然的事。他试着轻松地吞咽口水，结果做不到。即使情况已经明确了，室内的气氛仍有种压迫感。通风系统早已停止运作，现在他真不高兴了，他甚至不能用影像电话报告这件事。

为了确定起见，他又试了一次。乳白色的方形光芒再次闪现，在床上映出一团朦胧的珍珠色光辉。它仍能接收，却已无法发送讯号。好吧，没关系，反正天亮前，根本不可能找人来修理。

他打了个呵欠，开始摸索他的拖鞋，又用掌根揉了揉眼睛。通风设备失灵，啊？这就能解释那种怪味道。他皱起眉头，使劲嗅了两三下。没有用，还是那种熟悉的味道，可是他无法找到来源。

他起身向浴室走去，自然而然伸手摸向电灯开关，虽然他只是要倒杯水，不一定真需要灯光。开关按下后，室内却黑暗依旧，他又气呼呼地试了几次。每样东西都坏了吗？他耸了耸肩，在黑暗中将水一饮而尽，立刻感觉舒服许多。走回寝室的时候，他又打了个呵欠，然后他试了试寝室的总开关，发现所有的电灯都不亮了。

拜伦坐在床沿，将一双大手放在肌肉结实的大腿上，开始思索这一切。通常，这种事值得跟管理人员好好理论一番。没人期望在大学宿舍受到酒店般的待遇，可是，太空啊，学生至少能要求一些最基本的效率。不过，现在这点也不怎么重要，毕业典礼在即，他的学业已经结束。三天后，他就要对这间宿舍说最后一声再见，同时，也要向地球大学与地球告别。

话说回来，他也许还是该报告一声，照实报告即可；他可以出去使用大楼的电话。他们可能会送来一盏自备电源的电灯，甚至可能临时装设一台电扇，让他可以安稳睡上一觉，不至于因心理作用产生窒息感。假如没人理睬，让他们都飘到太空去！反正只剩两个晚上了。

借着失灵的影像电话发出的光芒，他找到一条短裤，又套上一件短上衣。他认为这样穿就够了，并没有换掉拖鞋。这栋混凝土建筑有着厚实、几乎隔音的隔间，即使他穿上钉鞋在走廊用力踏步，也不会惊醒任何人，他并不觉得有换鞋子的必要。

他向门口大步走去，拉下了门杆，这个动作倒很顺利。他马上听到“咔嗒”一声，代表门锁已被开启。但实际上却不然，虽然他使尽力气，连二头肌都鼓了起来，大门仍旧丝毫不动。

他后退了几步。真是活见鬼，难道整栋大楼都停电了？不可能吧，电子钟仍在走，影像电话也还能正常收讯。

慢着！有可能是那些家伙——那些该下地狱的东西。这种事不时发生，当然是一种幼稚的行为，但他自己也参加过这种愚蠢的恶作剧。比方说，他的兄弟之一若要在白天溜进来，将这一切布置妥当，应该不是什么难事。可是不对啊，当他准备就寝时，通风系统与电灯都还正常。

好吧，那就是晚上溜进来的。这栋大楼是一座古老、过时的建筑，要使电灯与通风系统的电路失灵，不一定需要机械天才方能做到，而将大门堵死同样不难。现在他们一定都在等待天明，看看冤大头拜伦发现出不了门时，究竟会有什么好戏。他们也许到中午才会放他出来，再好好嘲笑他一番。

“哈，哈。”拜伦绷着脸，默默自言自语。若是这样，那就没什么关系。不过他总得做点什么，好将局势多少扭转些。

他转过身来，脚趾踢到一样东西，它在地板上滑开，发出金属般的声音。借着影像电话昏暗的光芒，他勉强能看见那东西的掠影。于是他将手伸进床下，一面拍着地板，一面大幅度左右摸索。摸到后，他将那东西凑到荧幕光芒附近。（他们还不够聪明，应该让影像电话完全停摆，而非仅仅拉断送讯电路。）

他发现手上抓的是个小圆柱体，半球形的顶端有个小孔。他将小孔凑近鼻端，仔细闻了一下，至少室内的怪味真相大白了，那是催眠瓦斯的气味。当然，那些家伙在破坏电路时，得借着它令他自己昏睡不醒。

现在，拜伦已能将经过一步步描绘出来。用铁棍撬开大门是件简单的事，而且是整个过程中唯一危险的步骤，因为他可能在那时惊醒。也许为了这场恶作剧，他们白天就对大门动过手脚，因此门看起来好像关上了，实际上根本没有，而他昨晚也未曾检查。总之，一旦打开门，他们就能丢进一罐催眠瓦斯，再将大门关上。罐中的麻醉剂会慢慢渗出，只要达到万分之一的浓度，就能让他昏迷不醒。这时他们可再进来，当然是蒙着口鼻。太空啊！一块湿手帕就能阻挡催眠瓦斯十五分钟之久，这点时间绰绰有余了。

这也解释了通风系统为何故障。为预防催眠瓦斯弥散太快，他们必须让空气循环中止。事实上，这件事得优先处理。影像电话失灵使他无法求救；大门堵住使他无法逃走；切断电灯则有助于引起恐慌。好家伙！

拜伦哼了一声。对这种事不能太敏感，否则根本交不到朋友。玩笑总归是玩笑，没什么大不了的。现在，他很想把门打坏，让这个恶作剧半途夭折。想到这里，他上半身结实的肌肉开始绷紧。可是蛮力绝对无济于事，这种门是为了防御核弹攻击设计的。该死的传统！

但总该有办法出去，他不能让他们逍遥法外。首先，他需要一个光源，一个真正的光源，不是影像电话那种既不理想又无法移动的光芒。这不成问题，衣柜里面有个自备电源的手电筒。

当他摸到柜门控制钮的时候，一时之间，他甚至怀疑衣柜是否也被堵死了。不过柜门轻易就打开来，平稳地滑进壁槽。拜伦对自己点了点头，这是理所当然的事。他们没有特殊理由堵死衣柜，而且根本没那么多时间。

他抓起手电筒，正准备转身，他的整个理论却在瞬间完全垮台。他吓得全身僵硬，腹部因紧张而肌肉突起，然后他屏住气息，开始用心倾听。

这是他醒来后首次听到寝室里的“呢喃”。那是一阵微弱且断断续续的“笑谈”，他立刻认出这声音代表了什么。

他不可能听不出来，那正是“地球死亡之音”，是一千年前所发明的一种声音。

说得明白些，那是放射计数器发出的声音。每当一个带电粒子或硬伽马波射入计数器，就会令它产生一次响应，电子的大量跃动便汇聚成低声的呢喃。它是计数器发出的声音，为它唯一能倒数的事——死亡——倒数!

拜伦缓缓地，蹑手蹑脚地向后退。退了六英尺后，他才让白色光束射进衣柜深处。计数器果然在那里，在远处一个角落，但它无法提供更多的讯息。

他还是大一新鲜人的时候，那个计数器就躺在那里了。大多数从“外世界”来的新鲜人，在他们来到地球的第一周，便会买一个这样的计数器。因为刚刚抵达地球时，他们都对地球的放射性非常敏感，感到需要采取一些保护措施。通常在第二年，他们就会将计数器卖给新生，但拜伦一直没那样做。如今，他万分感谢自己的决定。

他转身走向书桌，睡觉的时候，他都将腕表摆在那里，而它仍在原处。当他拿起腕表，凑近手电筒光束之际，他的手已在微微发抖。这种表的表带以柔韧的塑料编成，呈现近乎液状的洁白，而它现在颜色未曾改变。拜伦将它拿远一点，试着从不同角度观察，结果发现它纯白如昔。

这种表带也是新生必购之物。硬辐射会使它变成蓝色，而蓝色在地球上代表死亡。假如你迷了路，甚至只是不小心，大白天都很容易走到一块放射性土壤上。城外数英里就开始有这种区域，政府尽可能将那些地带隔离起来。当然没人会故意走向那种死域，不过表带总是一种保险设备。

假使表带变成淡蓝色，你就得上医院接受治疗，绝没有讨价还价的余地。表带的原料对放射性敏感的程度与你一样，而利用适当的光电装置，便能测量蓝色的强度，借此即可迅速确定伤害的严重程度。

紫蓝色则代表完蛋了。正如同这种颜色变不回来，你同样已经回天乏术，不会再有任何疗法、任何机会、任何希望。你所能做的，就是随便找个地方等上一天到一周；而医院能做的，就只有准备将你火化了。

但至少他的表带还是白的，拜伦心中的鼓噪总算平静了些。

所以说，现在还没有多少放射性。这会不会是玩笑的另一部分？拜伦思索了一番，最后判断没这个可能。没有任何人会对他人开这种玩笑，至少在地球上不会，因为根据地球的法律，非法使用放射性物质是一项死罪。在地球上，对放射性的处理非常谨慎，他们必须如此。因此，假如没有天大的特殊理由，不会有人做出这种事情。

他勇敢地面对问题，将整件事仔细地、清楚地默想一遍。比如说，是什么天大的特殊理由，使某人想要谋杀自己。可是为什么呢？根本没有动机。他今年二十三岁，这二十三年来，他从未树立什么死敌。没有“这么”大不了，严重到非置他于死地不可。

他紧抓着剪得短短的头发。这是一种荒谬的思路，可是他无法摆脱。他又小心翼翼地走回衣柜，那里必定有什么放射性物质，而四小时前还不在那里。结果，他几乎立即发现答案。

那是个小盒子，长、宽、高都不超过六英寸。拜伦认出它是什么东西，下唇不禁微微打颤。他从来没见过这种东西，可是很早以前就听说过。他提起那个计数器，将它拿到寝室中，那种低声的呢喃便减弱许多，几乎接近终止。当他将计数器上的薄层云母隔板对准那盒子时，声音又重新出现，放射线就是从隔板射入计数器的。现在他心中再无疑问，那正是一颗“放射线弹”。

目前的放射线本身不会致命，它们只能算引信。在那盒了的某个角落，装置了一个微型原子反应堆。寿命短暂的人造同位素放出的粒子会穿透它，将它慢慢加热。在达到热度与粒子密度的阈值后，反应堆就会启动。虽然反应的高热会将盒子熔成一团金属，通常并不会发生爆炸，但会爆发出巨量的致命放射线，使附近所有的生物无法幸免。它的有效半径视其大小而定，从六英尺到六英里不等。

没有任何办法看得出它何时会达到阈值，或许几小时后，也或许就在下一刻。拜伦仍无助地站在原地，发汗的双手紧握着手电筒。半小时前，影像电话将他叫醒，当时他还心平气和，现在却知道自己死期已近。

拜伦可不想死，但他被禁闭在自己房间内，根本就一筹莫展，也找不到任何可供躲藏的地方。

他知道这间宿舍的地理位置。它位于走廊的尽头，所以仅有一侧紧邻另一间宿舍。当然，楼上楼下也都有人住。他对楼上的宿舍毫无办法，同楼隔壁的宿舍紧贴他的浴室，也是以浴室与他的浴室相连，他不信自己的呼救能传得出去。

只剩楼下那间宿舍了。

房间中有几把折椅，是招待访客用的，他举起了其中一把。当折椅撞向地板时，发出“啪”的一声，但声音实在不怎么大。于是他改用椅子的侧面敲击地板，发出的声音才变得较刺耳有力。

每敲一下，他都会稍微等一阵子，寻思这样做能不能吵醒楼下的人，能不能对他构成足够的骚扰，使他不得不向舍监告状。

突然间，他听到一阵微弱的嘈杂声，于是停止了动作，那把破椅子还举在头顶上。嘈杂声又传了来，像是微弱的叫喊，是从大门方向传来的。

他丢开折椅，也开始大喊大叫，再将耳朵紧贴门缝。可是大门与墙壁接得严丝合缝，即使门缝处声音一样模糊不清。

但他听得出来，有人正在叫自己的名字。

“法瑞尔！法瑞尔！”这样叫了几次后，对方又说了些别的，也许是“你在里面吗？”或者“你还好吗？”之类的话。

他吼道：“把门打开。”这样连吼了三四次。他急得满身大汗，因为即使是这一刻，放射线弹也随时有可能爆发。

他认为外面的人听到他了。至少，又有含糊的叫声传进来：“小心，……，……，手铳。”他知道他们的意思。他赶紧离开门边，向后退去。

接着便响起几下尖锐的爆裂声，他确实能感到室内的空气也在振动。然后是扯裂什么东西的巨响，大门应声向内倒下，走廊中的光线立刻洒进来。

拜伦伸开双臂冲到外面去。“别进去！”他吼道，“看在地球的份上，别进去，里面有颗放射线弹。”

他面前出现了两个人，其中之一是钟狄，另一位则是厄斯贝克。后者是他们的舍监，他连衣服都来不及穿好。

“一颗放射线弹？”他结结巴巴地问。

钟狄却说：“有多大？”即使三更半夜，钟狄的服饰与装扮还是讲究得过分，而他手中仍握着手铳，因此看起来很不相称。

拜伦只能用双手比一比。

“好的。”钟狄应了一声。当他转身面对舍监时，似乎显得相当冷静。“你最好将住在这区的学生全部疏散，如果校园内找得到防护铅板，赶快把它们搬到这里来，在走廊上一字排开。如果我是你，清晨之前我不会让任何人进来。”

他又转身面对拜伦：“有效半径也许有十二到十八英尺，它怎么会跑到这里来？”

“我也不知道。”拜伦用手背擦了擦额头，“要是你不介意，我得找个地方坐一下。”他向手腕瞥了一眼，才发觉腕表仍留在室内。他突然有一种疯狂的冲动，想要冲进去将腕表抢救出来。

疏散行动开始了，学生们被迅速驱离宿舍。

“跟我来吧，”钟狄说，“我也认为你最好坐一会儿。”

拜伦说：“什么风把你吹到我的门口？并非我不感激你，这点你该了解。”

“我打电话给你，结果没人接听，我又非见你不可。”

“见我？”他试图控制着不均匀的呼吸，每个字都说得很仔细，“为什么？”

“为了警告你，你的性命受到威胁。”

拜伦勉勉强强笑了几声。“我也发现了。”

“这只是个序幕，他们还会继续尝试。”

“‘他们’是谁？”

“别在这儿说，法瑞尔。”钟狄道，“我们需要私下谈谈这件事。你是个特定目标，而我现在这么做，或许已经让自己也身陷险境。”

第二章
天罗地网

学生交谊厅空空荡荡，而且伸手不见五指。清晨四点半的时候，几乎不可能有别的状况。但钟狄打开门后仍迟疑了一下，想要听听里面究竟有没有人。

“别开灯，”他轻声说，“我们谈话时不需要灯光。”

“今天晚上我受够了黑暗。”拜伦喃喃道。

“那我们留一道门缝吧。”

拜伦没力气与他争辩。他瘫在最近的一张椅子上，看着长方形光芒被渐渐掩起的大门压成一条细线。如今危险已经过去，他反倒开始感到心悸。

钟狄将门固定好，又把他的短指挥棒放在那道光线映在地板的位置。“注意看着，要是有人经过，或者大门被打开，它都能警告我们。”

拜伦说：“拜托，我没心情玩什么花招。如果你不介意，就请赶快把你想要告诉我的事告诉我吧。你刚才救了我一命，这点我明白，明天我会好好谢你。此时此刻，我只想小喝几杯，然后大睡一觉。”

“我想象得到你的感受，”钟狄说，“可是现在你只能算暂时躲过一睡不醒的厄运，但我希望你能永远躲过。你可知道我认识令尊？”

这个问题来得很突兀，拜伦扬起眉毛，但这个动作在黑暗中等于白做。他说：“他从没说过认识你。”

“如果他那么说，我才会惊讶呢。我和他相交，用的并非我在此地用的名字。顺便问一句，你最近有没有令尊的消息？”

“你为什么要问？”

“因为他现在有很大的危险。”

“什么？”

借着昏暗的光线，钟狄摸到对方的手臂并紧紧抓住。“拜托！保持你原来的音量。”直到这时，拜伦才发觉他们一直在悄声交谈。

钟狄继续说：“让我说得更具体点。令尊已遭到扣留，你了解问题的严重性吗？”

“不，我当然不了解。是谁扣留了他？你到底有什么企图？为什么要来骚扰我？”拜伦两侧的太阳穴起伏不已。刚才的催眠瓦斯与九死一生的经历，使他无法敷衍面前这位冷面的纨绔子弟。这人与拜伦坐得那么近，以致他的耳语跟喊叫声一样清晰。

“不用说，”他又悄声道，“你对令尊的工作应该略知一二吧？”

“假如你真认识家父，应该知道他是维迪莫斯牧主，那就是他的工作。”

钟狄说：“好吧，虽说我冒着生命危险试图搭救你，你并没有理由该信任我。你能告诉我的一切，我都已经一清二楚。譬如说，我知道令尊一直在暗中策划，准备反抗那些太暴人。”

“我郑重否认。”拜伦紧张地说，“即使你今晚救了我一命，你还是无权对家父做这种指控。”

“你的辩解实在拙劣之至，年轻人，而且是在浪费我的时间。难道你还看不出来，这种情况不是言语能搪塞的？让我直说吧，令尊已遭太暴人扣留，现在或许已经遇害了。”

“我不相信你的话。”拜伦准备要站起来。

“我的确有办法知道。”

“让我们到此为止，钟狄。我没心情玩推理游戏，我也厌恶你的企图……”

“嗯，什么企图？”钟狄的声音不再那么优雅，“我对你说这些，自己又能得到什么好处？请允许我提醒你，我获得的情报，这个你不愿接受的情报，使我明白可能有人将试图谋害你。想想刚才发生什么事，法瑞尔。”

拜伦道：“再说一遍，别拐弯抹角，我愿意听。”

“很好。我猜，法瑞尔，你知道我是来自星云众王国的同胞，虽然我一直冒充织女星人。”

“根据你的口音，我判断有这个可能，这点似乎并不重要。”

“这点很重要，朋友。我所以来到此地，是因为我和令尊一样不喜欢太暴人。过去五十年来，他们一直在压迫我们这些人，五十年可不算短啊。”

“我可不是政客。”

钟狄的声音好像透出一丝怒意，他说：“哦，我可不是他们的间谍，不是故意来找你麻烦的。一年前他们将我逮捕，就像现在逮捕令尊一样。但我设法逃脱他们的掌握，来到了地球，在我做好返乡准备前，我认为待在这里还算安全。有关我自己的事，我需要对你说的都说完了。”

“这些已经比我想知道的还要多了，先生。”拜伦无法在声音中透出不友善的情绪，钟狄过分中规中矩的礼貌态度，已经对他造成影响。

“我知道这点，但我至少得告诉你那么多，因为正是这个缘故，我才有机会和令尊结识。他和我一起工作，或者应该说，我和他一起工作。而他与我相处时，用的不是天雾行星最有权势的贵族那种官方身份，你了解我的意思吗？”

拜伦点了点头，在黑暗中这根本是无意义的动作。然后他说：“了解。”

“我们没有必要扯那么远。即使在地球上，我的情报来源也一直没断。所以我知道他给关了起来，此事千真万确。即使它只是我的猜疑，你刚刚险遭暗算也成了充分的证据。”

“怎么说？”

“如果太暴人抓到了老子，他们还会让儿子逍遥法外吗？”

“你是不是想要告诉我，我房里的放射线弹是太暴人放置的？这是不可能的事。”

“为什么不可能？难道你不明白他们的处境吗？太暴人统治着五十个世界，他们与被统治者的人数比例悬殊。在这种情况下，仅仅依靠武力是不够的。迂回间接的手段，例如阴谋、暗杀都是他们的拿手好戏。他们在太空中织成的罗网又密又广，我确信这张网横跨了五百光年，一直延伸到地球来。”

拜伦尚未从刚才的噩梦中完全清醒。远处模糊地传来搬动铅板发出的声音，而在他自己的房间中，那个计数器一定还在继续呢喃。

他说：“这说不通。本周我就要回天雾星去，他们应该知道的，又何必在这里杀害我呢？如果他们再等几天，我就会自投罗网。”找到这个漏洞令他大大松一口气，他多么希望自己的逻辑正确。

钟狄凑近些，他呼出的浓烈气息吹动了拜伦的头发。“令尊很有人望，他的死——一旦遭到太暴人监禁，就很可能会被处决，你必须有心理准备——即使是被太暴人驯服得丝毫没有勇气的亡国奴，听到他的死讯也会愤慨不已。你继任维迪莫斯牧主后，就可以聚集这股怒火。若是将你一并处决，会使人民变得加倍危险，他们的目的不是要制造烈士。但是，如果你在某个远方世界意外身亡，那对他们而言就方便多了。”

“我不相信你。”这句话已成为拜伦唯一的挡箭牌。

钟狄站起来，调整了一下他那双薄手套。然后他说：“你太卖力演出了，法瑞尔。如果你装成并非完全不知情，你扮演的角色或许还更可信。令尊想必是为了保护你，而避免让你知晓实情，但我不信他的信仰完全没有影响你。他对太暴人的仇恨自然而然反映在你身上，使你不由自主想要挺身反抗他们。”

拜伦只是耸了耸肩。

钟狄又说：“他甚至会想到开始利用刚成年的你。你待在地球顺理成章，看起来不像一面求学，一面还在进行一项特定任务。不过，也许就是因为你并未达成任务，太暴人才准备杀害你。”

“这是愚蠢的危言耸听。”

“是吗？姑且算是吧。假使现在真理无法说服你，稍后的事实也会令你信服。不久将有另一个暗杀你的行动，而且这次会成功。从现在起，法瑞尔，你等于是个死人了。”

拜伦抬起头来：“慢着！这件事和你个人究竟有什么利害关系？”

“我是个爱国者，我希望看到众王国重获自由，都能拥有自己选择的政府。”

“不，我是说你个人的利害关系。我不能光是接受理想主义，因为我不相信你有。这样说要是冒犯了你，那我实在很抱歉。”拜伦一字一字地坚决说道。

钟狄再度坐下，他说：“我的土地全部遭到没收。在我流亡前，被迫接受那些侏儒的命令就让我很不舒服。离开自己的土地后，我开始渴望重建一个太暴人来临前的时代，让我能做个像我祖父那样的人，这种念头过去从未如此强烈。我想要发动一场革命，这个实际的理由够不够充分？令尊本来可以担任这场革命的领导者，你辜负了他！”

“我？我才二十三岁，对这些都一窍不通。你可以找到更适当的人选。”

“我肯定可以，可是除了你，别人都不是令尊的儿子。假使令尊遭到杀害，你就是新任的维迪莫斯牧主。只要你拥有这个身份，即使你才十二岁，而且还是个白痴，对我一样是无价之宝。我需要你的原因，和太暴人必须除掉你的原因完全相同。若是我的动机无法令你信服，他们的动机必定可以。你的房里有颗放射线弹，它唯一的目的就是取你性命。还有谁会想杀害你？”

钟狄耐心地等了一会儿，便听到对方悄声的回答。

“没有什么人，”拜伦说，“据我所知，没有人会想要杀我。那么有关家父的事竟是真的！”

“那是真的，将它视为战祸的一环吧。”

“你认为我这样想就会好过一点？也许有一天，他们会为他树一块纪念碑？还是具有辐射铭文的，你在一万英里外的太空都能看见？”他的声音渐渐变得有点刺耳，“这样就能使我高兴吗？”

钟狄等着听下面的话，拜伦却没再开口了。

于是钟狄说：“你准备怎么做？”

“我要回家去。”

“所以说，你仍不了解自己的处境。”

“我说了，我要回家去。你到底想要我做什么？如果他还健在，我要把他救出来。万一他遇害了，我要……我要……”

“住口！”这位老大哥的声音变得冷酷而烦躁，“你像个孩子一样胡说八道。你绝不能到天雾星去，难道你不明白吗？我面对的到底是个婴儿，还是个讲理的年轻人？”

拜伦喃喃道：“你有什么建议？”

“你认识洛第亚的执政者吗？”

“那个太暴人之友？我认识这个人，我知道他是谁。众王国的每个人都认识他，亨瑞克五世，洛第亚执政者。”

“你见过他吗？”

“没有。”

“我正是这个意思。如果你从未见过他，就不能算认识他。他是个蠢蛋，法瑞尔，我这么说不是比喻。可是，当维迪莫斯牧权被太暴人没收后——那是一定的事，就像我的土地一样——会被转赠给亨瑞克。托付给他，太暴人会感到安全无虞，而你就是必须去找他。”

“为什么？”

“因为亨瑞克至少对太暴人有点影响力，即使只是个谄媚的傀儡所能发挥的影响，他也许能设法使你复位。”

“我不这么认为，他更有可能将我交到他们手里。”

“的确如此。但你会提高警觉防范，多少还是有机会躲过一劫。记住，你拥有的头衔既珍贵又重要，但它不是万能的。从事这种密谋活动，最重要的是要面对现实。民众基于感情因素，以及敬重你的家世，的确会聚在你身边，可是要长期留住他们，你就需要大量金钱。”

拜伦思索了一下：“我需要时间做决定。”

“你没有时间了。那颗放射线弹放到你房间后，你的时间就用完了。让我们采取行动吧，我可以给你一封介绍信，让你去见洛第亚的亨瑞克。”

“这么说，你跟他很熟喽？”

“你的疑心从来不肯松懈。对不对？我曾经代表林根的独裁者，率领使节团前往亨瑞克的宫廷。他低能的心智也许早已忘了我，但他不敢表现出来。我的信能为你引荐，然后你可以见机行事。早上我就会把信交给你，中午有艘太空船飞往洛第亚，船票我准备好了。我自己也会走，但我会循另一个途径。别再逗留，你在这里的学业全部结束了，对不对？”

“还有个学位授予仪式。”

“只不过是一片羊皮纸，对你有什么重要吗？”

“现在不了。”

“你有钱吗？”

“足够了。”

“很好，太多反倒会引起怀疑。”他突然尖声喊道：“法瑞尔！”

拜伦从几近恍惚的状态中惊醒过来。“什么事？”

“回到同学那里去，默默行动，别告诉任何人你要走了。”

拜伦默默点了点头。在他心灵深处某个角落，仍想到任务尚未完成，自己就这么一走了之，算是辜负命在旦夕的父亲。他承受着一种无奈的悲苦——父亲应该多告诉他一点，应该让他分担那些危险，不该让他如此盲目行动。

父亲在密谋中扮演的角色，他既然知道了真相，或者说至少知道得多了点，父亲叫他从地球文献中寻找的那份文件，也就越发重要了。可是他已经没有时间——没有时间取得那份文件，没有时间怀疑这一切，没有时间拯救父亲，或许也没有时间活下去。

他说：“我会照你的话去做，钟狄。”

桑得·钟狄在宿舍外的台阶上停下来，向大学校园瞥了一眼，眼光中显然没有赞许之意。

然后，他沿着砖铺的走道向前走去。自古以来，位于都市的校园都喜欢营造一种田园风貌，这条蜿蜒的走道便建在这种人工田园中。他能看到城中唯一一条大街的灯光在前方闪耀，而在更远的地方，则映着永不熄止的放射性蓝光。白天那种光芒被日光掩盖，现在则看得清清楚楚，可算是史前战争的无言证词。

钟狄抬头望向天空，暗自寻思了一会儿。在那遥远的星云深处，曾有二十几个互相争斗、不断扩张的独立政体。五十多年前，太暴人突然从天而降，一夕之间结束了这些政体。如今，在毫无预警且措手不及的情况下，死亡的宁静竟然即将降临。

当初的巨变有如晴天霹雳，至今他们尚未完全恢复。现在仅剩某种抽搐，偶尔会徒劳无功地刺激一两个世界。想要将这些抽搐组织起来，安排它们在适当时机同时发动，将是个很困难、很漫长的工作。好啦，他在地球的闲散日子过得够久了，如今已是该回去的时候。

此时，家乡的其他人也许正试图联络他，把讯息传送到他的房间。

于是他稍微加快步伐。

他走进自己房间后，果然收到远方传来的波束。那是一种私人波束，其安全性毋庸置疑，保密程度亦无丝毫漏洞。这种波束无需有形的接收器，也无需任何金属或电线捕捉周遭微弱飘忽的跃动电子——它们承载的细微电脉冲，是从五百光年外的另一个世界，经由超空间传送过来的。

屋内的空间已经极化，随时可以开始收讯。空间的随机性已被抚平，然而除了收讯，没有其他方法能侦知空间的极化。在这个特定的空间中，只有他自己的心灵可充当接收器，因为只有他的神经细胞结构才具有那种特殊的电性特征，得以与传送讯息的载波束产生共振。

讯息的保密性与他脑波特征的唯一性同样绝对。在整个宇宙的千兆人口中，想要找到另一个与他足够接近的人，能接收到他的私人波束，这种几率仅有亿兆分之一。

呼叫从无际、空虚且不可思议的超空间呼啸而来，钟狄的大脑感到了轻微的刺激。

"……呼叫……呼叫……呼叫……呼叫……"

发送讯号比接收讯号复杂得多，必须使用某种机械装置，产生一个极其特殊的载波，才能将讯息传送到彼端星云的接收器，这个装置就藏在他右肩的饰扣上。当他踏入极化空间后，发讯装置自动触发，接下来他需要做的，只剩下全神贯注地刻意驱动思想。

"我在这里！"根本不需要其他的识别讯号。

单调重复的呼叫讯号随即停止，他心灵中开始有话语形成："我们问候您，阁下。维迪莫斯牧主已遭处决，当然，这个消息尚未公开。"

"我并不惊讶，有没有其他人受到牵连？"

"没有，阁下。牧主一直未做任何口供，他是个勇敢且忠诚的人。"

"没错。可是光有勇敢和忠诚还不够，否则他也不会被捕，轻度的胆怯或许更有用。没关系！我跟他儿子谈过，就是那个新牧主，他已经跟死神打过照面，我们将要利用他。”

“可以请问如何利用吗，阁下？”

“最好还是让事实回答你的问题。如今为时尚早，我当然还无法预见结果。明天，他将启程去见洛第亚的亨瑞克。”

“亨瑞克！那年轻人将有生命危险，他是否知晓……”

“我已尽我所能告诉他了。”钟狄以严厉的口吻答道，“在他尚未有所表现前，我们不能对他太过信赖。就目前情况而言，我们只能认为可送他去冒险，就像其他人一样。他牺牲掉无妨，相当不足惜。以后别再送讯到这里来，我马上要离开地球。”

做了个表示结束的手势后，钟狄便在心中切断通话。

然后，他平静地、慎重地回想并衡量着过去一整天发生的每一件事。他渐渐展露笑容，每件事都安排得完美无缺了，这场戏将自动演到落幕为止。

没有任何一环要靠运气。

第三章

机会与腕表

太空船脱离行星表面的第一个小时，是整个旅程中最平凡无趣的一程。升空前后总是一团混乱，几乎无异于远古时代，在某条太古河流中，人类第一艘独木舟下水时的情景。

你找到了舱房，将你的行李安置妥当，随即感到周遭有股陌生而莫名的紧张气氛。最后一刻的亲昵拥抱，总是伴随着高声的喧嚣，等到嘈杂声渐渐消失，便传来气闸关闭的沉闷铿锵声。当闸栓向内自动旋转时，空气中又响起一阵飒飒声，闸栓就像个巨大的钻头，将气闸紧紧密封起来。

接下来则是诡异的静寂，每间舱房的红色讯号灯随即闪起："调整抗加速衣……调整抗加速衣……调整抗加速衣。"

服务人员在走廊上来回奔走，随手敲着每扇舱门，然后猛然将门拉开："对不起，请穿上抗加速衣。"

于是你开始与抗加速衣奋战，它又冷又紧，穿在身上很不舒服。但它连接到一个液压系统上，可以吸收升空时引起的令人难受的压力。

远处传来核能发动机的隆隆声，由于尚未穿越大气层，发动机仅处于低功率状态。然后，抗加速衣中缓缓减压的油液传来一股力量，令你感到几乎要不断后退。等到加速度减小时，你又觉得慢慢向前移动。假如你在这段时间未曾感到恶心，可能整个旅程都不会再发生太空晕。

在最初三小时的飞行中，观景室不对旅客开放。等到将大气层远远抛在后面，观景室的双重门快打开的时候，门外早已排了长长一列队伍。通常“行星族”（换句话说，就是从未到过太空的人）出席率是百分之百，然而，不少经验老到的旅客也不愿放过这个机会。

毕竟，从太空中眺望地球，是旅客必看的奇景之一。

观景室是太空船“外皮”上长出的“水泡”，由两英尺厚的钢化透明塑料制成，形状还真像半个肥皂泡。现在，太空船不再受到大气与尘埃粒子的摩擦，因此铱钢制成的伸缩保护盖收了起来。室内的灯火尽数熄灭，看台上则挤满旅客。在“地球反照”的辉映下，每张望向栅栏外的脸孔都清晰无比。

这是由于地球就悬在下方，像个巨大而闪耀着橙、蓝、白三色光芒的气球。呈现眼前的半球几乎全是日照面，从云缝中可以看见大陆，以及点缀着稀疏绿色线条的橙色沙漠。海洋是蓝色的，以地平线与漆黑的太空接壤，看起来对比分外强烈。在黑暗的、一尘不染的太空中，则布满无数灿烂的星辰。

旅客们都耐心等待。

他们真正想看的并非昼半球。当太空船不知不觉地靠着微幅的侧向加速，离开黄道面后，光芒耀眼的极冠便逐渐出现眼前。夜面的阴影在慢慢吞噬整个星球，欧亚非大陆构成的庞大世界岛，正庄严地步上舞台，不过北方却在“下方”。

地球上病态的不毛土壤，在黑夜中发出珍珠般的光芒，暂时掩饰了它的恐怖。土壤中的放射线是泛着晕彩的蓝光之洋，在奇异的彩带中闪闪发光，仿佛指示着当年核弹投掷的地点。那时候，距离力场防护罩的发明还有整整一代，等到足以抵御核爆的防护罩发明后，就再也没有其他世界能以这种方式自我毁灭。

旅客们目不转睛地观看这些奇景，直到几小时后，地球才变成无际黑暗中半枚明亮的硬币。

拜伦·法瑞尔是观赏者之一。他独自坐在最前排，两臂搁在栏杆上，若有所思地出神凝望。他从未预料到会这样子离开地球——方式不对，太空船不对，就连目的地也不对。

他用晒黑的前臂摩搓着下巴的胡楂，对早上没刮胡子这件事感到内疚。待会儿回到舱房后，他要立刻弥补。此时他还不想离去。这里有很多人，回到舱房将只剩他一个。

但或许正因为如此，他才必须离开这里？

他不喜欢这种陌生的感觉，自己成了他人的猎物，身边却没有任何朋友。

他已经失去所有的友谊。不到二十四小时前，当他被那通电话吵醒的一瞬间，它就随之消失无踪了。

即使在学生宿舍里，他也成为令人头疼的人物。当他结束了与钟狄的谈话，从学生交谊厅回来的时候，老厄斯贝克马上向他冲来。厄斯贝克简直六神无主，他的声音听来刺耳得过分。

“法瑞尔先生，我一直在找你。这个意外真是太不幸了，我实在想不通是怎么回事，你能想到任何原因吗？”

“不，”他几乎吼了起来，“我想不到。我什么时候可以进我的房间，把我的东西取出来？”

“天亮以后就行，这点我确定。我们设法把装备搬来这里，检验了那个房间，已经没有任何超过正常本底值的放射性。你能逃过一劫实在非常幸运，一定只剩下几分钟的时间。”

“没错，没错。可是如果你不介意，现在我想休息一下。”

“请到我的房间来吧，早上我们会再帮你安排，让你最后几天住得舒舒服服。嗯，对啦，法瑞尔先生，希望你别介意，我还有件事想问你。”

他表现得过分客气又过度小心，令拜伦想到如履薄冰这句成语。

“还有什么事？”拜伦不耐烦地问。

“你知道什么人可能有兴趣——嗯——捉弄你吗？”

“像这样捉弄我？当然没有。”

“那么，你又有什么打算呢？当然啦，这个意外若是闹得人尽皆知，学校当局会非常不高兴。”

他怎么一口咬定这是“意外”！拜伦以冷淡的口吻说：“我了解你的意思，可是你别担心，我对调查或警察等一律没兴趣。我会尽快离开地球，以免我的原定计划受阻。我不会怪罪任何人，毕竟我还活得好好的。”

厄斯贝克终于松了一口气，神情显得近乎粗鄙。他们想要的就是这句话，没什么不愉快，只不过是个意外，应该尽快将它忘得一干二净。

早上七点钟的时候，他又回到原来的宿舍。房间里很安静，衣柜里不再有任何呢喃。放射线弹和计数器都不见了。也许是厄斯贝克将它们拿走，然后丢进湖里去了。这样做可算是毁灭证据，不过这种事还是留给校方去操心吧。他将自己的东西装进手提箱，然后打电话给柜台，要求更换一间宿舍。他注意到电灯都已恢复正常，影像电话当然也通了。昨晚那场变故留下的唯一遗迹，就是那扇扭曲变形的门，门锁已经完全熔毁。

他们给了他另一个房间。这么一来，万一有什么人在窃听，就会以为他有意再留几天。然后，他又用大楼中的电话，召来一辆空中计程车，在他看来，整个过程没被任何人看见。至于自己突然失踪的原因，就让学校当局去猜吧，随便他们爱怎么想都行。

在太空航站里，他很快就看到了钟狄。两人只能算擦肩而过，钟狄一言不发，装作彼此不相识。但在他走开后，拜伦手中便多了一张去往洛第亚的太空船票，以及一个毫无特征的黑色小球，他知道那是个私人信囊。

他花了点时间研究这个信囊，发现它并未密封。来到舱房后，他将内容读了一遍。那是一封很简单的介绍信，字句少得不能再少。

拜伦在观景室中看着逐渐缩小的地球，思绪则停留在桑得·钟狄身上。他对此人的认识原本只是最浮面的，钟狄却突然闯入他的生命，带来天翻地覆的变化——先是救了他的命，再将他引向一个崭新而未知的方向。在此之前，拜伦只是知道他的名字，两人碰面时会点点头，偶尔也礼貌性地寒暄几句，不过仅止于此。他一直不怎么喜欢这个人，不喜欢他的冷淡、他过度的修饰与过度的礼貌，但那些跟现在的一切都没有关系。

拜伦焦虑不安地用手摸摸自己的平头，同时叹了一口气。他发觉自己的确渴望见到钟狄，至少此人主宰着目前的一切，他知道他自己该做什么，知道拜伦该做什么，还说服拜伦照着他的话去做。如今，拜伦却孤独一人，感觉自己非常稚嫩、非常无助、非常需要友谊，而且几乎被吓坏了。

从头到尾，他刻意避免想到自己的父亲。那样做一点用也没有。

“玛兰先生。”

这个名字重复了两三遍，拜伦才惊觉有人恭敬地搭着他的肩膀。他抬起头来，发现原来有个机器人站在他面前。

那机器人信差又唤了声："玛兰先生。"拜伦茫然地足足瞪了它五秒钟，才想起那是他现在用的化名。钟狄交给他的船票，上面就用铅笔淡淡地写着那个名字，他的舱房也是用那个名字预订的。

"有什么事吗？我就是玛兰。"

信差体内的磁带开始转动，将口信一字一句吐出来，同时伴随着十分微弱的"嘶嘶"声。"我奉命前来通知您，您的舱房已被更换，您的行李已被搬走。请您去找事务长，就能领到新的钥匙。我们相信，这样做不会为您带来任何不便。"

"这究竟是怎么回事？"拜伦从椅子上转过身来。有几位尚未离去的旅客，本来仍在欣赏太空景观，现在都抬起头来寻找这声暴喝的来源。"这样做是什么意思？"

当然，跟一台机器争辩根本毫无意义，它只是在执行设定的功能而已。此时信差垂下金属脑袋，对他恭敬地鞠了一躬，它脸上始终挂着模仿人类的迎合式微笑。一鞠躬后，它便径自离去。

拜伦随即大步踏出观景室，在门口叫住一个高级船员，用的力气比预期的大了些。

"听我说，我要见船长。"

高级船员并未现出惊讶的表情。"是很重要的事吗，先生？"

"太空在上，的确如此。未经我的同意，竟然更换我的房间，我想知道这是什么意思。"

即使在这个节骨眼，拜伦仍感到他的怒气是小题大做，不过，这是他心中的愤慨不断累积的结果。他几乎惨遭毒手；他像个逃犯一样被迫偷偷离开地球；他将前往一个未知的地点，去做一件他不知道的事。如今在太空船上，他们还要将他整得团团转，他实在受够了。

然而，直到目前为止，他始终有一种不安的感觉，那就是假如换成钟狄，他的反应将与自己不同，也许会更明智些。管他的，反正自己又不是钟狄。

那名高级船员说：“我帮您找事务长来。”

“我要见船长。”拜伦相当坚持。

“好的，您若希望的话。”他冲着挂在翻领上的小型通话器说了几句，又彬彬有礼地对拜伦说，“等一下会通知您，请您耐心等候。”

西姆·勾德耳船长是个短小精悍的人。拜伦走进来的时候，他客气地站起来，从办公桌后面俯身向前，伸出手与拜伦握了握。

“玛兰先生，”他说，“我很抱歉，我们不得不麻烦你。”

他有一张国字脸，头发是铁灰色的，上唇蓄着两撇善加保养的短须，颜色比头发略深一点，而他的笑容多少有点保留。

“我也有同感。”拜伦说，“我有权住在预订的舱房中，我以为即使是你，阁下，在未经我同意之前，也无权作任何更改。”

“说得对，玛兰先生。可是请你了解，这得算是紧急事故。有个最后一分钟才赶来的乘客，一位很重要的人物，坚持要搬到接近太空船重力中心的舱房。他的心脏有问题，我们必须尽可能让他处于重力最小的环境，根本没有选择的余地。”

“好吧，可是为何偏偏选上我？”

“总得有人帮这个忙。你一个人单独旅行，而且又是年轻人，我们认为你不会在乎多承受点重力。”他双眼不自觉地上下打量拜伦六英尺二的身材，以及他一身结实的肌肉，“此外，你将发现新房间比原先的更精致，更换房间对你根本毫无损失。”

船长从办公桌后面站起来。“我亲自带你去参观新舱房好吗？”

拜伦发觉怒气快要消失了。这一切似乎都很有道理，不过，也可以说是毫无道理。

当他们离开船长寝舱时，船长又说："明天晚上，请你与我共进晚餐如何？我们预定那时进行首度跃迁。"

拜伦不知不觉顺口答道："谢谢你，这是我的荣幸。"

但他认为这个邀请有点莫名其妙。即使船长只是为了安抚他，也实在不必用这么殷勤的办法。

船长餐桌相当长，占了大厅整整一幅墙。拜伦发现自己的座位接近正中，凌驾同桌其他人，这十分不合理。然而面前就摆着他的名牌，而且服务生相当肯定绝没弄错。

拜伦不是特别谦逊的人，身为维迪莫斯牧主之子，从来没有必要发展这种人格。但身为拜伦·玛兰，他却只是个相当普通的平民，而这种事不该发生在普通平民身上。

此外，他的新舱房与船长说的完全相符，的确比原先那间精致许多。原来的舱房正如船票描述的：单身房、二等舱，现在则换成双人房、头等舱。寝室紧邻一间浴室，当然是私人的，里面还备有淋浴设备与风干机。

这间舱房邻近高级船员区，附近穿着制服的船员数也数不清。午餐盛放在银质餐具中，直接送到房间来。而晚餐前，又突然出现一名理发师。假如某人乘坐豪华太空客船，住的又是头等舱，这一切款待或许都在预料中，可是对拜伦·玛兰而言，却显得太过周到。

实在周到得过分了。傍晚理发师出现的时候，拜伦刚散步回来。他故意在各个走廊绕来绕去，但不论他转向哪里，一路上总有些船员在他身边——很客气，也很黏人。但他还是设法将他们全部摆脱，独自来到一四〇号丁室，也就是他原先的舱房，他一夜也没睡过的那间。

他在门口停下脚步，点燃一根香烟，与此同时，附近唯一的旅客转进了另一道走廊。拜伦轻轻按了按讯号灯，却得不到任何回音。

哈，他们没跟他要回原来那把钥匙，这无疑是一项疏忽。他将这个又薄又长的金属片插进钥匙孔，铝鞘中铅质隔板的特殊图样便启动微型光电管，大门随即打开来，他马上跨出一步。

这是他唯一的目的。他立刻离去，大门又自动关上。他只看了一眼，立刻明白一件事：他原来的房间连个普通的住客都没有，更别说什么心脏衰弱的重要人物。床铺与家具太过整齐，看不见皮箱或盥洗用具，根本没有一点住人的迹象。

因此，他们对他提供的一切豪华款待，只是为了预防他坚持要搬回原来的房间；他们是在乞求他别再打扰那间舱房。为什么呢？他们究竟是在打舱房的主意，还是在打他的主意？

现在，他坐在船长餐桌上，满腹的疑问仍得不到解答。当船长走进大厅，一步步登上餐桌所在的高台，准备就座的时候，拜伦与其他人一起礼貌地站起来。

他们为何要让自己换房间呢？

轻柔的音乐传遍整艘太空船，分隔大厅与观景室的隔墙已缩进船体。光线有几分暗淡，还带着些微橘红的色彩。此时太空晕（可能由于最初的加速过程，或首次经验船内各处重力的轻微变化而产生）最坏的症状已经消失，因此大厅完全客满。

船长上身微微向前倾，对拜伦说：“晚安，玛兰先生。你对新舱房感到满意吗？”

他则以硬邦邦的口吻答道：“简直太满意了，阁下。对于像我这样的人，有点奢侈得过分。”他注意到，船长脸上似乎突然掠过一丝惊慌的神色。

在享用甜点的时候，观景室玻璃罩的外壳平缓地滑进船体，灯光则调到几乎熄灭的程度。在那个巨大、漆黑的屏幕上，并未映出太阳、地球或任何行星。他们现在面对的是银河，严格说来，是“银河透镜”狭长的正侧面。在清晰耀眼的群星间，它有如一条明亮的对角线。

谈话的声音自然而然逐渐消失。大家都将椅子转向，以面对舱外的星辰。进餐的旅客变成观众，大厅中鸦雀无声，只有轻微的音乐还在缓缓流泻。

在一片静寂中，几台扩音器传出清晰有力的声音。

“女士们，先生们！我们马上要进行首度跃迁。我想，诸位大都知道跃迁是怎么回事，至少就理论而言。然而，有许多乘客——事实上，超过了半数——从来未曾真正经历过。下面我要说的话，就是特别针对这些乘客。

“跃迁是个名副其实的词汇。就时空结构的本质而言，任何物体都不可能以超光速运动。这是很早以前就被人类发现的自然法则，发现者或许就是爱因斯坦这个传奇人物，问题是，有太多成就都归功于他了。当然，即使以光速运动，也得花上静止坐标中好几年的时间，才能到达其他的恒星。

“因此，我们必须离开时空结构，进入超空间这个鲜为人知的领域。在超空间中，时间和距离不具有任何意义。就好像轮船穿过一道狭窄的地峡，便能达到另一个海洋，而若是一直在海上航行，则需绕过整个大陆，才能完成相同的航程。

“当然，想要进入这个所谓的‘空间中的空间’，需要极大的能量才办得到。为了确保重返普通时空之际，得以抵达正确的地点，又需要进行大量的精巧计算。耗费这些能量和脑力的结果，是让我们不花任何时间，便能穿越遥远的距离。直到跃迁发明后，星际旅行才终于有可能实现。

“我们即将进行的跃迁，将在十分钟后开始，诸位会事先得到警告，顶多只会有短暂的不适。因此，我希望诸位都能保持冷静，谢谢大家。”

此时太空船中灯光尽数熄灭，只剩下星光映照着大厅。

似乎过了很长一段时间，才突然传来简洁有力的宣告：“跃迁将在一分钟后准时进行。”

接着，同样的声音开始逐秒倒数：“五十……四十……三十……二十……十……五……三……二……一……”

每个人都觉得自身的存在仿佛中断了一刹那，同时体内产生了一下冲击，似乎发自人体骨骼深处。

在那无限分之一秒内，原本位于太阳系外缘的太空船已经跨越一百光年的距离，来到了星际太空深处。

拜伦身边有人以颤抖的声音说：“看那些星星！”

这句话立刻在大厅中引起回响，从一个餐桌传到另一个餐桌。“那些星星！看呀！”

在同样无限分之一秒内，星像有了急剧的变化。厚达三万光年的银河中心变得接近许多，星辰的密度也陡然上升。群星好像是细微的粉末，散布在有如纯黑天鹅绒的真空中，衬托出近处一颗颗明亮的星星。

拜伦不由自主想到一首诗的开头几句，那是他自己的即兴之作，当时他才十九岁，正是多愁善感的年龄。那首诗是在太空船上写成的，那是他首度的太空飞行，目的地正是这回的出发点——地球。他开始默默吟诵起来：

“繁星若尘，环绕着我

以栩栩如生的光雾；

无垠的太空，仿佛在我眼前

陡然乍现。”

此时大厅又变得灯火通明，来得急去得快，拜伦的思绪随即脱离了太空。他又回到太空客船的大厅内，现在晚餐已接近尾声，众人的交谈很快又达到普通的音量。

他向腕表瞥了一眼，随即又慢慢将腕表置于目光的焦点，凝视了足足一分钟。它正是那天晚上留在寝室中的腕表，致命的放射线并未令它受损。第二天早上，当他收拾东西的时候，便将这只腕表一块带走。从那时到现在，他究竟瞥见它几回？究竟看了它多少次，却始终只看到它指示的时间，从未注意它力图提供的另一项讯息？

因为那个塑质表带纯白依旧，没有变成蓝色，竟然还是白的！

当晚发生的一切渐渐真相大白了。真是奇怪，一件事实竟能驱散所有的迷雾。

他猛然站起来，咕哝了一句“失陪！”在船长尚未离座前先行离去，是一种相当失礼的行为，但现在对他而言，那根本算不了什么。

他赶紧向自己的舱房走去，快步沿着坡道前进，连无重力电梯也不愿等。进入舱房后，他立刻锁上大门，迅速检查了一遍浴室与壁柜。他并不指望能够逮到什么人，他们需要做的事情，一定在许多小时前便已完成。

然后，他又仔细翻查自己的行李。他们的工作做得很彻底，几乎未曾留下有人来过的痕迹。但他们取走了他的身份证件，以及一叠父亲写给他的信，甚至连装在信囊中，写给洛第亚执政者亨瑞克的介绍信都不翼而飞。

这才是他们要他搬家的真正原因，并非在打哪间舱房的主意，搬迁过程才是唯一重要的事。一定有将近一小时的时间，他们有正当的理由——正当的，太空啊——接触他所有的行李，借此达到目的。

拜伦倒在双人床上拼命思索，可是一点也没用。这个陷阱实在太完美，他们计划的每一步都太完美了。若非那个意料之外的好运，使他当天晚上将腕表留在寝室，那么即使事到如今，他依然不了解太暴人的天罗地网有多么严密。

此时，响起叫门讯号的轻柔“嘟嘟”声。

“进来。”他说。

来人是一名服务生，他恭敬地说：“船长想知道是否有他能效劳的地方。当您离开餐桌时，似乎显得不大舒服。”

“我很好。”他答道。

他们盯得多紧啊！此时此刻，他明白自己已无路可逃。这艘太空船正温和却很坚决地带他走向死路。

第四章
自由?

桑得·钟狄以冰冷的目光凝视着对方，说道:“你是说，不见了?”

瑞尼特摸了摸自己红润的脸庞:“某样东西不见了，但我不知道是什么。当然啦，有可能就是我们要找的那份文件。我们仅仅知道，根据地球的原始历法，它是十五到二十一世纪间的文物，而且它十分危险。”

“有没有任何确切的证据，让我们相信失踪的就是那份文件?”

“地球政府将它保管得很严密，我们只能作出间接的推断。”

“别理会这点。只要是和前银河时代有关的文件，地球人都会分外敬重，那是他们对传统的荒谬崇拜。”

“可是这份文件失窃，他们却从未对外宣布。他们为什么要守着一个空盒子?”

“我可以想象他们宁愿这么做，也不愿被迫承认一件圣物失窃。不过我无法相信，它居然落到小法瑞尔手里，我认为你一直在监视他。”

对方微微一笑："他没有得手。"

"你怎么知道？"

钟狄的这位手下立刻引爆惊人的消息。"因为那份文件二十年前就不见了。"

"什么？"

"它已经失踪了二十年。"

"这么说，那就不可能是我们要找的东西。牧主知晓它的存在，是不到六个月前的事。"

"那就是有人捷足先登，比他早十九年半得到这个情报。"

钟狄稍加思索之后说："这没什么关系，不可能有关系。"

"为什么？"

"因为我在地球待了好几个月。我抵达此地之前，的确以为这颗行星可能藏有重要情报。可是现在不同了，当地球还是银河唯一的住人行星时，就军事而言，它只是个原始的世界。他们发明出的唯一值得一提的武器，就是粗劣低效的核反应炸弹，而当这种炸弹出现时，他们甚至来不及发展出有效的防御装置。"他动作利落地猛然伸出手臂，指着厚实的混凝土墙壁，墙外遥远的蓝色地平线之上，正闪烁着病态的放射性光芒。

他继续说："我暂住此地的这段日子，对这一切做了番仔细的观察。你要是认为可能从一个军事科技水准这么低的社会学到任何事物，那就太荒唐了。人类一向喜欢设想有什么失落的艺术和科学，而且还不断有人创出原始主义的宗教，或是想出许多地球上有史前文明的荒谬理论。"

瑞尼特说："但牧主是聪明人，他特地告诉我们，据他所知那是最危险的一种武器，你该记得他是怎么说的。我还背得出来，他说：'它会导致太暴人的灭亡，以及我们全体的灭亡，可是对银河而言，它却代表终极的生命。’”

“就像所有的人类一样，牧主也有可能犯错。”

“想想看，阁下，我们对那份文件的本质毫无概念。举例而言，它可能是某人的实验记录，过去从来没有发表；它也可能跟某种武器有关，而地球人始终未曾认清，那是某种表面上看起来不像武器的……”

“荒唐，你自己也是军人，见识不该这么肤浅。若说有哪门科学，人类始终钻研不懈，而且获得相当的成就，就非军事科技莫属。过去一万年来，具有潜力的武器没一样遭到遗漏。我想，瑞尼特，我们该回林根去了。”

瑞尼特耸了耸肩，他并未被说服。

其实，钟狄自己同样未被说服，他的疑虑超过瑞尼特千倍。那份文件失窃了，这个事实意义重大——它竟然真值得偷！如今，它可能在银河中任何一人的手里。

他心不甘情不愿地想到，它有可能落入太暴人手中。这件事牧主说得相当含糊，甚至钟狄本人也得不到他的充分信任。牧主曾说它会带来灭亡，注定将对敌我双方造成同样的伤害。想到这里，钟狄紧紧抿起嘴唇。那个傻瓜，他的暗示多么愚蠢，而他现在成了太暴人的阶下囚。

假如某个太暴人，例如阿拉特普，掌握了像这样的秘密，那会有什么样的结果？阿拉特普！如今牧主不在了，那家伙则依然深不可测，他是太暴人中最危险的一个。

赛莫克·阿拉特普身材矮小，两腿有些外八字，天生一对眯眯眼。他像一般的太暴人一样，有着粗短结实的四肢。然而，面对藩属世界任何一位满身肌肉、魁梧异常的人物，他都能保持绝对的沉着镇定。他是个信心十足的太暴子孙，想当年，祖父辈离开了多风、不毛的母星，凭借昂扬的斗志，跨越虚无的太空，征服占领了星云区域众多富庶人稠的行星。

至于他的父亲，则率领了一支小型快速分遣舰队，采取打打逃逃的游击战术，将敌人巨大而笨重的战舰逐一化成废铁。

星云各世界用的都是老式战术，太暴人则学到了新式打法。当敌方舰队的巨型战舰寻求决战时，却苦于无法找到对手，徒然在太空中浪费能源。反之，太暴人舍弃巨大的动力，而特别强调速度与协调合作。因此，敌对的众王国一个接一个瓦解，其他的王国则抱持观望态度（对于邻邦的不幸，甚至还有几分幸灾乐祸），误以为躲在钢铁战舰的防线内，便能确保安全无虞，最终也难逃覆亡的命运。

不过那些战争都是五十年前的事。如今星云区域全部成为太暴人的势力范围，唯一需要做的只是占领与征税。过去还有其他世界有待征服——阿拉特普无精打采地想——现在却没什么好做的，除了偶尔镇压异己之外。

此时，他正望着面前这个年轻人。他实在不是普通的年轻人——身材高大，肩膀宽阔，脸上神情专注而认真，头发却短得可笑，无疑是大学生流行的模样。私底下，阿拉特普感到他很可怜，他显然给吓坏了。

拜伦则不认为自己感到“惊吓”，假如有人要他形容目前的情绪，他会将它描述为“紧张”。从出生到现在为止，在他心目中，太暴人一直是太上皇。他父亲虽然强壮有力，在自己的属地上拥有绝对权威，其他属地的人也都对他敬重万分，可是在太暴人面前，他却始终保持沉默，而且近乎低声下气。

太暴人偶尔会来到维迪莫斯，名义上是礼貌性访问。他们会问许多问题，都与他们称为税金的年贡有关。维迪莫斯牧主是天雾行星的代表，负责征收并运送这笔钱财，太暴人不时会翻翻他的账簿。

太暴人驾临时，牧主会亲自搀扶他们步下小型舰艇。用餐的时候，他们总是坐在最上位，每道菜一律先请他们享用。当他们开口时，其他的谈话都会立刻停止。

小时候，拜伦想不通为何需要如此小心侍候这些又矮又丑的人。渐渐长大后，他了解到一件事实，那就是这些人与父亲的关系，等于是父亲与牧牛人的关系。他自己也学会了用温和的语气对他们说话，并称呼他们“尊贵的阁下”。

他把学到的这些牢记在心，因此如今面对一位太上皇，一个太暴人，他便不知不觉紧张得打颤。

他视为监牢的那艘太空船，在登陆洛第亚那一天，终于成为一座正式的牢狱。他听到有人前来叫门，然后两名粗壮的船员走进来，一左一右站在他身边。随后而来的船长，则以断然的声音说：“拜伦·法瑞尔，我以船长的身份行使我的权力——现在我下令拘留你，等候大王的行政官前来问话。”

所谓的行政官，就是这时坐在拜伦面前这位矮小的太暴人，他看起来漫不经心又毫无兴味。而“大王”则是指太暴人的大汗，他仍住在太暴的母星，深居在传说中的石造宫殿内。

拜伦暗自打量四周，他的手脚未受任何束缚，却有四名警卫站在两侧，左右各两名。他们都穿着太暴驻外警察的青灰色制服，每个都全副武装。此外，还有一名佩戴少校徽章的军官，正坐在那位行政官的办公桌旁。

那位行政官终于开口对拜伦说：“也许你已经知晓，”他的声音又尖又细，“老维迪莫斯牧主，你的父亲，已经因叛乱罪遭到处决。”

他用一双老眼紧盯着拜伦的眼睛，除了和善，他眼中似乎再也没有别的。

拜伦维持着木然的状态，由于什么也不能做，使他感到万分沮丧。若能大骂或是痛打他们一顿，会令他感到舒服许多，但那样做也不能使父亲复生。他想，自己其实明白这个开场白的用意，那是为了令他崩溃，让他现出原形。哈，办不到。

他以平静的口吻说："我是地球人拜伦·玛兰，如果你质疑我的身份，我希望跟地球领事取得联系。"

"是啊，不过现在纯粹是非正式阶段。你说，你是地球人拜伦·玛兰。然而，"阿拉特普指了指面前一叠文件，"这些信却是维迪莫斯牧主写给他儿子的。此外还有一张大学注册收据，以及发给拜伦·法瑞尔的毕业典礼入场券，这些都是从你的行李中找到的。"

拜伦感到了绝望，却没有形之于色："我的行李遭到非法搜查，我不承认它们可以当做证据。"

"我们并非在法庭上，法瑞尔或玛兰先生。你对它们做何解释？"

"假如是在我的行李中找到的，那就是有人故意栽赃。"

行政官未继续追究，这令拜伦相当惊讶。他的理由太过薄弱，显然是极其愚蠢的谎言。但行政官不予置评，只是用食指轻敲着那个黑色信囊："这封给洛第亚执政者的介绍信呢？也不是你的？"

"不，那是我的。"拜伦心中早有打算，因为介绍信并未提到他的名字。他说："有个行刺执政者的阴谋……"

他突然打住，心中非常胆怯。当他终于说出这段精心设计的讲词后，才发觉它听来完全不可置信。不用说，行政官正在对自己冷笑吧？

不过阿拉特普没有那样做。他只是轻轻叹了一声，然后以迅速而熟练的动作，将一对隐形眼镜摘下来，小心翼翼地放进桌上一杯生理食盐水中。原本藏在眼镜后的那双老眼，现在看来有点泪汪汪的。

他说："而你知道这件事？虽然你身在地球，远在五百光年外？我们自己驻洛第亚的警察却未有耳闻。"

"警察都在这里，阴谋却是在地球策划的。"

"我懂了。所以说，你是他们派来的刺客？还是特地前来警告亨瑞克的？"

"当然是后者。"

"真的吗？你为何想要警告他呢？"

"希望获得一笔可观的赏金。"

阿拉特普微微一笑。"至少这点听来像是真话，你先前的陈述因此变得有几分可信。你说的那个阴谋，详细内容又如何呢？"

"那只能对执政者说。"

迟疑一下后，阿拉特普耸了耸肩。"很好，对于地方上的政治，太暴人根本毫无兴趣也毫不关心。我们会安排你跟执政者会面，好为他的安全尽我们一己之力。我的手下会一直盯着你，直到你的行李取来为止，那时你就可以自由离去——带他走吧。"

最后一句话是对武装警察说的，然后拜伦就被他们带走了。阿拉特普又戴上隐形眼镜，刚才摘掉眼镜所显出的几分无能神情，也就随之消失无踪。

他对留下来的少校说："我想，我们得好好注意这个小法瑞尔。"

那名军官立时点了点头："好！一时之间，我还以为你被骗倒了。在我听来，他的故事相当不着边际。"

"没错，正因为这样，我们才得以操纵他一阵子。像他这样的年轻人都很容易对付，他们心目中的星际阴谋都是从谍报影片学来的——他当然就是前牧主的儿子。"

此时少校却犹豫起来。"你确定吗？我们对他这样指控有点不够理直气壮。”

“你的意思是，所有的证据都可能是捏造的？为了什么呢？”

“他或许只是个诱饵，准备故意牺牲自己，以转移我们的注意力，真的拜伦·法瑞尔却在别的地方。”

“不，那太戏剧化，简直不可能。此外，我们手上还有个立方晶像。”

“什么？那孩子的？”

“牧主之子的，你有兴趣看看吗？”

“当然有。”

阿拉特普举起办公桌上的纸镇，它看起来只是个玻璃立方体，每边长三英寸，黑色且不透明。他说：“方才若有必要，我就准备让他见见这玩意。这玩意有个很逗人的变化，少校。它是最近由内世界发展出来的，我不知道你是否熟悉。外表上看来，它似乎是个普通的立方晶像，可是将它倒置，分子便会自动重排，使它变得完全不透明。这是个很有意思的巧思。”

他让晶像正面朝上，不透明的结构开始松动，渐渐变得越来越清澈，就像一团黑雾被风吹散一样。阿拉特普冷静地望着它，双手交叉置于胸前。

最后它变得如纯水般清澈，里面出现一张年轻的面孔，脸上挂着灿烂的笑容。那个影像栩栩如生，像是在呼吸间突然冻结成一座雕像。

“这样东西，”阿拉特普说，“是前牧主的私人物品。你有什么意见？”

“就是那个年轻人，毫无疑问。”

“没错。”这位太暴高官若有所思地凝视着立方晶像，“你可知道，利用相同的原理，我认为六个影像应该可以放在同一方晶内。它总共有六面，将方晶轮流立于每一面上，就可能导致一连串新的分子取向。当你转动方晶时，六个相连的影像会一个个轮换。这样一来，静态就变成动态，呈现出一种崭新的画面和效果。少校，这将是一种新的艺术形式。”由他的声音听来，他对这个想法越来越热衷。

沉默的少校却显得有些不以为然。阿拉特普很快摆脱了对艺术的执著，突然改变话题说：“那么你会监视法瑞尔喽？”

“一定会的。”

“也得监视亨瑞克。”

“亨瑞克？”

“当然啦，放掉那孩子为的就是这点，我要找出某些问题的答案。法瑞尔为何要找亨瑞克？他们之间有什么关联？死去的牧主孤掌难鸣，他们背后有——一定有——一个组织严密的阴谋，我们尚未了解这个阴谋的真面目。”

“但亨瑞克绝对不可能参与，他没那种智慧，即使他有这个胆量。”

“同意。但正由于他是半个白痴，或许成了他们的工具。果真如此的话，他就是我们整个计划中的一个弱点，这个可能性我们显然忽略不得。”

他心不在焉地挥了挥手，少校立刻向他敬礼，然后转身离去。

阿拉特普叹了一口气，又若有所思地转动着手中的晶像，看着黑墨般的沉淀物重新出现。

他父亲那个时代，凡事都比较简单。在战争中将敌方行星一一击溃，是一项既残酷又光荣的任务；而小心翼翼地操纵一个不知世事的年轻人，却只能算残酷而已。

但他必须这样做。

第五章
坐立不安

与“智人”的故乡地球相较之下，洛第亚的执政制度不算古老；即使与位于半人马座或天狼星附近的世界相比，它也不能算历史悠久。举例而言，大角众行星出现移民后两百年，一批太空船才首度绕过马头星云，发现了其后数百颗富含氧气与水分的行星。这些挤成一团的行星堪称重大发现，因为太空中虽然行星充斥，拥有适合人类生存条件的却少之又少。

在整个银河系中，发光发热的恒星为数在一千亿至二千亿之间。而围绕这些恒星的行星，总数有五千亿上下。当然，许多行星表面重力超过地球的百分之一百二十，或低于地球的百分之六十，因此人类无法长期居住其上。此外，有些行星过于炎热，有些温度又过低，还有不少的大气层是有毒的。在现有记录中，某些行星的大气层主要或全部成分都是氖气、甲烷、氨气、氯气，甚至四氟化硅。有些行星缺乏碳元素，有些则缺乏水分，曾有人发现一颗行星，它的海洋几乎由纯亚硫酸构成。

这些不适宜人类生存的条件，只要任何一条成立就够了。因此平均在十万颗行星中，还找不到一个适合人类居住的世界。即使如此，据估计可住人世界仍有四百万之众。

真正有人居住的世界究竟有多少，确切数字始终众说纷纭。若根据《银河年鉴》，洛第亚是人类开拓的第一〇九八号行星，不过年鉴上特别注明，这并非一项完全可靠的记录。

讽刺得很，后来终于征服洛第亚的太暴星，则在行星开拓榜上排名第一〇九九。

不幸的是，泛星云区域的历史轨迹，与其他星域的发展扩张期极为相似。首先，行星共和国如雨后春笋般迅速成立，每个政府都局限于一个世界。随着扩张政策的开展，大家都开始殖民邻近的行星，并将殖民世界纳入母星社会。小型的“帝国”一个个建立起来，彼此间就难免产生冲突与摩擦。

这些政府在广大星空间一一建立霸权，霸权的消长则取决于战争的胜败，以及领导阶层的兴衰。

只有洛第亚是唯一的例外，在英明的亨芮亚德王朝统治下，它维持了难得的长治久安。或许再耐心等上一两个世纪，它就很可能建立一个泛星云帝国。不料半路却杀出太暴人，十年间就完成了这项功业。

最后统一星云的竟是太暴人，这也实在是一大讽刺。在太暴星七百年的历史中，始终只维持着岌岌可危的自治，这主要还得归功于它贫瘠的陆地——由于缺乏水分，大半地区是荒漠，因此从未引来外敌入侵。

但即使太暴人来后，洛第亚的执政制度仍得以保留，甚至更加发扬光大。亨芮亚德家族极受民众爱戴，他们的存在使洛第亚更容易统治。太暴人只要能收到税金，不在乎由谁接受民众的喝彩。

事实上，近来的执政者并非当年亨芮亚德的嫡系子孙。执政者一向由王室成员遴选产生，好让最能干的一位出头。因此，王室一直鼓励收养外姓子弟。

然而，太暴人为了其他理由，也开始左右遴选的过程。二十年前，亨瑞克（五世）当选执政者，就是很好的例子。对太暴人而言，这算是个极有助益的选择。

亨瑞克当选执政者的时候，是个相当英俊的美男子。如今，当他对洛第亚议院发表演说时，看起来依然气度非凡。他的头发逐渐灰白，但是说来奇怪，那两撇胡子仍跟他女儿的头发一样乌黑。

这时，他正面对自己的女儿，而她显得十分恼火。执政者的身高将近六英尺，而她的身高只比父亲矮两英寸。她是个外柔内刚的女孩，黑眼睛、黑头发，而她此时脸上布满沉重的阴霾。

她又重复了一句："我不能！我不要！"

亨瑞克说："可是，艾妲，艾妲，你这样实在不讲理。我要怎么办呢？我能怎么办呢？站在我的立场，我又有什么选择？"

"假使母亲还活着，她就能想出办法。"说完她使劲一跺脚。她的全名是艾妲密西娅，这是个专属王室的名字，亨芮亚德家族每一代的女性，至少会有一人取这个名字。

"是啊，是啊，毫无疑问。饶了我吧！你母亲可真有办法！我常常感觉你完全像她，半分也不像我。可是老实说，艾妲，你没有给他机会。你有没有观察到他的——呃——优点呢？"

"哪些优点？"

"比方说……"他做了个含糊的手势，仔细想了想，又不得不放弃。然后他走近她，想将手搭在她肩上，算是给她一点安慰，她却转身闪开，深红色的长袍被她带起来，在半空中微微发亮。

"我陪他待了半个晚上，"她用苦涩的语调说，"他竟然想要吻我，实在太恶心了！"

“可是大家都在接吻，亲爱的。现在已经不像你祖母的时代，那些可敬的岁月。接吻不算什么，根本不算什么。新血，艾妲，他还有新血！”

“新血，太可笑了。过去十五年来，这可怕的矮子唯一有新血的时候，就是他刚刚输完血后。他比我还要矮四英寸，父亲，我怎能和一个侏儒出现在大庭广众？”

“他是个重要人物，非常重要！”

“那不会使他增高一英寸。他有双弓形腿，他们全都一样，而且他的呼吸有股怪味。”

“他的呼吸有怪味？”

艾妲密西娅冲着父亲皱起鼻子：“没错，有一股难闻的气味，我不喜欢，我也让他知道了。”

一时之间，亨瑞克张大嘴巴无言以对。然后他以嘶哑的声音、半耳语的音量说：“你让他知道了？你的意思是，一个太暴王宫中的重要官员，竟然有令人不快的生理特征？”

“他的确有！别忘了我有鼻子！所以当他靠得太近，我就捏起鼻子，然后用力一推。要说他有什么精彩的表现，也就只有那个时刻——他马上跌了个四脚朝天。”她用几根手指比划着，亨瑞克却没看到，他发出一声呻吟，拱起肩膀，用双手掩住了脸。

他从指缝间透出凄惨的目光：“现在怎么办？你怎么可以那样做？”

“那样做对我也没好处。你知道他怎么说吗？你可知道他怎么说吗？那使我再也无法忍受，实在是超过一个人忍耐的极限。从那一刻起，我就决心不再委屈自己，即使他有十英尺高也一样。”

“可是——可是——他究竟说了些什么？”

“他说——完全是影片中的台词，父亲。他说：‘哈！好个活泼的小姑娘！这令我更喜欢她了！’便在两个仆人的搀扶下颤巍巍地站起来，但他再也不敢对着我呼气。”

亨瑞克蜷曲在椅子里，上身向前倾，一本正经地凝视着艾妲密西娅：“你可以装模作样嫁给他，好不好？你根本不必认真。为了政治上的权宜之计，何不只要……”

“你说不必认真是什么意思，父亲？是不是要我用右手在结婚证书上签名的时候，将左手手指交叉成十字？”

亨瑞克看起来十分困惑：“不，当然不是。那样做有什么好处？交叉手指怎能改变婚约的效力？真是的，艾妲，我真没想到你竟然如此愚蠢。”

艾妲密西娅叹了一口气：“那你又是什么意思呢？”

“什么什么意思？你看，你把事情弄得一团糟。和你争辩的时候，我就无法集中精神想正经事。我刚才在说什么？”

“我只要假装愿意结婚就行，诸如此类的事。记得吗？”

“哦，对啦，我的意思是，你不必看得太认真，你懂了吧。”

“那么我想，我还能拥有情人。”

亨瑞克转趋强硬，皱着眉头说：“艾妲！我尽力把你教养成一个娴淑、自重的女孩，你母亲也一样。你怎能说出这种话？实在是可耻。”

“难道这不是你的意思吗？”

“我可以说，我是男人，一个成熟的男人。像你这样的女孩子，却不该重复这种话。”

“好吧，但我既然说了，便已无法收回。我不介意再有情人，假如我被迫为国而嫁，或许我真会找上几个，可是那样也会处处受限。”她双手撑住臀部，长袍的宽大袖子便从肩头滑落，露出黝黑的微凹肩胛，“我又能跟情人们怎么样？他仍是我的丈夫，想到这点我就无法忍受。”

“但他是个老头。亲爱的，他的寿命不会太长的。”

“还不够短，谢谢你的好意。五分钟前，他还拥有一身新血，记得吗？”

亨瑞克双手一摊。“艾妲，他是个太暴人，而且有权有势，在大汗宫廷中，他可是非常吃香的。”

“大汗也许认为他很香，他可能会这么想，因为他自己可能也很臭。”

亨瑞克吓得张大嘴巴。他自然而然朝身后瞧了瞧，再用嘶哑的声音说：“千万别再说像这样的话。”

“如果我想说，我还是会说。而且，那人已经有三个老婆。”她不让他插嘴，又抢着说：“不是大汗，是你要我嫁的那个人。”

“可是她们都死了。”亨瑞克一本正经地解释：“艾妲，她们都已不在人世，别再担心这一点。你想想看，我怎会让女儿嫁给一个三妻四妾的人？我们会让他提出证明。当初他娶她们的时候，也不是同时娶进门，而是一个一个来的，而且她们现在都死了，死得彻彻底底，一个也不剩。”

“这是可想而知的事。”

“哦，饶了我吧，我该怎么做呢？”他试图保持最后一点尊严，“艾妲，这是身为亨芮亚德家族的成员，以及身为执政者之女的代价。”

“我没有要求当亨芮亚德的一员，或是执政者的女儿。”

“这根本是两码事。只要纵观银河历史，艾妲，我们就能发现，为了国家的生存、行星的安全、人民的福祉，常常都需要，嗯——”

“某个可怜的女孩出卖自己的肉体。”

“哦，真是粗俗！等着吧，总有一天，你一定会当众说出这种粗话。”

“哼，事实正是这样，而我绝不会这么做。我宁可去死，我会采取任何手段，一定会。”

执政者起身向她张开双臂，他颤抖的嘴唇吐不出一个字。她突然痛哭失声，向他飞扑过去，猛力抓住他。“我不能，爸爸。我不能，别强迫我。”

他则笨拙地轻拍着她。“但你若是不肯，可知道会发生什么事吗？太暴人如果生气了，他们会赶我下台，把我关起来，甚至可能把我处……”他及时将那个字眼吞回去，“如今是个很不幸的时代，艾妲，非常不幸。维迪莫斯牧主上周被定罪，我相信他已被处决。你还记得他吧，艾妲？半年前他来过王宫。他的身材魁梧，有个圆圆的脑袋，以及一双深陷的眼睛，你刚见到他的时候十分害怕。”

“我记得。”

“唉，他或许已经死了。谁知道呢？我自己可能就是下一个，你这位可怜、温驯的老爹就是下一个。这是个很糟的时代。他到我们宫廷来过，这点就有蹊跷。”

她突然向后退了一臂之遥。“为什么有蹊跷呢？你跟他没有牵连，对不对？”

“我？绝对没有。但我们若拒绝跟大汗的宠臣联姻，就等于公开侮辱太暴的大汗，他们也许便会那么想。”

此时分机突然响起微弱的“嗡嗡”声。亨瑞克吓了一跳，原本紧绞着的双手也松开了。

“我去我的房间接，你休息一下。小睡片刻，你就会感觉好过些。我不骗你，真的，现在你只是情绪有点不稳定。”

望着他的背影，艾妲密西娅皱起眉头。她陷入沉思，前后有好几分钟的时间，只有胸部轻微的起伏证明她还活着。

门口突然传来跌跌撞撞的脚步声，于是她转过头来。

“什么事？”她的音调比预期的还要尖锐。

亨瑞克走了进来，他吓得脸色发青：“是安多斯少校打来的。”

“那个驻外警察。”

亨瑞克唯一能做的就是点点头。

艾妲密西娅叫道：“他该不会是……”她差点让那个可怕的想法脱口而出，但总算硬生生打住，等待父亲继续说下去。

“有个年轻人要求晋见，我不认识他。他为什么要来这里？他是从地球来的。”他上气不接下气，说得吞吞吐吐，仿佛他的心思被搁在转盘上，令他不得不跟着旋转。

女孩立刻跑到他身前，抓住他的手肘，高声道：“坐下来，父亲，告诉我发生了什么事。”她紧紧抓住他，他脸上的惊慌神色才稍微褪去一些。

“我不知道详情。”他悄声道，“有个年轻人来到这里，声称知道一个取我性命的详细计划，我的性命！而他们告诉我，我应该听听他怎么说。”

他露出傻笑。“我受百姓的爱戴，没有人会想要杀我。对不对？对不对？”

他以求助的眼光望着女儿，直到她答道“当然没有人想杀你”，他才总算松了一口气。

然后他又紧张起来：“你认为会不会是他们？”

“什么人？”

他上身向前倾，压低声音说：“太暴人。维迪莫斯牧主昨天来过这里，后来被他们杀掉了。”他的音调越来越高，“现在，他们又派人来杀我。”

艾妲密西娅大力抓住他的肩头，迫使他的心思转移到突如其来的疼痛上。

她道：“父亲！安静地坐下来！什么都别说了！注意听我说，没有人会杀你，你听到了吗？没有人会杀你。牧主来到这里，是六个月前的事，你记得吗？难道不是六个月前吗？想想看！”

“那么久了？”执政者细声道，“没错，没错，一定就是这样。”

“现在你待在这里休息，你紧张过度了。让我去见那个年轻人，如果安全的话，我再带他来见你。”

“你会去吗，艾妲？你会去吗？他不会伤害一名女子，他当然不会伤害一名女子。”

她突然弯下腰来亲吻他的脸颊。

“小心点。”他喃喃道，然后困倦地闭上眼睛。

第六章
王者之尊

拜伦·法瑞尔在王宫外围一栋建筑中不安地等待，这是他一生中，头一次体验到身为乡巴佬的无力感。

他自小在维迪莫斯堡长大，在他眼里，那座古堡始终美轮美奂。如今回想起来，它的华丽只配称为粗野。那些弯曲的线条、金丝银线的装饰、奇形怪状的塔楼，以及精致的假窗。想到这些，他就忍不住皱起了眉头。

然而此地则完全不同。

洛第亚王宫是亨芮亚德王朝极盛时期的石造宫殿，它并非一堆虚有其表的建筑，只有那些迷你君王才会将王宫建成那副德行；它也毫无衰亡中的世界所表现的天真。

每一栋建筑都稳健肃穆，一律采用直线构形，所有线条皆延伸至建筑物中心，却能避免尖塔所表现的柔弱气质。它们看起来并不突出，但外人不知不觉就会感到雄伟壮观。这样的建筑物，只能用含蓄、应有尽有和令人自豪来形容。

每座建筑都气势非凡，整体而言更是不同凡响，而巨大的中央正殿则是精华中的精华。洛第亚的阳刚格调本就不多，但仍由外而内逐次递减。在一座拥有人工照明与通风设备的建筑内，假窗这种极重要的装饰没有实际用处。因而此地完全舍弃，却未造成任何遗憾。

纯粹借着直线与平面，这些抽象的几何结构将人们的目光一路引到天空。

那名太暴少校从内间出来后，在他的身边站了一下。

“执政者现在要接见你。”他说。

拜伦点了点头。一会儿后，一个身穿深红与黄褐色制服的壮汉，在他的面前“啪”的一声立定。拜伦突然产生很深的感慨：真正有权力的人不需要炫耀外表，即使穿青灰色制服也足够了。而身为一位牧主，一生都要过着夸张且徒具形式的生活，一想到这种毫无意义的作风，他便不自觉地咬住嘴唇。

“拜伦·玛兰？”那名洛第亚卫士问道，拜伦便起身跟着他走了。

前面停着一节微微发亮的单轨车厢，它借着反磁性作用力，巧妙地悬浮在一条红色金属轴上方。拜伦从未见过这种交通工具，在进入车厢前，他先停下了脚步。

那节车厢并不大，顶多只能容纳五六个人。此时它正随风摇曳，好像一颗线条优美的水滴，在洛第亚灿烂的阳光下熠熠生辉。底下那条单轨十分细小，几乎跟一条电缆差不多，车厢从头到尾浮在上面。拜伦弯下腰来，还能从车厢底部的空隙看到蓝天。这时，突然有一阵风将车厢抬起来，车厢便飘在轨道上方一英寸之处，仿佛急着想飞走，拼命扯着拉住它的隐形力线。不久车厢又摇摇晃晃地下降，变得越来越接近轨道，但始终未曾与之接触。

“进去。”他身后的卫士不耐烦地说，拜伦便爬上两级阶梯，走进车厢中。

等到卫士也钻了进来，阶梯立即平稳无声地向上升起。在阶梯完全收起后，车厢光滑的外表没有留下任何痕迹。

拜伦直到现在才发觉，原来车厢的不透明外壳是个假象。进入车厢后，他竟然像坐在一个透明泡泡中。在简易的操作下，车厢腾空而起，轻易地向上爬升，冲撞着呼啸而过的大气。在车厢达到轨道最高点的一瞬间，拜伦见到了整座王宫的全貌。

向下望去，建筑群变成一个华丽的整体结构（他们最初的构想，不就是为了一个壮观的鸟瞰图吗？）周围镶着许多闪亮的铜线，其中一两条上急驰着外形优雅的车厢。

他突然感到身体向前冲，车厢在一阵晃动中停下来，整个车程前后还不到两分钟。

大门在他面前敞开，他走进去后，随即又在他身后关上。那是个又小又空的房间，屋内没有任何人。现在没什么人在后面推他，但他仍感到很不自在。这不是他的妄想，从那个要命的夜晚开始，他的行动一直受到他人左右。

钟狄将他安置到太空船上，太暴行政官又将他送到此地。每一步行动，都使他的绝望更上一层楼。

那个太暴人没有上当，这点拜伦心知肚明，自己太过轻易就摆脱了他。那行政官至少该给地球领事打个电话，也可以用超波与地球联络，或者对照他的网膜图样。这些都是例行公事，他们不可能疏忽遗漏。

他还记得钟狄对整个情势的分析，其中有些应该仍旧成立。太暴人不会公然杀害他，否则只会制造另一名烈士。但亨瑞克是他们的傀儡，下达一个处决人犯的命令，他能做得跟他们一样毫不犹豫。这样一来，他就等于被自己人杀害，而太暴人只是清高的旁观者。

拜伦用力捏紧拳头，他高大强壮，可惜如今手无寸铁。那些要来抓他的人都会带着手铳与神经鞭。想着想着，他发现自己已退到墙边。

他一听见开门声，立刻向左方望去。进来的是个身着制服、手持武器的人，但他身边还站着一名少女。他稍微松了一口气，那只是个少女而已。换成另一个场合，他也许会好好打量这名女子，因为她实在值得欣赏，但在此时此刻，她只不过是个少女罢了。

两人向他走近，在大约六英尺远的地方站定。他的眼光始终停留在卫士的手铳上。

那少女对卫士说："我先跟他谈谈，副队长。"

当她转身面对他时，她的眉心出现一道细细的纵纹。她说："声称知晓行刺执政者阴谋的人，就是你吗？"

拜伦说："我以为可以见到执政者。"

"那是不可能的，如果你有什么话要说，就对我说吧。倘若你的情报属实且有用，我们不会亏待你的。"

"我能否请问你是什么人？我又怎么知道你有权代表执政者发言？"

那少女似乎有点不高兴："我是他的女儿，请回答我的问题，你是从另一个行星系来的？"

"我是从地球来的。"拜伦顿了一下，又补充道，"郡主。"

后面那句尊称将她逗乐了："那在哪里？"

"天狼星区的一个小型行星，郡主。"

"你叫什么名字？"

"拜伦·玛兰，郡主。"

她若有所思地瞪着他："从地球来的？你会驾驶太空船吗？"

拜伦几乎笑了出来，知道她是在测验自己。她心里非常清楚，在太暴人控制的世界，太空航行是禁止研习的科学之一。

他说："我会驾驶，郡主。"若是进行实地测验，他便能证明这点，只要他们能让他活到那个时候。在地球上，太空航行并非遭禁的科学，前后四年的时间，他可以学到很多了。

她说："很好，你有什么情报？"

他突然拿定主意，假使只有卫士一人前来，他绝不敢那么做。但这位却是一名女子，而且她若没说谎——她真是执政者的女儿——她还有可能帮他讲话。

他说："根本没有什么行刺的阴谋，郡主。"

少女吃了一惊，不耐烦地对卫士说："你来接手好吗，副队长？叫他吐出实情来。"

拜伦向前走出一步，却撞上卫士戳过来的手铳。他急忙道："慢着，郡主，听我说！这是唯一能见到执政者的办法，难道你不了解吗？"

他提高音量，冲着她渐行渐远的身影叫道："能否至少请你转告殿下，说我是拜伦·法瑞尔，前来请求政治庇护？"

那是他最后一线微弱的希望。封建时代的惯例已渐趋式微，甚至在太暴人来临前便已如此，它们算是一种过时的传统。可是他再也没有别的办法，再也没有了。

她转过身来，双眉弯成两道钩。"现在你又自称属于贵族阶级？一会儿前你的姓氏还是玛兰。"

一个陌生的声音出其不意地响起："正是如此，但后来那个姓才正确。你的确是拜伦·法瑞尔，老兄。你当然就是，你们父子长得一模一样，绝对错不了。"

门口站着一个面带微笑的矮小男子。他的双眼生得很开，目光炯炯有神，精明中带着几分玩世的意味，将拜伦从头到脚打量了一遍。他抬起狭窄的脸孔，以便与高大的拜伦面对面，又头也不回地对少女说："你认不出他来吗，艾妲密西娅？"

艾妲密西娅连忙向他走去，以不安的口吻问道："吉尔伯伯，你来这里做什么？"

"来关心我自己的权益，艾妲密西娅。别忘了，如果真有行刺事件，在所有亨芮亚德家族成员中，要数我最有资格成为继位者。"吉尔布瑞特·欧思·亨芮亚德意味深长地眨了眨眼睛，又说了一句："哦，把副队长请走吧，不会有任何危险的。"

她不理会他的话，却对他说："你又在窃听通话器了？"

"是啊，你要将我这点乐趣也剥夺吗？监听他们的谈话是很好玩的事。"

"给他们抓到就不好玩了。"

"危险正是游戏的一部分，亲爱的侄女，而且是最有趣的部分。毕竟，太暴人从不放弃窃听这座王宫，我们的一言一行，几乎没有他们不知道的。哈，这是以牙还牙，你懂吧。你不为我介绍吗？"

"不，我不要。"她冷淡地说，"这里没你的事。"

"那么让我来为你介绍吧。我一听到他的名字，就再也听不下去，忍不住马上跑来。"他绕过艾妲密西娅，朝拜伦走过去，带着公式化的微笑打量着他，并说："这位是拜伦·法瑞尔。"

拜伦道："我自己已经说了。"他的注意力大半集中在副队长身上，后者仍举着手铳瞄准他。

"可是你没有说，你是维迪莫斯牧主之子。"

"要不是被你打断，我早就说出来了。无论如何，现在你们已经知道实情。情势很明显，我必须逃离太暴人的掌握，而且不能让他们知道我的真名。”说完拜伦便开始等待，他感到这是生死关头。假如下一步不是立即逮捕他，他就还有一线希望。

艾妲密西娅说：“我懂了，你是冲着执政者来的。所以说，你确定没有任何阴谋。”

“完全没有，郡主。”

“很好，吉尔伯伯，请你陪着法瑞尔先生好吗？副队长，你跟我来好吗？”

拜伦感到虚弱无力，很想要坐下来。吉尔布瑞特却没有做这种建议，他仍用近乎临床医生的态度，不断仔细打量着拜伦。

“牧主的儿子！真有趣！”

拜伦放松了警惕。他厌倦了小心谨慎的简短对答，改口说：“是的，是牧主的儿子，我生来就是如此。除此之外，我还有什么能为你效劳的吗？”

吉尔布瑞特没有生气，他的笑容反而更加灿烂，一张瘦脸变得更皱了。他说：“你应该能满足我的好奇心，你真是来寻求庇护的？来这里？”

“我宁可跟执政者讨论这件事，阁下。”

“哦，别指望了，年轻人。你将会发现，跟执政者谈不出什么来。你知道刚才为什么得跟他女儿交涉？如果你仔细想想，还真有趣呢。”

“你觉得凡事都很有趣吗？”

“有什么不对？就人生观而言，这是个很有趣的态度，它是唯一适用的形容词。好好观察这个宇宙，年轻人，假如你无法从中找出一点乐趣，还不如割断自己的喉管算了，因为宇宙真他妈的不怎么可爱。对啦，我还没自我介绍，我是执政者的堂兄。”

拜伦以冷淡的口气说：“可喜可贺！”

吉尔布瑞特耸了耸肩："你说得对，这没什么了不起。而我很可能永远保持这种身份，因为，毕竟没有什么真正的暗杀行动。"

"除非你自己炮制一个。"

"亲爱的老兄，你可真幽默！你很快就会发现，根本没有人把我当一回事。我说的话，别人只当是愤世嫉俗的言语。你不会认为执政权如今还值什么钱吧？想当然，你无法相信亨瑞克始终像这样？他的脑袋一直不灵光，可是他一年比一年更没救。我忘啦！你还没见过他，不过马上就会见到了！我听到他的脚步声了。当他对你说话的时候，记住他统领着泛星云王国中最大的一个，那会是个很妙的想法。"

亨瑞克将王者之尊表现得相当熟练。拜伦吃力地向他行九十度鞠躬礼，他仅以适度的谦逊答礼。然后，他有点唐突地冒出一句："你要跟我们交涉什么，先生？"

艾妲密西娅站在她父亲身边，拜伦现在才注意到她相当漂亮，这不禁令他有几分惊讶。他说："殿下，我是为家父的名誉而来，您一定知道，他遭到的处决并不公正。"

亨瑞克将脸别向一旁："我跟令尊的交情浅薄，他只来过洛第亚一两次。"他顿了一下，声音开始有点发颤。"你长得跟他很像，非常像。可是他曾受到审判，这你应该知道，至少在我想象中如此，而且是依法审判。真的，我不知道详情。"

"一点都没错，殿下。但我却想知道那些详情，我确信家父不是叛徒。"

亨瑞克连忙插嘴道："身为他的儿子，你为令尊辩护当然情有可原。可是，如今想要讨论这种政治问题，真的有很大的困难。事实上，这极为不恰当。你为何不去找阿拉特普？"

"我不认识他，殿下。"

“阿拉特普！那个行政官！那个太暴行政官！”

“我已经见过他，而他把我送到这儿来。当然，您应该了解，我不敢让太暴人……”

亨瑞克却开始紧张，他的手移到唇边，仿佛想要制止嘴唇的颤抖，因此他的话变得含糊不清。“你是说，阿拉特普送你到这里来？”

“我觉得有必要告诉他……”

“别重复你告诉他的话。我只知道，”亨瑞克说，“我无法帮你任何忙，牧主——哦——法瑞尔先生。这超出我的司法管辖权，行政会议——别再拉我，艾妲，你这样子会分我的神，我怎能集中注意力——必须咨询行政会议的意见。吉尔布瑞特！你负责招呼法瑞尔先生好吗？我会看看能做点什么。是的，我会去咨询行政会议。这是法律形式，你该知道。非常重要，非常重要。”

他转身就走，一面走还一面咕哝。

艾妲密西娅又逗留了一会儿。她碰了碰拜伦的袖子，对他说：“问你一句话，你声称自己会驾驶太空船，是不是真的？”

“千真万确。”拜伦向她微微一笑，而她迟疑一下之后，回报了一个现出酒窝的笑容。

“吉尔布瑞特，”她道，“待会儿我有话对你说。”

说完她迅速离去，拜伦一直望着她的背影，直到吉尔布瑞特用力拉扯他的衣袖，他才终于回过神来。

“我想你大概饿了，或许也感到口渴，想不想洗个澡？”吉尔布瑞特问道，“我想，生活中普通的享受不该放弃吧？”

“谢谢你，没错。”拜伦紧绷的神经几乎全部放松。片刻之间，他完全松懈下来，感到人生十分美妙。她很漂亮，漂亮极了。

但亨瑞克则未松懈，在自己的寝宫中，他的思绪如脱缰野马般奔腾。不论他怎样努力，也无法挣脱一个必然的结论。这是个陷阱！阿拉特普是故意送他来陷害自己的！

他将头埋在双手中，想要减轻内心受到的重击。然后，他明白了自己该怎么做。

第七章
心灵乐师

在所有可住人行星上，夜晚迟早都会降临。不过，昼夜的间隔也许并非十分理想，因为根据记录，各行星的自转周期差异极大，从十五小时到五十二小时不等。这使得在各行星间旅行的人，需要以最大的毅力来做心理调适。

在许多行星上，居民一律主动调适，也就是调整作息周期来配合自然周期。在更多的行星上，由于几乎全面使用大气调节机制，以及人工照明设备，因而日夜问题变得次要，只不过农业面貌也会因此改变。在少数行星上（那些走极端的世界），则根本无视白昼与黑夜的明显事实，而任意划分日夜的间隔。

但不论社会规约如何制定，夜晚的降临一向伴随着心理上的深刻意义，这可回溯到树栖猿人的生活习性。夜晚总是会令人恐惧不安，而夕阳总是带着人心向下沉。

在中央正殿里，没有任何能让人感知夜晚降临的机制。然而，拜伦借着深藏于大脑内未知角落的无名直觉，却能感到白昼已经结束。因此他知道，在户外漆黑的夜空中，仅有微弱的星光点缀其间。他还知道，每年到了特殊的日子，那个锯齿状的“太空洞口”，也就是所谓的“马头星云”（泛星云众王国的人对它都十分熟悉），会将原本清晰可见的星辰遮掩一半。

他又开始觉得沮丧。

与执政者做过简短的晤谈后，他再也没有见到艾妲密西娅，而他发觉自己很不喜欢那种滋味。他本来期望在晚餐时，也许能再跟她说几句话。结果，他却被安排单独用餐，只有两名怀着敌意的卫士在门外走来走去。就连吉尔布瑞特也走掉了，想必也是去进餐，但既然在亨芮亚德的宫廷中，他进餐时总会有人在旁作陪。

因此，当吉尔布瑞特重新出现，说了一句“艾妲密西娅和我一直在讨论你”，拜伦立刻表现出兴奋的反应。

吉尔布瑞特承认自己很高兴，接着又说：“首先，我要带你参观我的实验室。”他挥了挥手，两名卫士便离开了。

“什么样的实验室？”拜伦的兴致立马消失无踪。

“我自己做些小玩意。”他答得很含糊。

乍看之下，这不像一间实验室。它其实更接近一间图书馆，角落处摆着一张华丽的书桌。

拜伦缓缓打量着这个房间：“你就在这里做些小玩意？什么样的小玩意？”

“这个嘛，一些特殊的窃听设备，以崭新的方法刺探太暴人的间谍波束，他们根本查不出来。因此阿拉特普的第一句话传来后，我就知道你是什么人。此外我还有其他一些有趣的小东西，比如说我的声光仪。你喜欢音乐吗？”

“还算喜欢。”

“很好，我发明了一种仪器，只是我不知道称为音乐是否恰当。”他随手一碰，一个放置影视书的架子便向一旁滑开，“这不是多么适合藏东西的地方，不过没人把我当一回事，他们不会搜查的。真有趣，你不这样想吗？不过我忘记了，你对任何事都不感兴趣。”

那是个粗制的箱形物体，表面根本没有打磨，也没有任何光泽，一眼便能看出是手工制品，其中一面镶着些微微发亮的键钮。他将它放下来，让有键钮的一面朝上。

“它不怎么美观，”吉尔布瑞特说，“可是时空之中谁在乎呢？把电灯关掉，不，不！不必靠开关或按键，只要心中希望电灯熄灭，尽力这样想！决心让它们熄灭。”

电灯果然暗下来，只剩下屋顶上微弱的珍珠色光辉，在黑暗中将他们照成两张鬼脸。拜伦忍不住惊呼一声，立刻换来吉尔布瑞特一阵轻笑。

“这只是声光仪的功能之一，它能像私人信囊一样跟心灵契合，你懂我的意思吗？”

“不，我不懂，如果你想听坦白的答案。”

“好吧，”他说，“你这样想好了。你的大脑细胞所产生的电场，会在这个仪器中感应出另一个电场。就数学理论而言，这是个相当普通的现象，可是据我所知，从未有人将所有电路塞进这么小的箱子。通常，这需要一栋五层楼高的发电厂才行。它也能逆向操作，我可以控制这里的电路，将它的电场直接映到你的大脑。这样一来，你不必借着眼耳做媒介，便能产生视觉和听觉。注意看！”

起先什么都看不见，不久，在拜伦的眼角处，似乎有什么模糊的东西开始闪动。接下来，它变成飘浮在半空中的一个淡蓝紫色球体。当他转头时，那球体也跟着他旋转，甚至当他闭上眼睛，它也依然徘徊不去。此外，还有个清晰的音调伴着它，或者说是它的一部分，或者说那个音调就是它。

那球体渐渐胀大，渐渐扩张，拜伦发觉它竟然在自己脑中生根，心中感到有些不安。它并非一团真正的色彩，而是有颜色的悦耳声音；它代表着一种触感，但不是真正的生理感觉。

当音调逐渐升高时，它开始不停地旋转，同时散发出一团晕彩，就这样一路来到他的头顶，像是一股飘散的丝线。然后，它突然间爆裂，五彩团块立刻飞溅到他身上，所有的色彩瞬间燃烧起来，却没有引起任何痛觉。

接着，许多翠绿色泡泡开始上升，伴随着一声沉静、柔和的低鸣。拜伦慌慌张张伸手去抓，却发觉看不到自己的双手，而且感觉不到手臂的动作。他没有任何其他的知觉，只有那些小泡泡占满他的心灵。

他发出无声的巨吼，那些幻觉立即无影无踪。室内重新大放光明，吉尔布瑞特又出现在他面前，正对着他哈哈大笑。拜伦感到极度晕眩，他抬起发颤的手，擦了擦冰冷潮湿的额头，又猛地坐下来。

“发生了什么事？”他以尽可能强硬的口气质问。

吉尔布瑞特说：“我不知道，我没有卷入其中。你难道不了解吗？这是你的大脑从未有过的经验，它直接捕捉这个感觉，却无法诠释如此的现象。因此，当你集中注意力在这种感觉上，你的脑子只好强迫将它引导至熟悉的方向，也就是说，试图将它同时分别诠释为视觉、听觉和触觉。对啦，你有没有察觉到什么气味？有时我好像会闻到些什么。假如用狗来做实验，我猜想感觉几乎全会被转成嗅觉，改天我真想拿动物试试。

“反之，如果你不理会它，不主动攫取它，它就会逐渐消失。当我想要观察他人的反应时，我就会那么做，其实没有什么困难。”

他将浮着青筋的手掌放在那台仪器上，随手拨弄上面的键钮：

“有时我会想，如果有人好好研究这玩意，就能谱出一种新媒体上的交响乐，达到单纯声光得不到的效果。不过，只怕我自己没这个能力。”

拜伦突然说：“我想问你一个问题。”

“请便。”

“你为何不将科学天分用在有价值的方面，反而……”

“浪费在无用的玩具上？我也不知道。或许它并非毫无价值，其实这是犯法的，你知道吧。”

“什么东西？”

“这个声光仪，我的监听装置也一样。要是给太暴人知道了，我就等于是被判了死罪。”

“你一定是在开玩笑。”

“绝对不是。你显然是在牧地长大的，我看得出来，年轻人都不记得过去那段日子了。”他忽然别过头去，双眼眯成两道细缝，又问道：“你反对太暴的统治吗？尽管说。坦白告诉你，我自己就不接受。我还可以告诉你，令尊当初也一样。”

拜伦以平静的口吻说：“是的，我反对。”

“为什么？”

“他们是陌生人，是异邦人，他们有什么权利统治天雾星和洛第亚？”

“你一直那样想吗？”

拜伦没有回答。

吉尔布瑞特哼了一声：“换句话说，直到他们将令尊处决，你才认定他们是陌生人和异邦人。然而，毕竟他们有权那样做。哦，听我说，别发火，理智地想一想。相信我，我站在你这边。可是想想看！令尊是牧主，他手下的牧人又有什么权利？如果有人偷了一头牛，不管是自己吃掉或卖给别人，他将受到什么样的惩罚？会被当做窃贼关起来。倘若他图谋杀害令尊，不论原因为何，也许在他看来理由充分，他又会有什么样的下场？毫无疑问会被处决。令尊究竟有什么权利制定法律，将惩罚施加于他的同类？对他们而言，他就是他们的太暴人。

“在令尊自己心目中，以及我的心目中，他都是个标准的爱国者，但这又有什么意义？对太暴人而言，他是个不折不扣的叛徒，因此他们除掉了他。你能无视自卫的必要性吗？在亨芮亚德家族掌权的时代，同样也是一片腥风血雨。好好读一读历史，年轻人。不论什么样的政府，杀人都是一件自然的事。

“所以说，找个更好的理由来恨太暴人吧。别以为只要换上另一批统治者，这种小小的改变就能带来自由。”

拜伦做了一个以拳击掌的动作。“这些客观的哲理听来都不错，对于事不关己的人很有安抚作用。但假使是令尊遭到谋杀，你又会作何感想？”

“哼，难道不是吗？家父是前任执政者，他的确是被害死的。哦，并非公然的行动，而是巧妙的阴谋。他们令他精神崩溃，就像他们现在刺激亨瑞克一样。家父过世后，他们不让我继任执政者，因为我有点难以捉摸。亨瑞克既高大又英俊，而最重要的是顺从。但他显然还不够顺从。他们不断迫害他，将他折磨成一个可怜的傀儡，确定他在没得到许可前，连搔痒的胆量都没有。你见过他，应该看得出来。现在他的情况逐月恶化，他的持续恐惧状态是种可悲的精神病。可是这一点——我刚才说的一切——都不是我想推翻太暴人统治的真正理由。”

“不是？”拜伦说，“你创造了一个崭新的理由？”

“应该说是个很古老的理由，太暴人摧毁了两百亿人参与人类发展的权利。你受过教育，应该学过什么是经济周期。在一颗行星开拓之初，”他开始扳着手指计数，“首要的问题是自给自足，因此必定是个农业和畜牧世界。然后，它开始挖掘地底的矿藏，外销未经提炼的矿石，并将过剩的粮食卖到别处，以换取奢侈品和机械设备，这是第二阶段。接下来，当人口逐渐增长，外资慢慢累积后，工业文明便开始萌芽，这就是第三阶段。最后它会变成一个机械化世界，粮食一律依靠进口，对外则输出机械装置，并投资后进世界的发展等，这是第四阶段。

“机械化世界一向人口最稠密、权势最大、军事力量也最强，因为战争完全仰赖机械。而它们周围，通常会围绕着一些独立的农业世界。

“可是我们的情形又如何？我们本来处于第三阶段，拥有正在成长的工业。而现在呢？这个成长被迫中止、冻结，甚至倒退，否则，它会妨碍太暴人对我们工业必需品的控制。对他们而言，这只是一项短期投资，因为我们终将被榨干，那时就会变得无利可图。但在此之前，他们将一直榨取最高的利润。

“此外，我们若进行工业化，就可能会制造战争武器。因此工业化必须停止，科学研究也因此遭禁。久而久之，人民终于变得习以为常，甚至根本不觉得失去什么。所以当我告诉你，我可能因制造声光仪而被处死，你才会感到那么惊讶。

“当然，总有一天我们会击败太暴人，这几乎是必然的结果。他们不能永远统治下去，没有任何人办得到。他们会变得越来越软弱，越来越懒惰；他们会跟其他人通婚，失去许多独有的传统；他们还会变得腐败堕落。可是这需要好几世纪的时间，因为历史的发展一向从容不迫。而在那许多世纪后，我们仍将是农业世界，休想能有什么工业或科学遗产。而我们四面八方的邻居，那些未曾被太暴人统治的世界，将变得富强及高度都会化。我们这些王国永远会是次殖民地，永远无法赶上别人。在人类文明发展的伟大舞台上，我们将始终是一群旁观者。”

拜伦说：“你说的有些也是老生常谈。”

“自然如此，因为你是在地球受的教育。在人类社会的发展中，地球占了一个很特殊的地位。”

“真的吗？”

“想想看！自星际旅行发明后，整个银河始终处于不断扩张的状态。我们一向是个成长中的社会，因此是个尚未成熟的社会。显然，人类社会仅有一次、一处臻于成熟，那就是在地球上，在它遭逢大难之前。那个社会暂时失去任何地理扩张的可能，因此开始面对诸如人口过剩、资源匮乏等等问题。而这些问题，银河其他各处则从未出现过。

“因此，他们不得不尽力研究社会科学。但我们已经几乎遗失这些文化遗产，这实在太可惜了。不过有件很有趣的事，当亨瑞克年轻的时候，他是个狂热的原始主义者。他拥有一间图书馆，里面收藏的地球资料独步银河。而他成为执政者后，就将原先的一切都抛弃了。不过就某种程度而言，我继承了那间图书馆。它所收藏的文献，那些断简残篇，实在太迷人了。地球文化有一种特殊的内省风格，我们外向的银河文化中完全见不到，这是最有趣的一点。”

拜伦道：“这样我就放心了。你刚才严肃得太久，使我不禁开始怀疑，你是不是丧失了幽默感。”

吉尔布瑞特耸了耸肩：“我现在也觉得轻松多了，这种感觉真好。我想，这是几个月来的第一次。你知道逢场作戏是什么滋味吗？一天二十四小时，都故意将你的人格一分为二？甚至在朋友面前？甚至独处的时候，这样才不会无意间忘了做戏？做个半调子的人？做个永远有趣的人？做个无足轻重的人？显得既无能又可笑，让认识你的人都深信你毫无价值？这样你的性命才有保障，只不过这种日子几乎不值得活下去。可是，即使如此，我还是偶尔会跟他们对抗。”

他抬起头来：“你会驾驶太空船，我却不会，这是不是很奇怪？你提到我具有科学天分，但我连单人太空小艇都不会驾驶。可是你会啊，所以说，你必须离开洛第亚。”他的声音听来很认真，几乎像是在恳求对方。

这些话无疑是在求他，拜伦却冷冷地皱起眉头，问道：“为什么？”

吉尔布瑞特迅速说下去：“我刚才说过，艾妲密西娅和我一直在讨论你，我们全都安排好了。你离开这里后，直接前往她的房间，她正在那里等你。我已经帮你画了一张简图，所以你在穿过迂回的走廊时，完全不必停下来问路。”他将一张带有金属光泽的小纸片塞进拜伦手中，“假如你被任何人拦住，就说执政者要召见你，然后继续前进。只要你不显得迟疑不定，就不会有任何麻烦……”

“慢着！”拜伦不愿类似事件再度重演。钟狄将他赶到洛第亚，又害他被带到太暴人面前；然后，在他还来不及溜进王宫时，那个太暴行政官便将他赶到中央正殿，让他在丝毫没有准备的情况下，面对一个精神恍惚的傀儡，听了一大串疯言疯语。可是到此为止了！他今后的行动或许将有重重限制，然而，他对时空起誓，一切行动都要出于自愿，他认为没什么好商量的。

他说：“我来到这里，是为了一件对我而言非常重要的事。阁下，我是不会离开的。”

“什么啊！别做个小傻瓜。”一时之间，原来那个老吉尔布瑞特又回来了。“你以为你在这里能办成什么事吗？你以为等到明天太阳升起时，你还能活着离开王宫吗？哈，二十四小时内，亨瑞克一定会召来太暴人，而你就会成为阶下囚。他之所以会等一阵子，是因为他不论做任何事，都要花那么久的时间才能下定决心。他是我的堂弟，我非常了解他。”

拜伦说：“真要是这样，跟你又有什么关系呢？你为何这么关心我？”他绝不要再被人驱赶，再也不要做四处逃窜的木偶。

吉尔布瑞特却站起来，双眼直视着他。“我要你带我一起走，我关心的其实是我自己，我再也无法忍受太暴人统治下的生活。要不是艾妲密西娅和我都不会驾驶太空船，我们早就逃之夭夭。我们的性命也危在旦夕。”

拜伦感到决心有些动摇。“执政者的女儿？她跟这件事有什么关系？”

“我相信在我们三人当中，要数她的情况最绝望。对女性而言，还有另一重特殊的地狱。执政者的女儿年轻、貌美又未婚，她除了变成一个年轻、貌美的已婚妇人，还能有什么其他的选择？而这个年头，谁会是那个喜气洋洋的新郎呢？哈，一个又老又色的太暴宫廷高官，他前后已经埋葬三个老婆，如今还指望在少女的臂弯中，重新寻回青春的火花。”

“执政者当然不会答允这种事！”

“执政者会答允任何事，没人需要等他点头。”

拜伦想起上回见到艾妲密西娅的情景。她的长发由前额往后梳，直直地披在背后，在肩头附近微微向内卷曲。她有着洁白、细腻的皮肤，黑色的大眼睛，红色的樱唇！身材高挑、年轻、一脸笑容！然而整个银河中，这种模样的少女也许超过一亿，他要是因此决心动摇，那就实在太可笑了。

但他却说：“太空船准备好了吗？”

吉尔布瑞特突然绽放出笑容，将一张老脸挤得满是皱纹。但他还来不及开口，大门就响起重击声。那并非光电能束截断后的一下轻响，而是武装人员凶猛的敲门声。

敲门声再度响起时，吉尔布瑞特说："你最好把门打开。"

拜伦依言照做，两名卫士立刻冲进来。前面那人先利落地向吉尔布瑞特敬礼，再转身面对拜伦说："拜伦·法瑞尔，奉太暴常驻行政官与洛第亚执政者之命，我现在将你逮捕归案。"

"什么罪名？"拜伦质问。

"叛乱罪。"

在这一刹那，吉尔布瑞特脸上掠过无限绝望的神情，他连忙将头摆向一侧："亨瑞克这次动作真快，比我预料中快得多。想想可真有趣！"

他又变回老吉尔布瑞特，漠不关心地微笑着。他微微扬起两道眉毛，仿佛在以稍带悔恨的心情，检视这个令人不快的事实。

"请跟我来。"那卫士说，此时，拜伦才注意到对方手中紧握着神经鞭。

第八章
石榴裙

拜伦感到口干舌燥。在公平的情况下，他能击败其中任何一名卫士。他很有把握，也很希望有这种机会。他甚至可能大展神威，同时打倒两个人。问题是他们都带着神经鞭，他只要举起一只手，他们便会让他知道厉害。他在心里已经投降了，因为简直就无计可施。

吉尔布瑞特却说：“让他先去拿披风，两位。”

拜伦吃了一惊，迅速望了小老头一眼，便立刻打消投降的念头。因为，他知道自己根本没有披风。

那名掏出武器的卫士并拢脚跟行个礼，表示尊重吉尔布瑞特的吩咐。然后他用神经鞭指着拜伦，说道：“你听见侯爷的话了，去把你的披风拿来！”

拜伦尽量放大胆子慢慢后退。退到书架旁边后，他便蹲下来，在一张椅子后面作势摸索。他一面抓着空气中一件不存在的披风，一面紧张地等待吉尔布瑞特发难。

对两名卫士而言，声光仪只是个长满键钮的怪东西，当吉尔布瑞特轻巧地拨弄那些键钮时，他们根本不当一回事。拜伦则全神贯注地盯着神经鞭发射口，让它占据整个心灵。当然，他（自以为）看到或听到的任何其他事物，都绝不能让它们钻进脑海。

可是要等多久呢?

那手持武器的卫士说:“你的披风在那张椅子后面吗? 站起来!”他不耐烦地向前走去，却突然间停下脚步。他似乎万分讶异地眯起双眼，猛然向左方望去。

机会来啦! 拜伦马上站起来，迅速向前冲，在那卫士面前弯下腰来，紧紧抱住他的双膝，然后用力一拉。只听得“砰”的一声，那卫士已倒地不起，拜伦伸出大手，从他手中抢过神经鞭。

此时，另一名卫士已将武器握在手中，不过现在毫无用处，他另一只手正在眼前疯狂挥舞。

吉尔布瑞特发出高亢的笑声:“你还好吗，法瑞尔? ”

“什么都没看到，”他咕哝道，然后又说，“除了这柄已经到手的神经鞭。”

“好的，那就赶紧走吧。他们绝对无法阻止你，他们心中充满不存在的影像和声音。”吉尔布瑞特躲开两个扭打在一块的躯体。

拜伦的手臂挣脱对方的纠缠，高高举起来，然后猛力击向对方的肋骨。那卫士的脸孔因痛苦而扭曲，身子立时缩成一团，还不停抽搐着。拜伦随即起身，手中紧握着神经鞭。

“小心。”吉尔布瑞特叫道。

不过拜伦还是慢了一步，当他转身的时候，另一名卫士已向他撞来，将他再度压倒。那其实是个盲目的攻击，卫士究竟以为自己抓到什么，别人根本不可能知道。不过有一点可以肯定，就是此时他眼中完全没有拜伦。他的粗重呼吸声在拜伦耳边响起，喉咙中还不时发出奇怪的声音。

拜伦用力挣扎，想要动用抢到手的武器。但是对方空洞的眼神显然意味着什么可怕的幻象，令他自己也心生恐惧。

拜伦吃力地起身，左右来回移动重心，试图将那卫士挣脱，但几乎没什么作用。前后总共三次，他感到对方的神经鞭撞向自己的臀部，每次都吓得他胆战心惊。

卫士发出的咯咯声突然转成言语，他吼道："一个都跑不掉！"说完，他便发射了神经鞭。在能束经过的路径上，游离的空气冒出暗淡、几乎不可见的闪光。那道光芒扫过一大片区域，拜伦一只脚正挡在能束路径上。

那种感觉就像踩进一锅沸腾的铅汁，又仿佛被一块花岗岩砸个正着，也好像他的脚给鲨鱼一口咬掉。事实上，根本没有发生任何有形的变化，只是主司痛觉的神经末梢受到全面而彻底的刺激，踏进煮沸的铅汁也不过如此。

拜伦的惨叫几乎将喉咙扯破。他瘫在地上，甚至没想到打斗已经结束。除了越来越剧烈的痛楚，现在其他事都不再重要了。

然而，拜伦虽未察觉，那卫士却的确已经松手。几分钟后，当拜伦勉强能睁开眼睛，并将眼泪挤出来的时候，他发现那卫士靠着墙壁，一双虚弱的手正推着一样不存在的物体，还发出吃吃的傻笑声。前一名卫士仍躺在地上，四肢大剌剌地摊开，他仍有知觉，却没有发出任何声音。他的眼光循着一条怪异的轨迹移动，身体则微微颤抖，嘴唇上还沾着白沫。

拜伦硬着头皮站起来，拖着跛得厉害的步伐走到墙边，用神经鞭的握柄猛力一击，靠墙的卫士立即倒下。接着拜伦又来收拾前一个卫士，那人也未做任何抵抗，在他失去知觉的前一瞬间，眼光还继续悄悄地移动。

拜伦重新坐下，准备照料一下伤处。他将那只脚的鞋袜脱掉，吃惊地瞪着完好如初的皮肤。他一面搓揉，一面发出哼声，那种感觉就像火烧一样。他抬起头来时，看到吉尔布瑞特已放下声光仪，正用手背摩挲着瘦削的面颊。

“谢谢你，”拜伦说，“多亏你的仪器帮忙。”

吉尔布瑞特耸了耸肩，说道：“很快会有更多的卫士赶来，到艾妲密西娅的房间去吧。拜托！快点！”

拜伦明白这话很有道理，他的脚伤已稍微好转，变成阵阵的抽痛，可是他觉得又肿又胀。他将袜子重新穿上，将那只鞋挟在腋下。他原来已握着一柄神经鞭，现在将另一柄也夺过来，小心翼翼地插进皮带里。

他转身向大门走去，又带着恶心和反感问道：“你让他们看见了什么，阁下？”

“我也不知道，我无法控制这点。我只是尽量将功率调到最大，其他的便取决于他们心中的情结。请别净顾着讲话，我那张地图还在你身上吧？”

拜伦点了点头，便沿着走廊向前走去，一路上没见到任何人。他试着走快一点，步伐却变得蹒跚了，只好放慢脚步。

他看了看腕表，才想起一直没空将它调为洛第亚当地的计时系统。腕表上显示的仍是星际标准时间，也就是太空客船上使用的系统，其中每小时有一百分钟，一千分钟等于一天。如今冰冷的金属表面，闪耀着粉红色的“876”三个数字，根本一点意义也没有。

然而无论如何，现在一定已是深夜，或者说，早就是这颗行星的睡眠期（假若两者不尽相同）。否则，这些大厅不会如此空荡，墙上的浅浮雕也不会孤寂地发出磷光。当他经过那些浮雕时，随手摸了摸其中一件，那是一个加冕典礼的场景，结果发现它只是个二维结构。可是不管怎么看，它都给人一种突出墙壁的立体感。

他竟然暂停下来研究这种奇特的效果，这对他而言太不寻常了。一想起目前的状况，他赶紧继续前进。

空荡的走廊是洛第亚衰微的另一个象征，他突然有这样的感慨。既然成了叛逆分子，他对这些没落的象征变得分外敏感。王宫是一个独立王国的权力中心，夜间也该一直有人站岗，而且每道门都该有人看守。

他看了看吉尔布瑞特画的粗略地图，决定先向右转，再爬上一个宽大、蜿蜒的坡道。过去这里或许举行过游行，现在却什么也没有留下。

走到目的地后，他俯身靠着那扇门，按下光电讯号钮。大门先开了一道缝，随即全部打开。

“进来，年轻人。”

应门的正是艾妲密西娅。拜伦赶紧溜进去，大门迅疾无声地重新关上。他望着这个女子，什么话也没说。他意识到他的衬衫肩部撕破了，因此一边的袖子松垮垮地垂下，而且全身脏兮兮的，脸也被打肿了，这使他感到狼狈万分。他又想起腋下还挟着一只鞋，赶紧将它丢到地上，让那只脚笨拙地钻进去。

然后他才说：“不介意我坐下吧？”随即走向一张椅子。

她走到了他的面前，显得有点心慌意乱。“发生了什么事？你的脚怎么了？”

“受伤了。”他冷淡地答道，“你准备离开了吗？”

她立刻高兴起来：“这么说，你会带我们走？”

拜伦却没心情对她好言好语，那只受伤的脚仍感到刺痛，于是他又搓揉一番。然后他说：“听好，带我到那艘太空船去。我要离开这颗该死的行星，如果你要一道走，那我也不反对。”

她皱起眉头：“你应该和气一点。刚才跟人打架了？”

“是的，没错，跟令尊的卫士打了一架。他们要以叛乱罪名逮捕我，这就是我得到的庇护。”

“哦！我很遗憾。”

“我也很遗憾。怪不得少数太暴人能统领五十个世界，我们都在帮助他们。令尊那种人为了保有权势，可以做出任何事，他们忘了一个君子的基本责任——哦，算啦！”

“我说过我很遗憾，牧主大人。”她以高傲的口气称呼他的头衔，“请别板起脸孔审判家父，你不清楚其中的内情。”

“我没兴趣讨论这个问题，我们必须尽快离开这里，否则令尊那些了不起的卫士都会赶来。好吧，我不是故意要让你难过，别放在心上。”拜伦的暴戾之气与歉意刚好抵消。可是，他妈的，他以前从没挨过神经鞭，这可一点都不好玩。而且，太空啊，他们的确有义务给他政治庇护，至少该做到这一点。

艾妲密西娅很不高兴，当然不是生她父亲的气，而是气这个愚蠢的年轻人。他实在很年轻，依她看根本还是个大孩子。即使他比自己大，也大不了多少。

此时通话器突然响起，她赶紧说：“请等一下，然后我们就走。”

那是吉尔布瑞特的声音，听来相当微弱：“艾妲？你那里还好吗？”

“他在这里。”她悄声答道。

“很好，什么都别说，光听着就好。别离开你的房间，把他留在那里，他们将要大肆搜索王宫，没人能阻止这个行动。我会试着想想办法，可是此时此刻，千万不要轻举妄动。”他并未等待回答，便径自切断通话。

“现在可好。”拜伦也听到了他们的通话，“我到底是该留下来，把你也拖下水，还是该走出去投降？我想，我不能指望在洛第亚找到任何庇护了。”

她气冲冲地面对着他，压低声音吼道：“哦，闭嘴，你这个笨蛋丑八怪。”

两人互相怒目而视，拜伦感到十分伤心。换个角度来说，他也是在试图帮助她，她没有理由这样侮辱人。

结果她说了一句：“对不起。”就将头别过去。

“没关系，”他冷冷地答道，根本口是心非，“你有权表示自己的意见。”

“你实在不该那样批评家父，你不知道身为执政者的难处。他一直在为百姓做事，不论你心里怎么想。”

“哦，当然啦。为了他的百姓，他必须将我出卖给太暴人，这非常合理。”

“就某方面而言，的确如此，他得向他们表现自己的忠诚。否则，他们可能会罢黜他，直接接管洛第亚。那样难道会更理想吗？”

“如果连一名贵族都得不到庇护……”

“哦，你净顾着自己，这是你的一大缺点。”

“我不认为不想死是个特别自私的想法，至少不该平白无故送死。在我走前，我还得跟他们斗一斗，家父就和他们奋战过。”他知道自己越说越夸张，但这都是受到她的影响。

她说：“令尊那样做又有什么好处？”

“我想什么都没有，他遇害了。”

艾妲密西娅感到相当同情：“我一直在说我很遗憾，这次我是真心诚意的，我实在心乱如麻。”然后，她又为自己辩解，“但我自己也有麻烦，你该知道。”

拜伦想起了她的难处。“我知道。好吧，让我们重新开始。”他设法露出微笑，至少他的脚觉得好多了。

她试着以轻描淡写的口吻说："其实你并不丑。"

拜伦感到不知所措："哦，这个——"

他陡然打住，艾妲密西娅则举起手掩住嘴巴。然后，两人突然不约而同转头望向门口。

外面走廊忽然响起轻微的脚步声，那是许多规律的步伐，踩在富于弹性的塑胶拼花地板上。大多数人都走了过去，可是在大门外，却传来一下细弱而训练有素的立定声。接着，夜间叫门讯号便呜呜作响。

吉尔布瑞特必须迅速行动。首先，他得将他的声光仪藏起来。这是他生平第一次，希望能有个较隐秘的收藏地点。亨瑞克真该死，这次那么快便下定决心，竟然未等到天亮。他必须逃走，这种机会也许再也没有了。

然后，他又通知了卫队长。两名卫士昏迷不醒，还有一名重犯脱逃，不论他如何装疯卖傻，也无法对这种事不闻不问。

卫队长看到这种状况，脸色变得阴沉无比。等到不省人事的卫士被抬走后，他便面对着吉尔布瑞特。

"侯爷，根据您的叙述，我还是不大清楚究竟发生了什么事情。"他说。

"就是你看到的这些。"吉尔布瑞特说，"他们前来逮捕人犯，那年轻人却不肯投降。结果给他逃走了，太空才晓得他跑到哪里去。"

"没什么大不了的，侯爷。"队长说，"今晚王宫有贵客莅临，因此不论什么时候，都一律有严密的警戒。他绝对逃不出去，我们会将搜索网慢慢收紧。但他到底是怎么逃走的？我的手下都有武装，而他却手无寸铁。"

"他像猛虎一样拳打脚踢，我躲在那张椅子后面……"

"我很遗憾，侯爷，您竟然没意愿帮助我的手下，共同对抗一个叛乱分子。"

吉尔布瑞特现出轻蔑的表情："多有趣的想法啊，队长。你的手下以二敌一，手中还握有武器，竟然需要我帮忙，我看你征募新人的时候到啦。"

"很好！我们会搜索整个王宫，把他找出来，看看他能否再重施故技。"

"我跟你一起去，队长。"

这回轮到队长扬起眉毛。他说："我以为这样不妥，侯爷，难免会有些危险。"

对亨芮亚德家族任何一分子，队长都不该这样说。这点吉尔布瑞特心知肚明，但他只是微微一笑，让皱纹布满瘦削的老脸。"我知道，"他说，"可是有时我发现连危险都挺有趣。"

集合一伙卫士总共花了五分钟。在这段时间中，吉尔布瑞特单独留在房里，与艾妲密西娅通了一次话。

听到轻微的"呜呜"讯号声，拜伦与艾妲密西娅都愣住了。在讯号声响了两次之后，又传来一下谨慎的敲门声，接着就听见了吉尔布瑞特的声音。

"拜托让我来试试吧，队长。"然后传来更大的一声，"艾妲密西娅！"

拜伦松了一口气，微微咧嘴一笑，向前走出一步。可是那女孩突然伸手按住他的嘴，喊道："等一下，吉尔伯伯。"同时她向墙壁猛指。

拜伦只得傻傻望着那道墙，那里什么也没有。艾妲密西娅向他做个鬼脸，迅速绕过他，径自向墙边走去。她伸出手按向墙壁，一片墙便无声无息向一侧滑开，里面出现一间更衣室。她做了个“快进去！”的嘴型，同时双手开始摸索她右肩的饰针。拔下饰针，她衣裳内的微小力场随之消失，整件衣服的隐形接缝自动裂开，她便赶紧从衣服中钻出来。

拜伦踏进那间更衣室，立刻转头向外望去。墙壁虽然很快恢复原状，他还是看到了她套上一件白毛皮睡衣的动作，那件深红色服装则在椅子上皱成一团。

他打量着四周的环境，心中一直在嘀咕，不知道他们会不会搜查艾妲密西娅的房间。若是进行搜查，那他就插翅难飞了。除了他刚才进来的那道密门，更衣室没有任何别的出口，里面也没什么更幽密的地方可供躲藏。

他看到一列睡袍挂在墙边，前方的空气发出非常暗淡的闪光。他的手可以轻易穿透那道光芒，只有手腕被照到的部分产生轻微的刺痛。不过这种装置的目的并非防盗，而是为了逐退灰尘，让后面的空间保持无菌的清洁状态。

他或许能躲在裙子后面。其实他也正在这么做。在吉尔布瑞特的帮助下，他对付了两名卫士，才得以来到这里。可是接下来，他却拿石榴裙当挡箭牌，事实上，还真是躲在她的裙子后面。

他突然开始胡思乱想，竟然希望在墙壁合拢前，自己能早些转过头来。她有一副相当迷人的胴体，刚进门的时候，他的激烈态度实在太幼稚、太可笑了。无论如何，也不该为她父亲的过错而责怪她。

现在他唯一能做的，就是一面瞪着空洞的墙壁，一面耐着性子等待。等待房间中传来脚步声；等待墙壁重新拉开；等待数柄武器再度指着自己，这回却没有声光仪相助。

他屏息等待，双手各握着一柄神经鞭。

第九章
太上皇的裤子

“怎么回事？”艾妲密西娅的不安根本不用假装。这句话她是对吉尔布瑞特说的，他跟卫队长一同站在门口，此外还有六名武装卫士在门外谨慎地逡巡。然后，她又迅速问道：“父亲没什么事吧？”

“没有，没有，”吉尔布瑞特安慰她说，“没发生任何需要你操心的事。你睡着了吗？”

“正要睡，”她答道，“几小时前，我的女仆就各忙各的去了。除了我自己，没人能来应门，你们几乎把我吓死了。”

她突然转向队长，以强硬的态度说：“到底要我怎么样，队长？快点，拜托，现在并非适宜晋见的时间吧。”

队长刚张开嘴巴，吉尔布瑞特便抢着说：“这是件再有趣不过的事，艾妲。那个年轻人，他叫什么来着——你知道的——他匆匆逃跑，途中还打伤两名卫士。如今，我们以势均力敌的兵力追捕他，一队官兵对付一名逃犯。我自己也亲自上阵，加入搜索的行列，以我的热情和勇气鼓舞我们的好队长。”

艾妲密西娅装出一副完全茫然的表情。

队长嘴里咕哝出一个脏字，嘴唇几乎没有动作。然后他说：“对不起，侯爷，您没说清楚，我们是在浪费宝贵的时间。郡主，那个自称前维迪莫斯牧主之子的人，原本已经因叛乱罪被捕，但他设法逃脱，现在正逍遥法外。我们必须搜索整座王宫，每个房间都不放过。”

艾妲密西娅退了一步，皱起了眉头：“包括我的房间在内？”

“假如郡主允许。”

“啊，但我就是不允许。若有陌生人藏在我的房间，我不会不知道。你无论如何不该暗示我竟然在这么晚的时候还跟这种人，或是任何陌生人有瓜葛。请给予我的地位适当的尊重，队长。”

这番话的确很有效，队长只好欠着身说：“绝对没有这个意思，郡主。请原谅我们这么晚还来打扰您，只要您说未曾见到那名逃犯，当然就足够了。在这种情况下，我们必须确定您安然无事，他是个危险人物。”

“他再怎么危险，你和你这批手下也不可能对付不了。”

吉尔布瑞特高亢的声音再度插入：“队长，好啦——好啦。你和我的侄女客客气气交换观感的时候，我们的目标已有时间抢军火库了。我建议你在艾妲密西娅郡主的门口留下一名卫士，这样她下半夜的睡眠就不会再受干扰。除非，亲爱的侄女，”他一面说，一面对艾妲密西娅摆动手指，“你也想加入我们的行列。”

“我只想锁上房门，”艾妲密西娅冷冷地说，“然后就寝，谢谢你的好意。”

“挑一个大块头，”吉尔布瑞特大声说，“就要那位吧。我们的卫士都穿着帅气的制服，艾妲密西娅。你只要看到这身制服，就能认出他是我们的卫士。”

“侯爷，”队长不耐烦地说，“没有时间了，您是在延误时机。”

他做了个手势，一名卫士便从队伍出列。那卫士先向正在掩门的艾妲密西娅敬礼，然后又向队长敬礼。接着，规律的脚步声便沿着两个方向逐渐消失。

艾妲密西娅稍等片刻，再悄悄将大门推开一两英寸。那名卫士站在外面，双腿分开，脊背挺直，右手握着武器，左手放在警铃按钮上。他正是吉尔布瑞特建议的那名卫士，一个高头大马的家伙。他跟维迪莫斯的拜伦差不多高，却没有拜伦那么宽阔的肩膀。

此时她突然想到，拜伦虽然很年轻，因此某些观点相当不讲理，但他至少身材魁梧，又有一身结实的肌肉，这点十分有用，自己那样骂他实在很傻。而且，他长得也相当好看。

她重新关上大门，朝更衣室的方向走去。

当更衣室的门再度滑开时，拜伦全身神经紧绷。他屏住呼吸，抓着武器的十指也变得僵硬。

艾妲密西娅瞪着那两柄神经鞭：“小心点！”

他长长吁了一口气，将两柄武器分别塞进两个口袋。那样实在很不舒服，但他没有合适的皮套。他说：“只是防备进来的是要抓我的人。”

“出来吧，说话要压低声音。”

她仍穿着那件睡袍，它由光滑的纤维织成，拜伦从来没有见过那种布料。睡袍装饰着几簇银色的毛皮，借着本身微弱的静电力附着人体，不需任何扣子、钩子、扣环或缝合力场，艾妲密西娅美妙的曲线也因而若隐若现。

拜伦感到自己面红耳赤，但他非常喜欢这种感觉。

艾妲密西娅顿了一下，然后用食指做了个转圈的小动作，并且说：“你不介意吧？”

拜伦抬起头来望着她：“什么？哦，对不起。”

他立刻转过身来背对着她，却一直忍不住注意到她更换外衣带起的声音。他并未想要探究她为何不用更衣室，或为何不干脆换好衣服再开门。女性的心理简直是个无底洞，没有经验的人根本无从分析。

他再转过来的时候，她已经换了一身黑色。那是两件式的衣裙，膝盖以下没有任何遮掩。这套服装看起来不像舞会的礼服，似乎仅适合户外活动穿着。

拜伦不自觉地说：“那么，我们现在要走了？”

她摇了摇头：“你自己也得打点一番。你需要换一套衣服。躲到大门旁边去，我把卫士叫进来。”

“什么卫士？”

她浅浅一笑：“应吉尔伯伯的建议，他们在门口留下一名卫士。”

通向走廊的大门平稳地沿着滑轨拉开一两英寸，那名卫士仍一动不动地站在那里。

“卫士，”她悄声道，“进来一下，快点。”

对于执政者之女的吩咐，一名普通士兵毫无迟疑的理由。他走进渐渐打开的大门，恭敬地说：“听候您的差遣，郡……”突然有一股力量压向他的肩膀，令他的膝盖弯曲，同时有一只臂膀猛然勒住他的喉头，将那句话硬生生切断，令他甚至来不及发出挣扎的声音。

艾妲密西娅赶紧关上大门，看到这种缠斗的场面，令她几乎想要作呕。亨芮亚德王宫中的生活平静得几近颓废，身在其中的她从未见过这种场面——一个人的脸涨成紫红色，张大嘴巴，由于窒息而拼命吐气。她赶紧将头别过去。

拜伦龇牙咧嘴，用手臂紧紧缠住那人的喉头，同时不断收紧肌肉。前后有一分钟左右，卫士双手试图拉扯拜伦的手臂，可是力气越来越小，根本起不了作用，他的两条腿则乱踢一通。拜伦丝毫未曾放松，将他的身子举到了半空中。

卫士的双手终于垂下，双腿变得松垮，胸部的痉挛性起伏也开始消退。拜伦将他轻轻放到地板上，他的四肢松软地摊开，仿佛是个被掏空的袋子。

“他死了吗？”艾妲密西娅以恐惧不已的细声问道。

“我存疑。”拜伦说，“用这种方法杀人，需要四五分钟的时间，但他会有一阵子不省人事。你有什么东西可以捆绑他吗？”

她摇了摇头，一时之间，她感到相当无助。

拜伦说：“你一定有些纤维丝袜，用它们就行了。”他已取走那卫士的武器，并脱下他的制服，“我想洗个澡，不，我非洗不可。”

踏进艾妲密西娅的浴室，置身洁身雾中，令他感到无比舒畅。他也许会沾上过重的香气，但他希望出去后那香气就会在空气中散开。至少他现在一身洁净——暖和的蒸气强有力地喷在他身上，他只要迅速穿过这团细微的悬浮液滴，便能将全身污垢即刻除尽。这样洗澡不需要干燥室，当他走出那团雾气时，全身已经没有丝毫水汽。不论是在维迪莫斯或地球上，都没有这么方便的设备。

那卫士的制服有点紧，而不甚美观的锥形军帽盖在拜伦的头上，令他实在有点不敢领教。他很不以为然地照着镜子，问道：“我看起来怎么样？”

“挺像个军人。”

他又说：“你得带着一柄神经鞭，我一个人无法用三柄。”

她用两根指头夹起那件武器，丢进随身袋中。那个袋子借着微力场贴在她的宽皮带上，好让她的双手腾出来。

“我们最好现在就走。假如我们碰到任何人，你一个字都别说，由我负责开口。你的口音不对，而且在我面前，除非有人直接跟你说话，乱开口是不礼貌的举动。记住！你只是一名普通的士兵。”

躺在地板上的卫士开始缓缓扭动，眼睛也在四处张望。他的手腕与脚踝被扯到腰际，用丝袜紧紧绑成一团，那种丝袜的抗拉强度超过等量的钢铁。由于嘴巴塞了东西，他的舌头怎么动也发不出声音。

他已被推到一旁，这样他们就不必跨过他的身体去开门。

“走这边。”艾妲密西娅低声道。

在第一个转弯处，他们身后传来脚步声，然后一只手轻轻按向拜伦的肩头。

拜伦迅速闪到一旁，转过身来，一只手抓向那人的手臂，另一只手赶紧去取神经鞭。

他却听到吉尔布瑞特的声音：“别紧张，老弟！”

拜伦立刻松开手。

吉尔布瑞特一面搓着自己的手臂，一面说：“我一直在等你们，但没有理由拆我的骨头。让我好好欣赏你一番，法瑞尔。这套制服穿在你身上似乎缩了水，但还是不错，相当不错。有了这身行头，没人会看你第二眼。这就是制服的好处，大家都理所当然地以为，穿着军服的人一定就是军人，绝不会有任何例外。”

“吉尔伯伯，”艾妲密西娅焦急地悄声道，“别说那么多了，其他卫士呢？”

“谁都不让我多说几句。”他不悦地说，“其他的卫士都上塔楼去了。他们判定我们这位朋友不会在较低的楼层，所以只留下一些人守在主要出口和坡道旁，并将警报系统开启。我们可以轻易过关。”

“他们不会想念你吗？”拜伦问。

“我？哈，队长看到我走，高兴还来不及，虽然他表面上很舍不得。他们不会找我的，我向你保证。”

他们原本一直压低声音讲话，现在却完全无声无息了。前方一个坡道的起点站着一名士兵，此外还有另外两名卫士，守在两扇高大的、直接通向户外的雕花大门旁。

吉尔布瑞特叫道：“有没有那逃犯的消息，战士们？”

“没有，侯爷。”最近的那名卫士一面回答，一面并拢脚跟，向他行礼。

“好吧，把眼睛放亮点。”说完三人便向前走去，当他们穿过那道门的时候，守门卫士之一暂时关上那段警报系统。

外面果然是黑夜，天空晴朗而繁星密布，参差不齐的“暗星云”将地平线附近的星光尽数遮蔽。中央正殿成了他们身后的一团黑雾，广场则在前方不到半英里之处。

他们沿着幽静的小径走了五分钟，吉尔布瑞特忽然变得惴惴不安起来。

“有个地方不对劲。”他说。

艾妲密西娅问道：“吉尔伯伯，你没忘记把太空船准备好吧？”

“当然没有，”他虽仍压低声音，却以尽可能严厉的口气说，“可是广场塔台为何会有灯光？它应该一片黑暗。”

他伸手指向树丛，透过浓密的树叶，塔台看起来像个白光构成的蜂窝。在通常的情况下，那代表广场在正常作业——有船舰升空或着陆。

吉尔布瑞特喃喃道：“今晚没有任何预定的行程，这点绝对可以肯定。”

等到他们再走近些，便发现了事情的真相，至少吉尔布瑞特明白了。他突然停下脚步，伸出双臂将另外两人挡了回去。

“完啦，”他近乎歇斯底里地傻笑，“这回亨瑞克做得真好，这个白痴把事情全搞砸了。他们在这里！那些太暴人！你们难道不了解吗？那是阿拉特普的私人武装巡弋舰。”

拜伦也看见了，它在灯光下闪着暗淡的光芒。挤在其他毫无特色的船舰之间，这艘巡弋舰分外显眼，比那些洛第亚的航具更流线、更纤细、更阴狠。

吉尔布瑞特说：“那队长说今天要招待‘贵客’，我当时没留意。现在什么办法都没啦，我们总不能跟太暴人斗。”

拜伦忍不住爆发了。“为什么？”他忿忿地说，“为什么我们不能跟他们斗？他们没有理由提高警觉，而且我们还有武器。我们去抢行政官的船舰，我们去把他的裤子偷走吧。”

他继续向前走去，走出相当幽暗的树丛，来到毫无遮掩的地方，其他两人也跟了出来。他们没有理由躲藏——他们是两名王室成员与一名护驾的卫士。

但他们现在的敌人却是太暴人。

多年前，当太暴人赛莫克·阿拉特普第一次见到洛第亚王宫时，心中兴起一种叹为观止的激情。但他随即发现那只是个空壳子，里面只剩一些发霉的陈迹。两代以前，洛第亚立法厅便在这里集会，大多数行政机构也设立于此。当时，那座中央正殿是十几个世界的心脏。

然而，如今立法厅（它依旧存在，因为大汗从不干预地方政治）每年仅集会一次，以追认过去十二个月的行政法令，那几乎只是一种形式。行政会议名义上还是常年召开，但它仅有的十几个成员，十周有九周待在自己的属地上。各级行政机关一直有人办公，因为这些单位若不存在，不论是执政者或大汗，都无法独力统治一个世界。不过这些行政机关已分散行星各处，对执政者的依存度早已减低，对新主子太暴人的关注则显著升高。

王宫依然是一座富丽堂皇的金石建筑，却也仅止于此。那里面住着执政者一家人，以及几乎不敷使用的一群仆佣，还有兵力绝对不足的一队本地卫士。

阿拉特普在这个空壳子里感到很不自在，也很不开心。现在时候已经不早，他累了，双眼好像火烧一般疼痛，他很想摘下隐形眼镜。更糟的是，他感到失望透顶。

根本找不出一个规律！他不时望着身边的副官，那位少校却呆然地听着执政者说话。至于阿拉特普自己，则几乎没听进几个字。

“维迪莫斯牧主的儿子！真的？”他只是心不在焉地说道。过了一会儿，他又说了一句：“因此你逮捕了他？相当正确！”

但这对他没有什么意义，因为这些事并未经过详细筹划。阿拉特普有个井然有序的心灵，无法忍受各种独立事件散成一团、欠缺丝毫优雅的秩序。

维迪莫斯牧主是个叛徒，他儿子则企图会见洛第亚执政者。他首先秘密进行，计划失败后，他狗急跳墙，竟试图利用行刺阴谋的荒谬情报，公然要求晋见执政者，那当然是规律开始出现了。

现在它又乱成一团，亨瑞克慌慌张张地放弃了这个孩子，看来，他甚至不敢等到天亮。这点实在说不通，也可能是阿拉特普尚未知晓全部事实。

他又将注意力集中在执政者身上。亨瑞克开始反复说着同样的话，阿拉特普觉得同情心油然而生。此人被改造成这样一个胆小鬼，甚至令太暴人都感到不耐烦。但这是唯一的法门，唯有恐惧才能确保绝对忠诚，除此之外别无他法。

维迪莫斯牧主始终未曾恐惧，虽然他自身的利益与太暴人的统治息息相关，他仍选择了造反。亨瑞克却一直心存畏惧，因此结果会变得完全不同。

由于亨瑞克畏惧不已，现在他坐在那里，不知不觉变得语无伦次，拼命想要得到一点认可。少校当然不会有所回应，阿拉特普很清楚，那家伙没什么想象力。他叹了一声，希望自己也完全没有。唉，谁叫政治是一种丑恶的勾当呢。

因此，他带着几分鼓励说："相当正确，我对你的迅速决定，以及你对大汗的服务热诚表示嘉许。你放心，他一定会知道这件事的。"

亨瑞克显得兴高采烈，而且显然松了一口气。

阿拉特普又说："那么，把他带进来吧，让我们听听这个问题青年有什么话说。"他强忍住一个呵欠，那个"问题青年"究竟有什么话说，他其实一点兴趣也没有。

亨瑞克正准备按下按钮召唤卫队长，却发现根本没这个必要，那名队长未经通报便已来到门口。

"殿下。"他喊道，然后不等执政者许可，便径自向内走来。

亨瑞克睁大眼睛，瞪着那只距离讯号钮还有几英寸的手，仿佛怀疑自己的意念化成了足够的力量，足以取代按下讯号钮的实际行动。

他一头雾水地说："什么事，队长？"

队长答道："殿下，人犯逃跑了。"

阿拉特普感到困倦顿时消失几分。这是怎么回事？"详情禀上，队长！"他命令道，同时在座椅中正襟危坐起来。

队长向他们做了极精简的报告，他的结论是："殿下，请您准许我发布全面警戒令，他们还没逃得太远。”

“对，当然要，”亨瑞克结结巴巴地说，“当然要。全面警戒，的确需要。就这么办，快点！快点！行政官，我无法了解怎会发生这种事。队长，动员你手下每一个人。我们会好好调查一番，行政官。有必要的话，当班的卫士一律免职，免职！免职！”

他近乎歇斯底里地重复这两个字，队长却仍站在原处，显然还有什么话要说。

阿拉特普问道：“你还在等什么？”

“我能否向殿下私下禀报？”队长突然说。

亨瑞克以惊恐的目光，迅速望向和蔼可亲、泰然自若的行政官。他有点愤慨地说：“在大汗的将士面前，根本没有任何秘密，他们是我们的朋友，我们的……”

“你要说什么就说吧，队长。”阿拉特普轻声插嘴道。

队长立定站好，开口道：“既然殿下有令，我就照实说了。殿下，我以遗憾的心情向您禀报，艾妲密西娅郡主和吉尔布瑞特侯爷两人，跟那名人犯一同逃走了。”

“他竟敢绑架他们？”亨瑞克站了起来，“你们这些卫士却袖手旁观？”

“他们不是被绑架的，殿下，他们是自愿跟他走的。”

“你怎么知道？”阿拉特普精神一振，也完全清醒过来。毕竟，现在规律开始成形了，还是比他预料中更好的规律。

“我们有好多人证，包括一名被他们击倒的弟兄，以及数名因不知情而放走他们的卫士。”队长犹豫了一下，又绷着脸补充道，“当我在郡主寝宫门口，晋见艾妲密西娅郡主时，她告诉我她正准备睡觉。直到后来我才想到，当她那么说的时候，脸上还化着浓妆。我转身回去查看，却已经太迟了。这件事是我处置不当，我愿接受任何责罚。今晚过后，我将请求殿下批准我的辞呈。但现在我先要确定，您是否仍准许我发出全面警戒令？没有您的授权，我不能惊扰王室成员的安宁。”

但亨瑞克连站也站不稳，只能茫然瞪着他。

阿拉特普说：“队长，你最好先照料一下执政者的身子，我建议你把他的医生召来。”

“全面警戒！”队长重复了一次。

“不会有什么全面警戒，”阿拉特普说，“你听不懂我的话吗？没有全面警戒！别再追捕逃犯！这个意外事件已经结束！叫你的人回到寝室或正常岗位，赶快照顾你的执政者。走吧，少校。”

他们离开中央正殿后，那名太暴少校立刻紧张兮兮地说：“阿拉特普，我猜你知道自己在做什么。基于这个猜测，我才一直没开口。”

“谢谢你，少校。”阿拉特普很喜欢满是绿色植物的行星入夜后的气氛，太暴星本身虽更加美丽，却是岩石与山脉构成的可怕美感。它太干燥了！

他继续说：“你不懂如何掌控亨瑞克，安多斯少校。要是落在你手中，他就会萎缩和崩溃。他很有用，但想让他维持这种状态，却需要以温和的方式对待。”

少校不再理会这个问题，他说：“我指的不是那个。为何不发布全面警戒令？你不想抓到他们吗？”

“你想吗？”阿拉特普停下脚步，“让我们在这儿坐一下，安多斯，坐在一块草坪旁边的长椅上。还有什么地方比这里更美丽，而且更能避免间谍波束？你为什么想抓那个年轻人，少校？”

“我为什么想抓每一个叛徒和阴谋分子？”

“是啊，为什么呢，如果你只能抓到一些工具，而无法找出真正的祸源？你会抓到什么人呢？一个愣小子，一个傻丫头，再加一个老白痴？”

附近有座人工瀑布，不时溅出少许水花。那个瀑布很小，纯粹是种装饰，却是阿拉特普心中一个真正的疑惑。想想那些喷出来的水，不停地冲激岩石，又沿着地面流走，就这样白白糟蹋掉。他从未学会心平气和看待这种事，总是难免感到几分义愤填膺。

“这样的话，”少校说，“我们就毫无斩获。”

“我们掌握了一个规律。那个年轻人刚抵达时，我们认为他跟亨瑞克有牵连，所以我们困惑不已，因为亨瑞克是——就是那个样子，但那是我们所能做的最佳猜测。现在我们知道，其实根本不是亨瑞克，我们被误导了。他的目标是亨瑞克的女儿和堂兄，这样也更有道理。”

“他为什么不早点叫我们来呢？竟然一直等到三更半夜。”

“因为无论是谁先利用他，他都会变成那人的工具。我确定这是吉尔布瑞特的建议，说在半夜召开紧急会议，可以显示他极大的热诚。”

“你的意思是，我们是被故意叫来的？来见证他们的逃亡？”

“不，不是为那个缘故。问问你自己，那些人想要逃到哪里去？”

少校耸了耸肩。“洛第亚很大。”

“若只考虑小法瑞尔的话，没错。可是在洛第亚，两名王室成员走到哪里不会被人认出来？尤其是那个女孩。”

“所以说，他们会离开这颗行星？好吧，我同意。”

“又要从哪里出发呢？他们只要走上十五分钟，就可以到达广场。现在你明白我们被叫来的目的了吗？”

少校说：“我们的舰艇？”

“当然，太暴舰艇似乎是理想的交通工具。否则，他们就得在太空货船中选一艘。法瑞尔曾在地球接受教育，我确定他会驾驶巡弋舰。”

“这就是个问题，我们为何准许那些贵族将他们的儿子送到四面八方？这些子民的太空旅行知识，只要足以进行局部贸易就够了，为什么需要懂得更多？我们是在培养与我们为敌的战士。”

“然而，”阿拉特普巧妙地避过对方的问题，“此时此刻，法瑞尔已经受过外界的教育。让我们客观地将这点纳入考量，不要因此火冒三丈。无论如何，我确定他们已夺取了我们的巡弋舰。”

“我无法相信。”

“你带了腕上呼叫器，试试能否跟舰艇联络。”

少校试了一下，结果毫无回音。

阿拉特普说：“试试广场塔台。”

少校依言而行，微型接收器中便传出细微的声音，带着些许不安说道：“可是，尊贵的阁下，我不了解——一定有什么误会，您们的驾驶员十分钟前便升空了。”

阿拉特普露出微笑。“你看对不对？一旦找出规律，每个细节都会变得理所当然。现在，你看出结果了吗？”

少校的确看出来了，他拍了拍大腿，又大笑了几声。“当然！”他说道。

“好，”阿拉特普说，“他们当然不可能知道，可是他们将走上绝路。假使他们肯将就一下，即使选择广场上最粗制滥造的洛第亚太空货船，他们也一定逃脱得了，那样的话——该怎么比方呢？今晚我将措手不及，连裤子都来不及穿。如今，我的裤子紧紧系在腰际，他们是绝对没救了。等到大好时机来临，而我把他们拉回来之后，”他得意地加强了语气，“这个阴谋的其他部分也会在我掌握之中。”

他叹了一口气，发觉自己又困极欲眠。“好啦，我们运气很好，现在还不必着急。呼叫中心基地，叫他们派另一艘舰艇来接我们。”

第十章
或许！

拜伦·法瑞尔在地球上接受的太空航行训练，大多数只是纸上谈兵。大学中有关太空工程各方面的课程，虽有半学期花在超原子发动机理论上，可是等到学生登上太空船，在太空中实地操作时，那些理论却派不上什么用场。最优秀、最有经验的驾驶员，他们的技艺并非来自课堂，而是在太空中磨练出来的。

他勉强让那艘巡弋舰升空，没有真正发生意外，不过这主要是出于运气，并非他的技术精良。"无情号"对操纵系统的回应，比拜伦预料中迅速许多倍。在地球的时候，他曾驾驶几艘太空船飞向太空，然后再重返地面，但那些都是老旧而稳重的太空船，仅供学生实习之用。它们的动作柔和，而且非常、非常不利落，起飞时需要花费很大力气，还得在大气层中缓缓向上盘旋，最后才能到达太空。

反之，"无情号"毫不费力便腾空而起，然后垂直上升，呼啸着穿越大气。拜伦从座椅中跌了出来，肩膀差点脱臼。艾妲密西娅与吉尔布瑞特由于毫无经验，因此反而更加谨慎，将自己紧紧绑在安全带中，却被附有衬垫的安全带勒得到处红肿。那个被俘的太暴人则紧靠舱壁躺着，他猛力拉扯身上的绳索，口中咒骂不停。

拜伦摇摇晃晃地站起来，将那个太暴人踢得沉默不语，再以双手轮流抓着舱壁的栏杆，克服了加速度产生的力量，一步步走回自己的座位。他打开逆向喷射口，巡弋舰立刻开始颤动，加速度随即遽减，终于达到人体堪能忍受的程度。

此时，他们来到洛第亚大气层的外围，天空呈现一片深紫色。舰身由于空气摩擦而产生高热，连舱内都感觉得到。

又过了好几小时，巡弋舰才进入一条环绕洛第亚的轨道。拜伦不懂如何计算克服洛第亚重力的必要速度，只好以尝试错误的方式摸索，让舰艇轮流向前后喷气以改变速度，同时紧盯着质量计的数据。质量计是借着测量重力场强度，指示舰艇与行星表面距离的仪器。他的运气不错，那个质量计已根据洛第亚的质量与半径校准。否则，除非经过无数次实验，拜伦根本无法自行调整这个装置。

最后，质量计的数据终于稳定下来，在两小时内，几乎未曾显现任何变化。这时拜伦才稍微放松，另外两名乘客则从安全带中爬出来。

艾姐密西娅说："你的动作可不怎么温柔，牧主大人。"

"我让它飞起来了，郡主。"拜伦没好气地答道，"如果你能做得更好，欢迎你来试试，但我自己要先下去。"

"安静，安静，安静，"吉尔布瑞特说，"我们不能在这么窄的舰艇里赌气。还有一点，既然我们将挤在这个飞奔的牢笼中朝夕相处，我建议我们省略许多'大人''郡主'之类的头衔，否则我们的交谈会啰唆得无法忍受。我是吉尔布瑞特，你是拜伦，她是艾姐密西娅，我建议我们记住这些称呼，或用其他喜欢的简称也行。至于驾驶这艘舰艇嘛，何不请我们这位太暴朋友帮忙？"

那太暴人狠狠瞪着他们，拜伦则说："不，我们绝对无法信任他。等我摸熟了这艘舰艇后，我自己的驾驶技术就会进步。我没有害你们丧命，对不对？”

由于刚才那一下撞击，他的肩膀到现在还在痛，而疼痛照例使他心浮气躁。

“好吧，”吉尔布瑞特说，“我们该拿他怎么办？”

“我不想做冷酷无情的刽子手，”拜伦说，“而且那样对我们没有帮助。那样做只会加倍刺激太暴人，杀害统治阶级成员是不可饶恕的罪行。”

“但有什么别的办法吗？”

“我们把他放下去。”

“好吧，可是放到哪里？”

“放到洛第亚上。”

“什么啊！”

“那是他们唯一不会搜寻我们的地方。而且无论如何，我们也得尽快降落。”

“为什么？”

“听我说，这是行政官的舰艇，他用它在这颗行星表面飞来飞去，它不是为星际旅行准备的。我们在前往任何地点前，必须先准备好各种补给品，至少要确定我们有足够的食物和清水。”

艾妲密西娅猛点着头：“没错，很好！我自己不会想到这点，你实在很聪明，拜伦。”

拜伦做了个“没这回事”的手势，心中却感到又温暖又高兴。这是她第一次叫他的名字，只要她愿意尝试，她会相当讨人喜欢。

吉尔布瑞特说：“但他会立刻以无线电报告我们的行踪。”

“我不这么认为，”拜伦说，“首先，我猜想，洛第亚有些荒凉的地区。我们不必将他丢到某个城市的商业区，或是太暴驻军的军区中心。此外，他也许不会像你想象的那样，会那么急着联络他的长官……喂，阿兵哥，如果一名战士，让大汗麾下行政官的私人巡弋舰遭窃，他会有什么样的下场？”

那名俘虏没有回答，但他的嘴唇变得煞白。

拜伦心知这位战士的处境不妙。其实，他根本不该受到责罚。他所做的，仅是对洛第亚王室成员客客气气，没有理由疑心会惹祸上身。当初他严格奉行太暴军令，由于没有指挥官的许可，他拒绝让他们登上这艘舰艇。他曾坚称，即使执政者自己要求登舰，他一样会严加拒绝。可是，就在这个时候，他们已经贴近他，当他发现自己奉行军令还不够彻底，应该早将武器掏出来的时候，一切都太迟了，一柄神经鞭已抵在他的胸口。

甚至在那种情况下，他也没有轻易就范。直到胸部挨了一记鞭击，他才终于停止抵抗。虽然如此，他唯一的下场仍是面对军法审判，而且一定会被定罪。没人怀疑这一点，尤其是这位战士本人。

两天后，他们在南方市外缘降落。这是他们刻意选择的地点，因为它远离洛第亚的主要人口中心。在此之前，他们先将那名太暴士兵绑在反弹装置上，让他随风飘落地面，落在距离最近的城镇约五十英里处。

舰艇在一个空旷的海滨着陆，没有产生太大的冲击。拜伦是三人中最不容易被认出来的，因此负责必要的采买。吉尔布瑞特百忙中仍未忘记携带的洛第亚货币，勉强可以买到基本的必需品，因为拜伦将许多钱花在一辆双轮小拖车上，这样才能把补给品一件件运回来。

“你应该可以买到更多东西，”艾妲密西娅说，“如果你没浪费那么多钱，买那些太暴浆糊的话。”

“我认为没有别的食物可以取代，”拜伦激动地说，“你也许认为它是太暴浆糊，但它是营养均衡的食物，比我能找到的其他食物更符合我们的需要。”

他十分恼怒。将那些货品从城中运出来，再搬到舰艇上，根本就是装卸工人的工作。他是在太暴人经营的一家军需店买的，这就代表那是件很危险的工作，他本来希望能获得赞赏。

而且，他根本没有选择的余地。由于太暴人使用小型舰艇，太暴军方为了配合这点，发展出一整套特殊的补给科技。他们不能像别的舰队那样，拥有巨大的贮物空间，可以容纳许多动物的全尸，将它们整整齐齐挂在一起。他们必须发展出一种标准的浓缩食品，内含必需的热量与养分，却无法顾及食物的色香味。与天然肉类比较之下，这种浓缩食品占的空间只有前者的二十分之一，而且能存放在低温贮藏室中，像砖块一样堆起来。

“哼，它难吃极了。”艾妲密西娅说。

“哼，你会慢慢习惯的。”拜伦回嘴道，还故意模仿她嗔怒的口气。她气得满脸通红，怒冲冲地别过头去。

拜伦心中很清楚，真正令她心烦的是空间不足，以及随之而来的各种不便。除了必须忍受单调无味的食物以换取最大的热量供应之外，没有隔离的睡房也是个问题。这艘舰艇有数间轮机室与一间驾驶舱，这就占了大部分空间。（拜伦心想，这毕竟是一艘战舰，而不是休闲用的太空游艇。）此外，还有一间贮藏室，以及一间小寝舱。小寝舱两侧各有三个双层卧铺，厕所则是紧邻寝舱的一个小空间。

这就表示十分拥挤；表示毫无隐私可言；表示艾妲密西娅必须自我调适，以适应这种没有换洗的女装、没有镜子、没有盥洗设备的环境。

嗯，她一定得学着适应。拜伦觉得自己为她做得够多了，已经大大超出他的原则。她为什么还不高兴，不肯偶尔微笑一下？她拥有美丽的笑容，他必须承认，她实在不赖，只有她的脾气例外。可是，哦，那种脾气！

好啦，何必浪费时间思量她呢？

缺水的问题是最糟的一环。首要的原因是，太暴星是一颗沙漠行星，水是异常珍贵的资源，大家都知道应当珍惜，因此舰艇上完全没有洗涤用水。每当登陆某颗行星后，官兵才有机会洗澡，以及清洗个人的衣物、用品。在太空的时候，一点点尘垢、汗水没什么关系。即使是饮用水，在长途旅程中也仅仅勉强够用。毕竟，水既不能浓缩又无法“脱水”，必须原封不动地装载。由于浓缩食品中的水分相当少，缺水的问题因而更加严重。

舰艇上备有蒸馏装置，可回收人体流失的水分。但拜伦在了解它的作用后，感到十分恶心，决定将排泄物直接处理掉，不愿回收其中的水分。就化学观点而言，循环是个合理的程序，但一个人必须经过长久的学习，才能接受那种事情。

比较之下，第二次起飞可算平稳的典范。升空后，拜伦花了不少时间研究操纵装置。这艘舰艇的控制面板极为特殊，袖珍化的程度相当惊人，与他在地球上接触过的仅有些微类似。每当拜伦判断出某个开关的作用，或是某个仪表的功能，便将简单的说明写在纸上，然后贴在面板的适当位置。

此时，吉尔布瑞特走进驾驶舱。

拜伦回过头来说：“我猜，艾妲密西娅在寝舱中吧？”

“只要她还在这艘舰艇内，就不可能待在别的地方。”

拜伦说：“你碰到她的时候，告诉她我会在驾驶舱搭个卧铺，我建议你也这样做，好让她独享那间寝舱。”然后，他又喃喃道，“真是个幼稚任性的女孩。”

“你自己有时候也一样，拜伦。”吉尔布瑞特说，“别忘了她一向过的是什么生活。”

“好吧，我的确记得，那又怎么样？你以为我一向过的又是什么生活？你也知道，我并非生在某个小行星带的矿区中，我是在天雾星最大的牧地长大的。可是一旦身陷困境，你就必须尽量适应。他妈的，只恨我无法将舰身拉长，它只能装这么多食物和饮水。对于缺乏淋浴设备这个事实，我也根本没什么办法。她却一直找我的碴，好像这艘舰艇是我亲自建造的。”对吉尔布瑞特大吼一顿是一种发泄——其实对谁大吼一顿都行。

舱门突然再度打开，艾妲密西娅站在门口，以冰冷的口气说：“如果我是你，法瑞尔先生，我会尽量避免大吼大叫。在舰艇每个角落，你的声音都能听得清清楚楚。”

“这一点，”拜伦说，“倒不会令我困扰。你如果对这艘舰艇不满，别忘了一件事实：若非令尊想把我给杀掉、把你给嫁掉，我们两个谁也不会待在这里。”

“别将我父亲扯进来。”

“我高兴将谁扯进来，就将谁扯进来。”

吉尔布瑞特捂住双耳。“拜托！”

这场争辩因此暂时休兵，吉尔布瑞特趁机说：“我们现在是否应该讨论一下目的地？照这种情形看来，我们若能早些抵达某个地方，尽快走出这艘舰艇，大家就能少受点罪。”

“我同意这句话，吉尔。”拜伦说，“我们随便到哪里都行，只要我不必再听她唠叨就好。太空船上最难伺候的就是女人！”

艾妲密西娅根本不理他，完全对着吉尔布瑞特说：“我们何不干脆离开星云区域呢？”

“我不知道你怎么打算，”拜伦立刻说，“但我必须回到我的牧地，为家父的冤死尽点心力，我要留在众王国内。”

“我的意思又不是永远不回来，”艾姐密西娅说，“只要等到密集搜索结束就行了。反正，我看不出你想为你的牧地做些什么。除非太暴帝国土崩瓦解，否则你根本不能回到那里，但我却看不出你在做任何努力。”

“你别管我打算做什么，那是我自己的事。”

“我可否提个建议？”吉尔布瑞特委婉地问。

没有人答腔，于是他将沉默解释为同意，继续说：“那就让我来告诉你，我们应该到哪里去，以及我们究竟该怎么做，才能促使太暴帝国土崩瓦解，如同艾姐说的那样。”

“哦？你有什么样的计划？”拜伦问道。

吉尔布瑞特微微一笑：“亲爱的孩子，你现在采取的态度非常有趣。你不信任我吗？你这样望着我，仿佛认为我醉心的任何谋略，都注定是愚蠢的想法。无论如何，我将你救出了王宫。”

“我知道，我万分愿意听你说说。”

“那就好好听着。我等待一个逃出他们掌握的机会，已经等了二十多年。假使我是个普通平民，我老早就成功了，可惜我投错了胎，令我一直离不开公众的耳目。可是，若非生为亨芮亚德家族的一员，我也不会去参加当今太暴大汗的加冕大典。要不是那个机会，我也不可能撞见一个秘密——总有一天会毁掉那个大汗的秘密。”

“继续说。”拜伦催促道。

“由洛第亚到太暴星的行程，当然由太暴战舰负责，回程也一样。那艘战舰跟这艘类似，不过大了许多。去程一路平静无事；待在太暴星的时候，的确有些有趣的经历，但跟我们现在的话题无关，所以也等于平静无事。然而，在回程中，却有一颗流星撞上我们。”

“什么？”

吉尔布瑞特举起一只手：“我很清楚这是极不可能的意外。太空中出现流星的几率实在太小，尤其是恒星际太空，流星跟船舰相撞的机会更是微乎其微。不过你也知道，这种事故仍会发生，而在那次航行中，就真被我们遇上了。当然啦，一旦流星真的撞上船舰，即使它只有针头般大小（其实大多数流星都是这么大），那么除非是拥有最厚重装甲的战舰，否则一律会被流星贯穿。”

“我知道，”拜伦说，“那是由于它的动量很大，而动量等于质量乘以速度。虽然质量很小，它的高速足以弥补过来。”他神情严肃地背诵公式，像是在学校上课一样，却发觉自己还在偷偷望着艾妲密西娅。

她坐在一旁聆听吉尔布瑞特的叙述，跟拜伦的距离很近，两人的身体几乎挨在一起。拜伦突然注意到，即使头发变得有点脏，坐着的她依然有着美丽的轮廓。她没穿那件小外套，而即使已过了四十八小时，她身上那件雪白、蓬松的外衣仍毫无皱褶，他很想知道她是如何做到的。

他相信，只要她学得乖巧些，这趟旅程会很有意思。然而，从来没有人好好管教她，问题就出在这里。她的父亲当然没有，才使她变得如此任性。假如生在普通人家，她会是个很讨人喜欢的女孩。

他正要滑进一场小小的白日梦中，梦见自己将她管教得服服帖帖，让她对自己既尊重又感激。此时她突然转过头来，与他的目光默默相交。拜伦赶紧别过头去，将注意力集中在吉尔布瑞特身上，结果发现自己漏掉几句话。

“战舰的荧幕为何失灵，我连一点概念也没有。天底下有许多像这样的事，没有人找得出答案，反正它就是失灵了。总之，那颗流星向战舰拦腰撞来。它只有小鹅卵石那么大，当它穿透舰身后，速度变慢了些，刚好使它无法再从另一侧钻出去。假使它钻了出去，损伤会很轻微，因为舰身立刻可以暂时补上。

“然而，事实并非如此。它冲进驾驶舱，又从舱壁反弹回来，然后在两侧舱壁间撞来撞去，直到完全停下为止。整个过程不会超过几分之一秒，但它原来的速度大约是每分钟一百英里，一定已在舱中穿梭不下百次。两个舰员的身体被打得稀烂，而我还能活着，只因为我当时在寝舱中。

“流星刚钻进舰身的时候，我听见一个微弱的叮当声，接着是它撞来撞去的一阵噼里啪啦，还有两名舰员发出的短暂而可怕的惨叫。当我冲进驾驶舱时，只见一片血肉模糊。后来发生的事，我只有模糊的记忆，可是许多年来，我不断在噩梦中重温那些恐怖的经历。

“空气外泄的细微声响，将我引到那个破洞去。我拿了一个金属盘，将它贴上去，舱内气压马上将破洞封牢。我在地上找到那颗撞烂的太空鹅卵石，它摸起来还热乎乎的，但我用扳手将它敲成两半后，暴露出来的部分立刻结上一层霜。换句话说，它仍维持着太空中的低温。

“我在两具尸体的手腕各套一条缆绳，又在两条缆绳上各绑了一块拖曳磁石。准备好后，我把两具尸体由气闸丢出去，随即听到铿锵一声，代表磁石已经吸住，我就知道不论战舰航向何方，那两具冻僵的尸体也会跟来。懂了吧，我知道一旦回到洛第亚，我必须拿他们的尸体当证据，证明他们是被流星打死的，而不是我杀害的。

“可是我要怎么回去？我感到相当无助。我根本不会驾驶那艘战舰，而陷在星际太空深处的我也不敢随便乱试。我甚至不懂如何使用次以太通讯系统，所以无法发出求救讯号。我唯一能做的，就是让战舰循着既定的航线前进。”

“但你不可能仅仅那样做，对不对？”拜伦怀疑这些都是吉尔布瑞特虚构的，若非出于单纯的浪漫幻想，便是为了某种极为实际的目的，“超空间跃迁又是怎么进行的？你一定设法做到了，否则你不会在这里。”

“太暴人的船舰，”吉尔布瑞特说，“一旦操纵系统设定妥当，就能自动进行无限多次跃迁。”

拜伦露出不敢置信的目光，难道吉尔布瑞特把自己当成傻瓜？“这都是你胡诌的。”他说。

“我没有胡诌，那是他们先进的军事科技之一，我们就是败在那些该死的科技上。不论人口或资源，五十个行星系都超出太暴星数百倍，他们并非靠儿戏征服这些世界，你该知道。他们当然是采取各个击破的战略，并巧妙利用内奸，但他们也绝对占有军事优势。人人都知道他们的战术优于我们，部分原因正是由于自动跃迁技术。这代表他们的船舰机动性大增，可以研拟出极精致的战斗计划，我们根本望尘莫及。

“我敢说那是他们的最高机密之一，我是说那种科技。本来我并不知道，直到我单独困在‘吸血鬼号’中——太暴船舰都用难听的字眼命名，这是最讨人厌的一种习惯，不过我想它也是很好的心理战。总之，直到那时我才有机会看到它在无人操纵的情况下，完全自动进行跃迁。”

“你的意思是，这艘舰艇也能这样做？”

“我不知道，即使可以我也不会惊讶。”

拜伦转向控制面板，上面还有好几十个开关，他尚未推敲出用途为何。没关系，以后再说！

他又转身面对吉尔布瑞特。“结果那艘战舰把你带回家了？”

“不，没有。当那颗流星在驾驶舱中来回穿梭时，控制面板也没有幸免于难。如果不是这样，那才是最不可思议的事。仪表都被打碎了，外壳也被打得破破烂烂、凹凸不平。我无法判断设定好的操纵系统怎样改变，但它一定有了变动，因为它始终没将我带回洛第亚。

“当然啦，后来它终于开始减速，我就知道，理论上这趟旅程即将结束。我无法看出身在何处，但我设法启动了显像板，因此看到附近有颗行星，在舰上的望远镜中，它已经是一个圆盘。那实在是天大的好运，因为那圆盘渐渐变大，战舰正朝那颗行星飞去。

“哦，当然并非不偏不倚，谁要是那样希望，就太不切实际了。假使我让战舰一直漂移，它和那颗行星的差距至少会有一百万英里。但在那种距离下，已能使用普通的以太电波通讯，而我知道如何使用。在这个事件告一段落后，我才开始自修电子学。我下定决心，如果再有这种情况发生，我绝不要再那么无助，那可不是什么有趣的经验。”

“所以你使用了通讯设备。”拜伦连忙把话头拉回来。

吉尔布瑞特继续说：“正是这样，结果他们便出动了，将我拦截下来。”

“什么人？”

“那颗行星上的人，那是一颗住人行星。”

“好啊，好运接二连三。那究竟是哪颗行星？”

“我不知道。”

“你是说他们没告诉你？”

“很有趣，是不是？他们没说，但它一定在星云众王国之间。”

“这点你怎么知道？”

“因为他们知道我乘坐的是太暴战舰。他们光凭目视就认得出来，还差点把它轰掉，幸好我及时说服他们，让他们相信我是舰上唯一的生还者。”

拜伦将一双大手放在膝盖上，一面揉搓一面说：“等一下，退回去一点，我还没搞懂。如果他们知道那是一艘太暴战舰，而且准备轰掉它，这不就是最好的证据，证明那个世界不属于星云众王国？不论它在哪里，反正不会在那里，不是吗？”

“不，我向银河发誓。”吉尔布瑞特双眼闪着光芒，声音变得越来越兴奋，“它的确在众王国之间。他们将我带到地面，那个世界简直难以想象！我从他们的口音便能判断，那里有来自各王国的人马，而他们都不怕太暴人。那地方是个军火库，你无法从太空中看出来。表面上它像个荒废的农业世界，但该行星的活动全在地底。它位于众王国之间某处，孩子，那颗行星如今还在那里。它不怕太暴人，而且准备摧毁太暴帝国，就像假使当时两名舰员还活着，他们必定会摧毁我那艘战舰一样。”

拜伦感到心脏怦怦乱跳，一时之间，他几乎要相信了。

毕竟，或许，或许是真的！

第十一章
或许不!

然而，也或许不是那么回事!

拜伦说:“你怎么知道它是个军火库?你在那里待了多久?你看到些什么?”

吉尔布瑞特有点不耐烦:“其实我并未真正看到些什么，他们没有带我做任何参观之类的活动。”他强迫自己不再那么激动，“好吧，注意听，事情的经过是这样的:他们将我从战舰上弄出来的时候，我的情况有些不妙。由于惊恐过度，我在舰上一直吃不下什么东西——被放逐在太空中是很可怕的事。而我看起来，一定比实际状况更糟。

“我多少表明了自己的身份，他们就将我带到地底。当然，那艘战舰也一起下去了。我想他们对战舰一定比对我更有兴趣，他们可以借这个机会，仔细研究一下太暴人的太空工程技术。他们带我去的地方，我想一定是一间医院。”

“可是你究竟看到了什么，伯伯?”艾妲密西娅问。

拜伦突然打岔道:“他以前从来没有告诉你这件事?”

艾姐密西娅说："没有。"

吉尔布瑞特补充道："在此之前，我从未告诉过任何人。我被带到医院去，正如我刚才所说。在医院里，我经过一些研究实验室，它们一定比我们洛第亚的实验室先进许多。在前往医院的途中，我还经过许多工厂，里面正在进行某种金属加工。而那些拦截我的船舰，它们的式样绝对是我前所未闻的。

"到了那个时候，我终于恍然大悟。而许多年来，我从未怀疑自己的猜测。我在心中将它称为'叛军世界'，我知道总有一天，会有大批战舰从那里蜂拥而出，前去攻打太暴人。而各个藩属世界将群起响应，团结在叛军领袖的旗帜下。年复一年，我一直在等待这一刻的到来。每当新的一年来临，我就在心中对自己说：也许就是今年。可是每一次，我又有点希望别那么快发生，因为我渴望能先逃走，加入他们的阵营，亲自参与这场圣战。我不希望自己在这场攻击行动中缺席。"

他发出了颤抖的笑声："我想，如果将我心中的打算公诸于世，大多数人都会感到十分有趣。我心中的打算！没人把我当一回事，你也知道。"

拜伦说："这些都是二十多年前的事，为何他们至今尚未发动攻击？没有他们存在的任何迹象？没有不明船舰的报告？也没有任何意外事故？而你仍认为……"

吉尔布瑞特激动地答道："是的，我的确还这么认为。想要组织一场武装起义，打倒一个统治五十个行星系的世界，二十年的时间不算长。我到那里的时候，他们的准备工作才刚起步，这点我也知道。从那时开始，他们一定在地底积极备战，将那颗行星内部挖成蜂巢，发展新式的战舰和武器，训练更多的军队，为攻击做最充分的准备。

“只有在惊悚片中，战士才会一声令下立即进攻；哪天需要什么新武器，第二天就会发明出来，第三天就能大量生产，第四天便用在战场上。这些事都需要时间，拜伦，而叛军世界的那些人，一定知道必须做好万全准备，才能展开攻击行动，他们没有发动第二次攻击的机会。

“而你所谓的‘意外事故’是什么意思？的确曾有太暴船舰无故失踪，再也没有找回来。太空可以说是广阔无边，他们也许只是迷航了，然而，万一他们被叛军抓去了呢？两年前，就发生了‘无倦号’的失踪事件。它曾报告有个不明物体逐渐接近，已经触发舰上的质量计，后来就再也没有音讯。我猜那可能是颗流星，不过真是吗？

“搜索进行了几个月，却一直没找到它，我想八成是落到了叛军手中。无倦号是一艘新式战舰，是个实验型，那正是他们需要的。”

拜伦说：“当时你既然已经着陆，何不干脆留下来？”

“你以为我不想吗？我是没有机会。他们以为我昏迷不醒时，我偷听到他们的谈话，又多知道了些事。那时他们刚开始筹划，那里便是根据地，当时他们绝不能被发现。他们知道我是吉尔布瑞特·欧思·亨芮亚德，舰上有不少身份证件，即使我不说也一样，何况我已自动表明身份。他们知道我要是不回到洛第亚，就会引发一场全面性的搜索，而且不知道会持续多久。

“他们不能冒这种险，因此必须确保我能回到洛第亚，而他们真把我送了回去。”

“什么！”拜伦吼道，“但是那样做，一定得冒更大的危险。他们是怎样做到的？”

“我也不知道，”吉尔布瑞特用细瘦的手指梳过泛灰的头发，他的双眼似乎正在窥探遥远的记忆，却显然毫无所获，“我想，他们是将我麻醉了。从此我就不省人事，那部分的记忆完全空白。我只记得当我睁开眼睛的时候，我又回到‘吸血鬼号’，又在太空中飘荡，而且已经在洛第亚附近。”

“那两个死去的舰员，仍系在两块磁石上吗？他们在叛军世界也没被搬下来？”拜伦问道。

“他们仍在那里。”

“究竟有没有任何证据，显示你曾经到过叛军世界？”

“没有，除了我的记忆之外。”

“你又怎么晓得到了洛第亚附近？”

“我不知道，只知道战舰靠近某颗行星，是质量计告诉我的。我又利用无线电呼叫，这回出现的是洛第亚的船舰。我把经过对当年的太暴行政官讲了一遍，当然做了适度的修改，没有提到叛军世界。我还说，是在最后一次跃迁刚完成后，才遭到流星的撞击。虽然我知道太暴船舰能自动跃迁，但我不想让他们猜到这件事。”

“你认为叛军世界是否发现了这点？你有没有告诉他们？”

“我没告诉他们，因为没有机会。我在那里的时间不长，我是指清醒的时候。但我不知道自己昏迷了多久，还有他们发现了什么。”

拜伦紧盯着显像板。若根据荧幕呈现的僵凝画面判断，这艘舰艇简直就像钉死在太空中。“无情号”正以每小时一万英里的速率航行，但对广袤的太空而言，这种速率又算什么？群星看起来清晰、明亮且完全静止，仿佛带有一种催眠的力量。

他说：“那我们要去哪里？我想直到如今，你仍不知道叛军世界位于何处。”

“我不知道，不过我猜得出谁会知道，我几乎可以肯定。”吉尔布瑞特热切地说。

“谁？”

“林根的独裁者。”

“林根？”拜伦皱起眉头。他以前好像听过这个地名，却忘记是在何时何处听来的，“为什么是他？”

“林根是最后一个被太暴人掳获的王国，或许应该说，它不像其他王国那般顺服。这样推论难道不合理吗？”

“目前为止还好，但你还能推出些什么？”

“假如你想要另一个理由，那令尊也跟这件事有关。”

“家父？”一时之间，拜伦忘记父亲已经去世，他心中看见父亲站在面前，高大的身形强健如昔。但他立刻想起来了，随之而来的是一股锥心的悲痛。“家父怎么会和这件事有关？”

“六个月前，他来到我们的宫廷。至于他的目的，我也获悉了一点概念，因为他和我堂弟亨瑞克的谈话，被我偷听到一部分。”

“哦，伯伯。”艾妲密西娅不耐烦地说。

“亲爱的侄女？”

“你无权窃听父亲私下的谈话。”

吉尔布瑞特耸了耸肩。“当然没有，但那样做很有趣，而且也很有用。”

拜伦插嘴道：“等等，慢着。你说六个月前，家父到过洛第亚？”他感到越来越激动。

“是啊。”

“告诉我，他在那里的时候，有没有见到执政者收藏的原始时期文物？你曾经跟我说，执政者搜集了大量有关地球的资料。”

“我想应该有，那座图书馆相当有名气，通常都会欢迎重要访客参观，只要他们有兴趣。不过很少有人感兴趣，而令尊却是例外。没错，我记得非常清楚，他在那里几乎待了一整天。”

那就对了，父亲第一次要他帮忙，正是半年以前。拜伦说：“我猜，你自己对那座图书馆也很了解。”

“当然。”

“里面有没有任何资料，提到地球上有一份文件，具有重大的军事价值？”

吉尔布瑞特一脸茫然，显然内心也同样茫然。

拜伦说：“在地球史前时代最后几世纪间，一定曾有一份那样的文件。我只能告诉你，家父认为它是银河中最有价值的东西，而且也是最具威力的。我本来应该帮他找到，但我过早离开地球，而且无论如何，”他的声音开始颤抖，“他也死得太早了。”

吉尔布瑞特却仍显得一片茫然：“我不知道你在说些什么。”

“你不了解，六个月前，家父首次对我提起这件事，他一定是在洛第亚的图书馆发现的。如果当时你一直在场，难道你就不能告诉我，他发现的究竟是什么吗？”

吉尔布瑞特却只是猛摇着头。

拜伦说：“好吧，继续说你的故事。”

于是吉尔布瑞特说：“令尊和我的堂弟针对林根的独裁者做过讨论。虽然令尊措辞十分谨慎，拜伦，但我还是听得出来，独裁者显然就是这个密谋的发起人和领导者。

“后来，”他显得有些犹豫，“有个林根使节团来访，由独裁者亲自率领。我……我将叛军世界的事对他说了。”

“你刚才明明说，你从未告诉过任何人。”拜伦道。

“只有对独裁者例外，我必须弄清楚真相。”

“他对你说了什么？”

“几乎什么也没说，可是当时他也得谨慎行事。他能信任我吗？我可能在为太暴人工作，他又怎么知道呢？但他并未全然回避，那是我们唯一的线索。”

“是吗？”拜伦说，“那就让我们到林根去。我想，反正去哪里都一样。”

由于提到了父亲，使他感到意志消沉。现在似乎什么都不重要了，要去林根就去吧。

要去林根就去吧！这话说来容易，可是，如何让舰艇瞄准三十五光年外的一个小光点呢？那等于两百兆英里的距离，是二的后面加上十四个零。以每小时一万英里的速率航行（“无情号”目前的巡航速率），两百万年后都还无法抵达。

拜伦翻阅着《标准银河星历表》，心中泛起近乎绝望的情绪。《星历表》中列有数万颗恒星的详细资料，每颗恒星的位置以三个数字标示，用希腊字母 ρ 、θ 、ϕ 作代号，这些数字总共占了好几百页。

其中 ρ 代表恒星与银河中心的距离，以秒差距为单位；θ 代表在银河透镜形成的平面上，恒星与标准银河基线（银河中心与地球之阳的连线）的角度差；ϕ 则代表在垂直于银河透镜的平面上，恒星与基线的角度差，这两个角度皆以弧度为单位。只要知道这一组三个数字，就能在广大无边的太空中，找到任何一颗恒星的准确位置。

前提是，必须明确指定日期。由于所有数据都根据某个“标准日”计算，因此除了恒星在该标准日的位置，还需要知道恒星自行的速率与方向。比较之下，恒星自行仅仅是微小的修正，不过仍有必要。与星际距离相比，一百万英里简直不算什么，但对一艘船舰而言，那却是一段极长的航程。

此外，当然还要定出舰艇本身的位置。要做到这点，拜伦可根据质量计的读数，计算舰艇与洛第亚的距离——更准确地说，是与洛第亚之阳的距离。因为在太空深处，那个太阳的重力场已将每颗行星的重力场完全掩盖。而较难判断的一点，是他们的行进方向相对银河基线的角度。除了洛第亚之阳，拜伦必须再找出两颗已知恒星，根据两者的视位置，以及本身与洛第亚之阳的已知距离，他才能画出目前的准确位置。

虽然只是大略的估算，但他确信已足够准确。在求出本身的位置，以及林根之阳的位置后，他唯一需要做的，便是调整操纵系统，设定正确的方向与超原子推力的强度。

拜伦感到孤单和紧张，但并非害怕！他拒绝接受这个字眼。不过，紧张是无法否认的。他所计算的跃迁参数，时间故意设在六小时后。他希望有充裕的时间，用来检查他的计算结果，或许还能有机会小睡片刻。他早已从寝舱拖出一套寝具，在驾驶舱中打地铺。

另外两位想必正在寝舱安睡。他对自己说，这是个好现象，因为他不想有任何人在旁打扰。然而，当听见外面传来轻软的脚步声，他仍带着几分殷切抬起头来。

“嗨，”他说，“你怎么还不睡觉？”

艾妲密西娅出现在门口，显得有点迟疑。她小声说：“我进来你介不介意？会不会打扰你？”

“那要看你做些什么。”

“我会尽量规矩。”

她似乎太过低声下气了，拜伦心中难免猜疑，但他立刻知道了原因。

“我害怕极了，”她说，“你不会吗？”

他想要说“不，完全没有”，可是并未说出口。他露出羞怯的笑容，答道：“有一点。”

真是奇怪，这句话竟然安慰了她。她在他身旁跪下，看着他面前数本厚厚的书册，以及旁边的一叠计算纸。

“这些书原来就在这儿？”

“你在开玩笑，没有这些资料，他们就无法驾驶这艘舰艇。”

“这些你都看得懂吗？”

“我倒希望如此，事实则不然。但愿我懂得够多，我们必须跃迁到林根去，你也知道。”

“那很困难吗？”

“不，只要你知道这些数值，又掌握着操纵系统，并且拥有丰富的经验，那就不困难。前两者不成问题，可是我毫无经验。比方说，本来应该分成几次跃迁，我却要试着一次完成，虽然意味着会浪费许多能量，但比较不容易有麻烦。”

他其实不该告诉她，告诉她这些根本没意义。拿这些话吓她是卑劣的行为，而且她若是真被吓倒，吓成神经质，将是很难应付的状况。他不停对自己这样说，可是一点也没有用。他想要找个人分忧解愁，想要将心中的重担卸下一部分。

他又说：“有些影响跃迁航程的因素，我应该知道却不知道，例如从这里到林根的质量密度，因为控制宇宙这一带曲率的正是它。《星历表》，就是这本大书，提到在一些标准跃迁中必须进行的曲率修正，根据这些数据，我应该能计算出这次跃迁的修正值。可是话说回来，如果在十光年的范围内，刚好有颗超巨星，那就注定要倒霉。我甚至不敢肯定，我使用电脑的方法是否正确。”

“可是如果你算错了，又会发生什么事呢？”

“当我们重返普通空间时，会过于接近林根的太阳。”

她将这句话咀嚼了一下，然后说：“你不会知道，我现在的心情好了多少。”

“在我说了这些话之后？”

“当然啦，刚才我无助地躺在卧铺上，只感到四面八方是一片空虚。现在我知道我们有个目的地，而所有的空虚都在我们算计之中。”

拜伦感到很高兴，她的态度转变了那么多。“我不晓得它已在我们的控制下。”

她不让他再讲下去，抢着说：“的确如此，我知道你能驾驭这艘舰艇。”

拜伦因此信心大增，认为自己或许真能做到。

艾妲密西娅弯起一双裸露的长腿，与他面对面坐下来。她只套了一件薄如蝉翼的内衣，自己却似乎浑然不觉，不过拜伦可没有忽略。

她说：“你可知道，我睡在卧铺上，有一种极其古怪的感觉，几乎就像整个人飘浮在空中，这就是令我害怕的原因之一。每当我翻身的时候，就会莫名其妙向上蹦几英寸，然后慢慢落下来，仿佛空气中有许多弹簧，将我的背拉住一样。”

“你该不是睡在上铺吧？”

“正是这样，下铺会使我产生幽闭恐惧症，头顶上方六英寸还有另一个床垫。”

拜伦哈哈大笑。“这就解释了一切。这艘舰艇的重力指向底部，离底部越远重力越小。你待在上铺的时候，体重要比在地板上少个二十到三十磅。你有没有搭过太空客船？真正的大型客船？”

“有一次，去年父亲和我访问太暴星那次。”

“好的，在太空客船上，各处的重力都指向船壳，因此不论你身在何处，中央长轴永远都是‘上方’。正是由于这个缘故，那些大家伙的发动机一律沿长轴安装，排在一个圆柱体内——因为那里没有重力。”

“要维持这样的人工重力，一定需要耗费非常多的能量。”

“足以供应一个小城镇所有的动力。”

“我们不会有燃料短缺的危险吧？”

“别担心这一点，船舰的能源来自质能的完全转换。我们最不缺的就是燃料，在燃料用尽前，舰身早就磨烂了。”

她仍面对着他。他注意到她脸上的妆容已经清掉，想不通她是如何做到的。也许是用一条手帕，再牺牲一点她自己的饮用水。卸妆后的她毫不逊色，白皙的皮肤在黑头发、黑眼珠的衬托下，看起来更加完美无瑕。拜伦感到她的眼神非常温暖。

沉默持续得稍微久了些，他连忙说：“你不常旅行，对不对？我的意思是，你只搭过一次太空客船？”

她点了点头：“一次就够了。我们要是没去太暴星，我也不会让那个猥琐的侍臣看到，那么——我不想讨论这件事。”

拜伦不再追问，他改口说：“那是正常的情形吗？我的意思是，不常外出旅行。”

“只怕就是这样。父亲总是飞来飞去，到各地进行正式访问，或是为农产展览会主持开幕式，为建筑物主持落成典礼。他通常会发表一场演说，都是阿拉特普为他拟的稿子。我们这些王室成员却不然，我们待在宫中的时间越多，太暴人就越高兴。可怜的吉尔布瑞特！他唯一一次离开洛第亚，就是代表父亲去参加大汗的加冕大典。从此以后，他们再也不让他上任何船舰。”

她垂下目光，又抓起拜伦腕边的衣袖，心不在焉地捏搓着。“拜伦。”

“什么事……艾妲？”他有点结巴，但还是把话吐了出来。

“你认为吉尔伯伯的故事是真的吗？那会不会是他的幻想？这些年来，他一直梦想打倒太暴人，可是，他当然不能有什么作为，除了装设间谍波束之外。那样做只是幼稚的行为，他心里也明白。他或许为自己编织了一个白日梦，经过了许多年，他却渐渐信以为真。我了解他，你懂吧。”

“有可能，不过让我们暂且相信他，反正我们有办法飞到林根去。”

两人渐渐越靠越近，他已能伸出手来碰触她，将她拥在怀中亲吻。

他也真这么做了。

那是极其突兀的变化，拜伦并未感到任何前兆。前一刻他们还在讨论跃迁、重力与吉尔布瑞特，下一刻，她却成了他怀中与唇边的温香软玉。

他第一个冲动是要说“对不起”，要傻傻地向她正式道歉。但是当他稍微后退，准备开口的时候，她并未企图逃脱，仍将头枕在他左臂的臂弯上，眼睛也始终没有睁开。

因此他什么也没说，只是再一次亲吻她，慢慢地，毫无保留地。此时此刻，他完全了解，这是他能做的最好的一件事。

她终于开了口，有点像在梦呓。她说：“你饿了吗？让我帮你拿些浓缩食品来，再把它热一热。你吃饱后，如果想睡一觉，我可以帮你照看这些机件。还有……还有我最好多穿点衣服。”

她走到门口，又转过头来说：“吃惯了后，我觉得浓缩食品也非常可口，谢谢你费心采买。”

与其说是刚才那一吻，不如说这句话才是他们之间的和约。

几小时后，当吉尔布瑞特走进驾驶舱时，发现拜伦与艾妲密西娅陶醉在毫无意义的闲话中，但他并未显得惊讶。至于拜伦的手臂搂着他侄女的腰际，他也完全不予置评。

他只是说：“我们什么时候进行跃迁，拜伦？”

“半小时后。”拜伦说。

半小时过去了，操纵系统已设定完成，谈话声也逐渐消失。

倒数至零之际，拜伦深深吸了一口气，便将一根杠杆猛力一拉，从左到右画出一个完整的弧线。

这次的感觉与太空客船跃迁时不同，“无情号”是一艘小型舰艇，因此跃迁的过程没那么平稳。拜伦的身体摇摇晃晃，而在某一瞬间，甚至所有的物体都摇曳不定。

然后，一切又恢复了平稳与清晰。

显像板中的星像已全部改变了。拜伦令舰身开始旋转，使星像场不断上升，在画面上，每颗恒星都沿着弧线庄严地运动。一颗与众不同的恒星终于出现，它闪耀着明亮的白色光芒，看起来不只是一个光点，而是一个微小的球体、一颗燃烧的砂粒。拜伦发现它后，赶紧稳住舰艇，不让它再逸出画面。接着，他将望远镜对准那颗恒星，并插进光谱分析设备。

他又翻开《星历表》，查阅“光谱特征”那一行。然后他从驾驶座站起来，说道：“还是太远了，我得向它推近些。不过无论如何，林根就在我们正前方。”

这是他生平操作的第一次跃迁，而他成功了。

第十二章
独裁者登场

林根的独裁者正陷入沉思，在思绪的冲击下，他冷静而训练有素的面容却几乎未曾挤出皱纹。

“你竟等了四十八小时才告诉我。”他道。

瑞尼特壮着胆子说：“没有理由过早通知你，我们若将大大小小所有事件都向你报告，你一定会感到不胜其扰。我们现在告诉你，是因为至今仍毫无头绪。这实在非常奇怪，就我们目前的处境而言，我们不能允许任何可疑的事。”

“把这件事再说一遍，让我再听一次。”

独裁者将一条腿抬到华丽无比的窗台上，若有所思地向外望去。这种窗户本身的结构，也许就是林根建筑最大的特色。它的大小适中，镶在一个五英尺深、呈喇叭状的凹槽尽头。窗玻璃极厚、极透明，而且曲度精准，与其说是玻璃，还不如说是一面透镜。它能汇聚四面八方的光线，因此由室内望出去，可以看到一个具体而微的全景。

独裁者官邸每扇窗户都有极佳的视野，放眼望去能从天底一直看到天顶。越接近窗玻璃的边缘，映出的景物缩得越小，扭曲得也越厉害，不过这倒平添几许特殊风味：城市中来往的人车被压扁缩小；新月形的平流层飞机刚从机场起飞，循着密密麻麻的弧形轨道飞行。一旦习惯这种画面，如果将窗玻璃取下，让平淡无奇的真实景观映入眼底，反倒令人觉得不自然。当太阳到达某些特殊位置，透镜状的窗玻璃会自动变成不透明，以免阳光聚焦产生过度的光和热。这是借着改变玻璃的偏光特性做到的，因此窗玻璃永远不必打开。

有一种理论认为，一颗行星上的建筑能反映它在银河中的地位，而林根与它特殊的窗玻璃，正是这个理论的最佳佐证。

就像这些窗户一样，林根虽小，却能俯视星际社会的全景。它是个“行星邦”，而如今的银河早已度过这种政经发展阶段，大多政治单位都由好几个恒星系组成。但林根现存的状态——一个单一的住人世界——却维持了好几世纪。这种情形并未阻碍它的富庶繁荣，事实上，几乎难以想象林根会有其他的面貌。

一个处于这种地位的世界，很难预料是否会有许多跃迁路线以它为中途枢纽，甚至为了经济考量而不得不经过它，这主要取决于该星域的发展模式。若是追根究底，这又牵涉到天然可住人行星的分布、这些行星殖民与发展的顺序，以及它们拥有的经济体系等等。

林根很早就发现了自身的价值，那是它历史上最大的转折点。既然真具有重要的战略地位，有能力认识与开发这个地位，便成了最重要的一件事。林根迈出的第一步，是占据附近的一些小行星。这些小行星既没有资源，也缺乏自给自足的住人环境，选择它们纯粹是因为有助于维持林根的贸易垄断。他们在那些“岩石”上建了许多服务站，举凡船舰所需的一切，从超原子发动机的替换零件，到新的影视书一应俱全。后来，这些服务站发展成大型贸易据点，从各星云王国涌来了大量的毛皮、矿物、谷类、牛肉、木材等原材料；而来自内王国的机械设备、电器用品、医药等各种成品，则形成一股反方向的洪流。

因此，就像那些玻璃窗一样，小小的林根可以放眼整个银河。虽然只是一颗行星，它的成就却不可小觑。

独裁者终于重新开口，但视线未从窗外收回。他说："从那艘太空邮船讲起，瑞尼特。它最初是在哪里遇见这艘巡弋舰的？"

"距离林根不到十万英里，准确的坐标并不重要。然后他们就一直受到监视。问题是，早在那个时候，那艘太暴巡弋舰便已在本行星的轨道上。"

"它似乎没有登陆的意图，却像是在等待什么？"

"是的。"

"没办法知道他们当时已等了多久吗？"

"只怕不可能。没其他人目击到他们，我们做过彻底的调查。"

"很好，"独裁者说，"我们暂时不追究这点。他们拦下那艘太空邮船，当然妨碍到我们的邮务，也就违反了我们和太暴人的联合条款。"

"我怀疑他们不是太暴人。他们的行动举棋不定，看起来更像亡命之徒，或是在逃的囚犯。"

"你的意思是，那些在太暴巡弋舰上的人？当然，他们也许故意要我们这么想。无论如何，他们唯一公然的行动，就是要求直接送一封信给我。"

"直接送达独裁者，没错。"

"没有其他的事？"

"没有其他的事。"

"他们始终没登上邮船？"

“所有的通讯都通过显像板进行。邮囊是相隔两英里从太空射过来，由我们的邮船张网捕捉的。”

“是影像通讯，还是只有声音？”

“全程影像，这就是重点所在。根据好几个人的描述，对方的发言者是个年轻人，他‘具有贵族气质’，姑且不论那是什么意思。”

独裁者的拳头渐渐捏紧：“真的吗？没将他的面容录摄下来？那是个错误。”

“很可惜，邮船船长没料到值得那么做。假如真有那么重要！这些对你而言有何意义吗，阁下？”

独裁者没有回答这个问题：“而这就是那封信？”

“正是。真是一封不得了的信，里面只有一个名字，本来我们应该直接交给你，但我们当然不会那样做。比方说，它有可能是个裂变囊，以前就有不少人这样被炸死。”

“是的，还包括不少独裁者。”独裁者说，“就只有‘吉尔布瑞特’这个名字，就只有‘吉尔布瑞特’一个名字。”

独裁者保持着毫不在意的冷静，却渐渐失去几分信心，而他很不喜欢这种感受。任何使他意识到能力有限的事，他一概厌恶无比。独裁者应该毫无限制，而在林根的土地上，除了自然律以外，他的确完全不受规范。

早期的林根由商业王侯所建的王朝所统治，当时还没有所谓的独裁者。最先建立“次行星服务站”的家族，也就成了这个国家的贵族。他们没有丰富的地产，因而无法与邻近世界的牧主或农主平起平坐。但他们拥有丰富的现金，能收买操纵那些牧主与农主，而借着丰厚的财力，这种收买不时发生。

一颗行星以这种方式统治（或乱治），通常不会有什么好下场，林根同样难逃这种宿命。政治权力不断摆荡，从一个家族转移到另一个家族。不同政治团体轮流遭到放逐，阴谋造反与宫廷革命成了常态。因此，若说洛第亚的执政制度，是该星区稳定与秩序的最佳典范，林根则是动荡与脱序的标准范例。“如林根般无常”是当时的一句俗话。

后来的演变是必然的结果，任何人在事后都能做出这个结论。当邻近的行星邦国相继结合成联邦，势力变得越来越强时，林根内部的斗争却越演越烈，进而危及行星本身的生存。最后，一般民众甘愿放弃一切，只求能够换取太平岁月。因此他们扬弃了财阀政治，迎接独裁政治的来临，所花的代价仅是失去少许自由。于是本来数人共享的权力，顿时集中于一人之手。而这个人常常会故意对民众示好，借着人民的力量对抗那些永不妥协的富商巨贾。

在独裁政体下，林根逐渐变得国富民强。就连太暴人在三十年前国势如日中天之际，攻打林根的结果也只得陷入僵局。他们虽然没有战败，却也并未得逞。即使如此，它造成的震撼也是永久性的。在攻打林根未果后，这许多年来，太暴人再也未曾征服过任何行星。

星云众王国其他各颗行星，如今都是太暴人的真正附庸。然而，林根却是个“联合势力”，理论上而言，等于是太暴人的“盟邦”，它的权利受到联合条款的周密保护。

独裁者没被这种情况唬到。这颗行星上的狂热爱国分子，也许敢于相信自己完全自由，但独裁者知道，在过去一代的岁月里，太暴的威胁始终近在眼前，一点都不夸张。

现在，他们可能要采取迅速行动，完成拖延许久的最后攻击。当然，他自己帮他们制造了机会。他建立的那个组织，虽然没什么大用，但无论太暴人想要采取何种形式的惩罚行动，它都足以成为最好的借口。就法理而言，林根其实是理亏的一方。

而这艘巡弋舰，就是最后攻击的先遣部队吗？

独裁者说："有没有派人盯着那艘舰艇？"

"我说过他们受到严密监视。我们有两艘太空货轮，"他扯出一个歪斜的笑容，"保持在质量计的有效范围内。"

"好吧，你推敲出什么结论？"

"我不知道。在我听过的吉尔布瑞特里面，唯一有头有脸的是洛第亚的吉尔布瑞特·欧思·亨芮亚德。你跟他打过交道吗？"

独裁者说："上次我访问洛第亚时见过他。"

"你当然什么都没告诉他。"

"那当然。"

瑞尼特眯起双眼。"我想你也许无意中说溜了嘴，这个吉尔布瑞特同样犯了无心之失——如今的亨芮亚德家族，都是有名的软弱无能之辈——而太暴人就成了受惠者。现在这个事件，很可能是个设计好的圈套，引诱你暴露真正的身份。"

"我不大相信。它来得太巧了，我是说这件事。我离开林根一年有余，上周才回到这里，过几天我又有远行。而这样一封信，却刚好在能送到我手上的时候送过来。"

"你不会认为这是巧合吧？"

"我可不相信什么巧合。而只有在一种情况下，这一切才不会是巧合。我要造访那艘舰艇，一个人去。"

"不可能，阁下。"瑞尼特大吃一惊。他右侧太阳穴有个突出的小疤，那疤痕突然间涨红了。

"你不准我去？"独裁者以讽刺的口吻说。

他毕竟是独裁者，瑞尼特随即垂头丧气地说："你爱怎么做都行，阁下。"

在“无情号”上，等待变成一件越来越无趣的事。两天以来，他们丝毫未曾离开这个轨道。

吉尔布瑞特极严肃认真地望着操纵装置：“你不认为他们在移动吗？”他的声音带点火气。

拜伦很快抬了一下头。他正在刮胡子，用的是太暴人的腐蚀性喷雾，因此十二万分地谨慎小心。

“不，”他说，“他们并没有移动，想想有这个必要吗？他们正在监视我们，而且会一直监视下去。”

他的注意力集中在上唇不易处理的部分，一不小心喷雾沾到舌头，他立刻感到一股淡淡的酸味，于是不耐烦地皱起眉头。太暴男子能十分文雅地使用这种喷雾，那几乎是难以想象的事。在所有刮脸修面的方法中，这无疑是最迅速、最彻底的一种，前提是得由专家操作。它本质上是一种极细微的研磨剂喷雾，可将任何毛发磨除，而不会伤及皮肤组织。在使用过程中，皮肤当然不会有什么特殊感觉，顶多只觉得有一阵类似气流的轻微压力。

然而，拜伦感到有些不安。有一则著名的传说（或故事，或事实，不过这不重要），认为太暴人面部生癌的几率比其他族群高，就是太暴人使用刮胡喷雾的缘故。拜伦有生以来第一次想到，不知道将脸部毛囊完全根除会不会更好。当然，银河某些部分的人的确这么做。但他立即打消这个念头，毛囊根除是永久性手术，将来随时可能会流行八字胡，或者将两颊的胡须留长。

拜伦对着镜子打量自己的面容，想到自己若将腮边须留到下颚，不知会是什么模样。此时艾妲密西娅突然来到门口，对他说：“我以为你在睡觉。”

“没错，”他说，“后来醒了。”他抬起头来，对她微微一笑。

她轻轻拍了拍他的脸颊，又用手指温柔地抚过。“很光滑，看起来只有十八岁。”

他将她的手拉到唇边，说道：“别让它把你给唬到了。”

她又问：“他们还在监视我们？”

“还在监视我们。这些浪费时间、令你坐立不安的无聊插曲，是不是很烦人？”

“我不觉得这是个无聊的插曲。”

“你是站在别的角度讲的，艾姐。”

她说：“我们何不摆脱他们，直接降落林根呢？”

“我们想到过，但我认为还没必要冒那种险。我们可以再多等一下，直到清水贮量再少一点的时候。”

吉尔布瑞特高声道：“我告诉你他们正在移动。”

拜伦绕到控制台前，研究了一下质量计的读数。然后，他望着吉尔布瑞特说：“你也许说对了。”

他伸出手来，按了一会儿计算器，再仔细盯着显示器上的结果。

“不对，那两艘太空船和我们并无相对运动，吉尔布瑞特。使质量计改变的因素，是有另一艘船舰加入它们的行列。根据我所能做的最佳估计，它和我们的距离是五千英里；以我们和行星的连线做基准，它的 θ 角大约是四十六度，φ 角大约是一百九十二度——只要我没猜错顺时针、反时针的规约。否则，那两个角度就是三一四和一六八度。”

他突然打住，看了看另一个读数。“我想他们正在接近，那是一艘小型船舰。你认为你有办法和他们联络上吗，吉尔布瑞特？”

“我可以试试。”吉尔布瑞特答道。

“好的。别送出影像，保持声音联络就好，等我们对来者是谁有点概念再说。”

看着吉尔布瑞特操纵控制台上的以太电波装置，实在令人感到不可思议，他显然有这方面的天分。毕竟，使用紧密电波束与太空中某个孤立点联络时，控制台所能提供的资讯并没有多大帮助。他只知道那艘船舰大概的距离，误差可能有正负一百英里；他掌握了两个角度，但两者很可能都有加减五六度的偏差。

这样一来，那艘船舰可能的位置，就落在大约一千万立方英里的空间中。剩下的工作都得由通讯员负责，而他唯一的探测工具就是电波束，可是在有效范围内，波束横截面最宽的地方，其直径也不会超过半英里。据说一个熟练的通讯员，可以光凭控制键钮传来的感觉，便能判断波束与目标的差距。就科学观点而言，这种理论当然是无稽之谈，可是常常有些例子，似乎找不到其他的解释。

还不到十分钟，电波活动计的指针便开始跳动，“无情号”已在进行双向通讯。

又过了十分钟，拜伦便已完成通讯。他靠在椅背上说：“他们要送一个人过来。”

“我们该答应吗？”艾妲密西娅问。

“有何不可？一个人？我们有武器啊。”

“如果他们的船舰太接近我们呢？”

“我们这艘是太暴的巡弋舰，艾妲。即使他们那艘是林根最好的战舰，我们的动力也是他们的三至五倍。根据他们宝贵的联合条款，他们不能建造太大的船舰。此外，我们还有五尊大口径霹雳炮。”

艾妲密西娅说：“你知道怎样使用太暴人的霹雳炮吗？我不知道你会用。”

拜伦很不愿意拒绝这个赞美，不过他还是说：“很可惜，我并不会，至少目前还不会。话说回来，林根的船舰料不到这点，你等着瞧吧。”

半小时后，显像板上出现一艘船舰。那是一艘粗短的小型飞船，两侧各有四片尾翼，似乎常被当成平流层飞机使用。

它才出现在望远镜中，吉尔布瑞特就兴奋地叫道：“那是独裁者的太空游艇，”他咧嘴一笑，挤出满脸皱纹，“那是他的私人游艇，我可以肯定。我就说嘛，想要引起他的注意，打出我的名号是最稳当的做法。”

那艘林根船舰开始减速，并调整航行速度，直到它在显像板中变得静止不动。

一个细小的声音从收话器传出来，说道：“准备好了吗？”

“准备好了！”拜伦干脆地答道，“只能来一个人。”

“只有一个人。”对方回答。

一条包覆着金属网的绳索像长蛇出洞般，从那艘船舰向外伸展，再像鱼叉那样射过来。在显像板中，绳索变得越来越粗，尾端的磁性圆柱慢慢接近，体积也在逐渐变大。当圆柱体接近到某个程度，便开始偏向锥形视野的边缘，然后迅速消失无踪。

当绳索与舰身接触时，引发一阵空洞的回响。磁性圆柱虽已紧紧吸附舰身，但在刚接触的一瞬间，绳索并未凹成因重力而下垂的曲线，仍旧保有原先的绳结与绳圈，在惯性的作用下，它们继续向前缓缓运动。

林根的船舰开始向一侧移动，动作谨慎而熟练。太空索很快被拉直拉紧，成了挂在太空中的一条细线。它一直延伸到远方，越远处越细小，尾端几乎无法看见，在林根之阳的光芒辉映下，它闪耀着不可思议的美感。

拜伦装上望远镜附件，视野中的船舰立刻膨胀无数倍。现在，他们已能看清全长半英里的太空索，以及正要顺着它摆荡过来的一个小小的人影。

这不是登上另一艘船舰的常用方式。在一般情况下，两艘船舰会靠近到几乎接触的距离，让两者的伸缩气闸得以相接，并借着强力磁场连成一体。如此便在太空中筑起一条隧道，任何人想到对方的船舰去，只要身着原先的服装，根本不必穿戴任何保护装备。自然，这种方式需要建立在彼此的互信上。

使用太空索就必须借助太空衣，那个正在接近的林根人也不例外。他的太空衣十分臃肿，是个被空气撑胀的金属网，关节处需要很大力气才能扭动。即使在目前的距离，拜伦也能看到每当对方双臂用力弯曲，太空衣的关节处便猛然下陷。

两艘船舰的相对速度必须仔细调整，若是哪艘船舰不慎加速，太空索便会被扯断，太空人则开始在太空翻滚。他将受到绳索断裂时的瞬间冲力，以及远方太阳的引力作用，却没有任何摩擦力或障碍物阻止他，因而注定将在宇宙间永远飘荡。

那林根人的动作迅速且信心十足，当他再接近一点的时候，他们已经能看清楚，他并非采用双手交替拉扯的普通动作。每当前面那只手臂下弯，将他向前拉去的时候，他便松开双手，在太空中飘出数十英尺，然后才伸出另一只手，再重复原先的动作。

这是长臂猿攀藤的太空版，那个太空人是个闪亮的金属长臂猿。

艾妲密西娅说：“万一他失手怎么办？”

“他看起来是个行家，不可能会失手。”拜伦说，“但他万一真的失手了，在太阳下他仍会闪闪发光，我们可以马上把他救回来。”

那林根人越来越接近，终于从显像板的画面消失。五秒钟后，便传来双脚踏在舰身上的“咔嗒”声。

拜伦立刻拉下一根杠杆，开启气闸周围的指示灯。过了一会儿，响起一阵急促的敲门声，他便将气闸外门打开。然后，又有个重物着地的声音，从驾驶舱隔壁的空间传来。拜伦关上外门，让一侧的舱壁滑开，便有一个人走了进来。

他的太空衣立即结上一层霜，将头盔的厚实玻璃完全遮掩，使他变成一个雪人，寒气还从他身上向外辐射。拜伦赶紧调高暖气，喷出的气流既温暖又干燥。一时之间，太空衣上的冰霜并未融化，但不久便开始变薄，最后化成一粒粒的水珠。

那人伸出粗钝的金属手指，摸索着头盔下的扣环，好像急于挣脱眼前白茫茫的一片。整个头盔很快被举起来，当厚实柔软的绝缘材料扯过他头顶时，还将他的头发弄得凌乱不堪。

“殿下！”吉尔布瑞特叫了一声，又欣喜若狂地说，“拜伦，这是独裁者本人。”

拜伦却只能发出茫然若失的声音，叫道：“钟狄！”

第十三章
独裁者在场

独裁者轻轻将太空衣踢到一旁，径自在较大的衬垫椅中坐下。

他说：“我已有一阵子没做这种练习，可是大家都说，学会了一辈子不会忘记，显然我的情形就是如此。嗨，法瑞尔！吉尔布瑞特侯爷，你好。而这位，要是我没记错的话，就是执政者的千金，艾妲密西娅郡主！”

他仔细叼住一根长香烟，使劲一吸，那根香烟便自动点着，空气中立时弥漫着加料烟草的香味：“我没料到这么快就再见到你，法瑞尔。”

“或者，也许根本没料到会再见？”拜伦以挖苦的口气反问。

“世事难料。”独裁者表示同意，“当然，我既然收到一封只写着‘吉尔布瑞特’的信；而我晓得吉尔布瑞特不会驾驶太空船；我又晓得自己送了一名青年到洛第亚，他不但会驾驶船舰，而且情急的时候，有足够的能力窃取一艘太暴巡弋舰；此外，据报这艘巡弋舰上其中一员是个年轻男子，而且具有贵族气质。综合以上数点，结论就相当明显，我见到你并不惊讶。”

“我认为你会，”拜伦说，“我认为你见到我，会像见到鬼一样惊讶。身为一名杀手，你理当如此。你以为我的推理能力不如你吗？”

“我从没低估你，法瑞尔。”

独裁者完全不动声色，拜伦却火冒三丈，这令他感到既尴尬又愚蠢。他气冲冲地转向其他两人，说道：“这人就是桑得·钟狄，我跟你们提过的那个桑得·钟狄。他或许也是林根的独裁者，或是五十个世界的独裁者，可是那一点也没关系，对我而言他就是桑得·钟狄。”

艾妲密西娅说：“他就是那位……”

吉尔布瑞特用细瘦而颤抖的手按住额头。“控制住自己，拜伦，你疯了吗？”

“他就是那个人！我可没发疯！”拜伦吼道。然后他尽力使自己镇静，又说：“好吧，我想，大吼大叫没什么意义。离开我的舰艇，钟狄，这句话说得够客气了，离开我的舰艇。”

“我亲爱的法瑞尔，这是为什么呢？”

吉尔布瑞特咕哝着一些毫无条理的话，拜伦却粗暴地推开他，自己与坐着的独裁者面对面。“你犯了一个错误，钟狄，一个而已。你无法预料到当初在地球上，当我逃出宿舍的时候，我会把腕表留在里面。你可知道，我的腕表表带刚好是个放射指示器。”

独裁者吐出一个烟圈，同时露出愉悦的笑容。

拜伦说：“而那个表带一直没变蓝，钟狄。那天晚上，我的房里根本没有炸弹，只有个故意安排的假货！如果你否认，你就是个骗子，钟狄，或者该叫你独裁者，或者你喜欢用什么称呼都行。

“还有，放置那个假货的正是你。是你用催眠瓦斯把我弄昏，再布置好当晚的整出闹剧。这显而易见又合情合理，你该知道。假如没人管我，我会一觉睡到天亮，绝不会知道有什么不对劲。所以说，是谁用影像电话跟我联络，直到他确定我醒过来？醒过来，意思就是说，会发现那颗炸弹。它还故意放在计数器附近，因此我不可能忽略。又是谁轰开我的门，好让我来不及发现炸弹只是假货？那天晚上你一定玩得很开心，钟狄。”

拜伦等待对方的反应，但独裁者只是礼貌性点着头。拜伦感到更加愤怒，这简直像拳打枕头、脚踢空气、挥鞭抽水的感觉一样。

他厉声道：“家父当时即将遭到处决，我迟早会得到消息。我可能会回到天雾星，也可能不会回去。我将根据自己的判断行事，要不要公开与太暴人为敌，可以由我自行决定。我将知道自己冒着多大的危险，我会为一切不测做好准备。

“你却要我到洛第亚去，去见亨瑞克。可是，在正常情况下，你无法指望我照你的意思行事，我不太可能会向你求教。除非，你能布置出一个适当的局面，而你做到了！

“我以为有人要炸死我，我想不出任何原因，但你却有答案。你似乎救了我一命，又似乎知道一切，比如说我下一步该怎么做。我当时六神无主，一团混乱，只好遵从你的建议。”

拜伦一口气说到这里，一面调整呼吸一面等待对方回答。但他一个字也没听到，便又吼道：“你没有对我说明，我离开地球搭的是洛第亚太空船，你还故意让船长获知我的真实身份。你也没有对我说明，你意图让我在抵达洛第亚后，立刻落在太暴人手中。你敢否认这些事实吗？”

接下来是很长的一段沉默，钟狄唯一的动作是将香烟按灭。

吉尔布瑞特一面搓着双手，一面说：“拜伦，你实在太荒唐，独裁者不可能会……”

此时钟狄抬起头来，以沉稳的口气说：“独裁者真会那么做，这一切我都承认。你说得很对，拜伦，我恭喜你拥有这般的洞察力。那颗炸弹的确是个假货，是我亲手放置的。而且我送你到洛第亚去，目的就是要你被太暴人逮捕。”

拜伦的表情豁然开朗，一部分无力感随即消失无踪。他说：“总有一天，钟狄，我会跟你算这笔账。此时此刻，看起来你真是林根的独裁者，有三艘船舰在外面等你，不免使我感到碍手碍脚。然而，‘无情号’是我的舰艇，我是它的驾驶员。把太空衣穿上，给我滚出去，太空索还在那里。”

“它并非你的舰艇，你只是个强盗，不是什么驾驶员。”

“占有是这里唯一的法律，你有五分钟的时间钻进太空衣。”

“拜托，我们别演戏了。我们彼此需要，我不打算离开。”

“我不需要你。即使太暴母星舰队正在逼近，而你能帮我轰掉他们，我也不需要你帮忙。”

“法瑞尔，”钟狄说，“你如今的言行都不像成年人。我已经让你把话说完，现在可以换我说吗？”

“不，我看不出有任何理由该听你说。”

“现在你看出来了吗？”

艾妲密西娅立刻尖叫。拜伦稍微动了一动便停下来，全身紧绷却一筹莫展，挫败感使他的脸涨得通红。

钟狄说：“我的确做了些预防措施。很抱歉，我不得不这么粗鲁，用武器作威胁，但我以为这样才能逼你听我说话。”

他握着的是一柄袖珍手铳，它的功能不是将人打痛或打昏，而是用来杀人的！

他说：“许多年来，我一直在林根进行对抗太暴人的准备。你知道这是什么意思吗？这不是简单的事，甚至几乎不可能。内王国不会提供任何帮助，根据长期的经验，我们能确定这点。除了星云众王国自己奋起反抗，不会有外人拯救我们。可是要说服各地的领导者，并非一件轻松的差事。令尊在这方面相当积极，因而遭到杀身之祸。记住了，这绝非一件轻松的差事。

“令尊遭到逮捕这件事，是我们的一大危机，关系到我们的生死存亡。他是我们的核心成员，太暴人显然已经距离我们不远，我们必须设法摆脱他们。为了做到这点，我不能被荣誉和诚实绑住，它们根本无济于事。

“我不能直接去找你，对你说：‘法瑞尔，我们必须将太暴人引向错误的线索。你是牧主之子，因此十分可疑，赶快离开这里，去投靠洛第亚的亨瑞克，这样便能误导太暴人，把他们的注意力从林根转移开来。这样做或许有危险，你可能因而丧命，可是令尊为之捐躯的那些理想，却比什么都要重要。’

“也许你会照我的话去做，但我不敢做这种实验。我将你蒙在鼓里，引你依照我的计划行事，这是很不堪的行径，我愿意承认。话说回来，我没有选择的余地。坦白告诉你，我认为你可能无法幸免；但是我也不妨坦白说，我觉得你是个可以牺牲的角色。如今你幸免于难，我很高兴看到这样的结果。

“此外还有一件事，是关于一份文件……”

拜伦忙说：“什么文件？”

“你反应太快了。我说过令尊生前为我工作，因此他知道的我都知道。他要你设法取得那份文件，你当初是个很好的选择。你在地球合法居留，你又很年轻，不容易遭到怀疑。我是说，当初！

“可是后来，在令尊被捕后，你也变得身陷险境，成了太暴人怀疑的首要对象。我们不能让你找到那份文件，否则几乎注定会落在他们手里。我必须在你完成任务前，就让你赶紧离开地球。你懂了吧，所有的事都有连带关系。”

“这么说，你已经取得那份文件？”拜伦问。

独裁者说：“不，我没有。有一份很可能是我们要找的文件，多年前已经从地球失踪。如果它正是那份文件，我不知道如今它在谁的手上。现在我能收起手铳了吗？它越来越重了。”

拜伦说：“收起来吧。”

独裁者立刻这样做了，然后说：“有关这份文件，令尊都对你说了些什么？”

“没有你不知道的，既然他当初为你工作。”

“很有道理！”独裁者微微一笑，但笑容中几乎没有愉悦的成分。

“你的解释现在差不多说完了？”

“差不多了。”

“那么，”拜伦说，“滚出这艘舰艇。”

吉尔布瑞特连忙道：“慢着，拜伦。此时此地，你不该只考虑个人恩怨。这里还有艾妲密西娅和我，你该知道，而我们也有话要说。在我听来，独裁者说的完全合理。我要提醒你，在洛第亚的时候，我曾经救你一命，所以我认为我的观点也该受到尊重。”

“好吧，你曾经救我一命，”拜伦吼道。他指着气闸，又说：“那么你跟他走，走啊，你也给我滚出去。你想要找独裁者，现在他就在这里！我答应带你来找他，我的责任已经尽了，休想再告诉我该怎么做。”

他转向艾妲密西娅，仍有几分余怒尚未平息：“你又怎么说？你也是我的救命恩人，这里每个人都救过我。你也要跟他一起走吗？”

她冷静地说：“别帮我发言，拜伦。如果我要跟他走，我自己会说。”

“不必感到有任何义务，你随时可以离去。”

她看起来很伤心，他则将头别过去。正如往常一样，他心中某些冷静的部分，明白自己现在的行为十分幼稚。他曾被钟狄要得团团转，这令他感到怒火中烧，不知该怎样发泄才好。

此外，为什么大家都坚决地认定，将拜伦·法瑞尔丢给太暴人，就像拿骨头引开恶犬，免得那些狗攻击钟狄的脖子，是一件绝对正确的事？他妈的，他们把自己当成了什么？

他又想起那颗假炸弹、那艘洛第亚客船、那些太暴人，以及在洛第亚上狂暴的一夜，他能感到自怜的情绪正在折磨自己。

独裁者说："怎么样，法瑞尔？"

吉尔布瑞特说："怎么样，拜伦？"

拜伦则转向艾妲密西娅。"你又怎么想？"

艾妲密西娅以平静的口吻说："我想，他有三艘船舰等在外面，而且，他又是林根的独裁者，我认为其实你没有选择。"

独裁者望着她，并点头表示赞许："你是个聪明的女子，郡主。这样悦人的外表下竟有这样的慧心，真可谓才貌双全。"他的眼光在她身上徘徊良久。

拜伦说："你有什么提议？"

"让我借用你们的名号和本事，我会带你们到吉尔布瑞特侯爷所谓的叛军世界去。"

拜伦以狐疑的口吻说："你认为真有这样的世界？"

吉尔布瑞特几乎同时开口："那么它真在你的掌握中。"

独裁者微微一笑："我认为正如侯爷所描述的，的确有这样一个世界存在，不过它不是我的。"

"它不是你的啊。"吉尔布瑞特垂头丧气地说。

"如果我能找到它，这又有什么关系吗？"

"怎么做？"拜伦追问。

独裁者说："不像你想象中那么困难。如果我们将那个故事照单全收，我们就必须相信，的确有个反抗太暴人的世界存在。我们还必须相信，它位于星云星区某个角落，而且过去二十年来，它一直未被太暴人发现。假如情形果真如此，那么在这个星区中，只有一处可以容纳这样一颗行星。"

"在哪里？"

"你不认为答案很明显吗？这个世界只能存在于星云内，这难道不是必然的结论吗？"

"在星云里面！"

吉尔布瑞特说："银河啊，当然是这样。"

现在，这个答案的的确确既明显又肯定。

艾妲密西娅心虚地说："星云内的世界能住人吗？"

"有何不可？"独裁者说，"别误会了星云的本质。它是太空中的一股黑雾，却不是什么有毒的气体。其实它是一大团极稀疏的尘埃，其中的星光都会被它吸收遮掩，当然，位于观测者另一侧的星光也一样。除此之外，它没有任何害处。谁要是躲在某颗恒星附近，别人根本侦测不到。

"我向你们道歉，我好像在卖弄学问。可是过去几个月以来，我一直待在地球大学里，搜集有关那个星云的天文资料。"

"为何要在那里？"拜伦问道，"这点没什么关系，但我是在那里碰到你的，所以我很好奇。"

"这没什么神秘可言。我当初离开林根，本来是为了自己的事，是什么事并不重要。大约六个月前，我去洛第亚访问，因为我的手下维迪莫斯牧主，也就是令尊，他和执政者的交涉并不成功，我们本来希望劝诱他加入我们。而我虽然亲自出马，结果还是失败了，因为亨瑞克并非适合我们那种工作的材料，虽然这样说很对不起郡主。”

“赞成，赞成。”拜伦喃喃道。

独裁者继续说：“不过我遇到了吉尔布瑞特，他也许已经跟你讲过。所以我又到地球去，因为地球是人类的发祥地。当年探索银河未知区域的探险队，大都是由地球出发，因此大多数记录都保存在地球上。而马头星云的探勘做得相当彻底，至少，有许多探险队曾经穿越过。它一直没被开拓，因为该处无法进行恒星观测，在那一带航行是极困难的事。然而，我要找的只是探索记录。

“现在注意听，吉尔布瑞特侯爷乘坐的那艘太暴战舰，是在第一次跃迁后被流星击中的。假设那趟从太暴星到洛第亚的旅程，是循着通常的贸易航线——没有理由做其他的假设，我们便可定出那艘战舰偏离航线时的位置。因为在头两次跃迁之间，船舰几乎不会在普通空间航行超过五十万英里，而在太空中，我们能将这段距离视为一个点。

“我们还能再做另一个假设：那颗流星打坏了控制台，的确有可能改变战舰的跃迁方向，因为只要战舰的陀螺仪运动发生变化，便会导致这个结果。虽然这种机会不大，但并非不可能。然而，超原子推力的强度若要改变，一定要使战舰的发动机受损，那颗流星当然没有碰到任何发动机。

“既然推力没有改变，其余四个跃迁的长度就不会变，同理，它们的相对方向也将保持原状。我们可以做个类比，这就像将一根弯弯曲曲的长铁丝，在某点随便折个角度，这个角度的大小未知，方向也是未知数。那艘战舰最后的位置，落在一个假想球面的某一点，球面的中心是战舰在太空中受到撞击的位置，半径则是其余各个跃迁的向量和。

“我把这个球面画了出来，它和马头星云有很大的交集。差不多有六千平方度，也就是球面的四分之一，都位于那个星云内。因此我们现在需要做的，是在星云中找出一颗距离那个假想曲面不到一百万英里的恒星。你该记得，吉尔布瑞特的战舰停下之后，是停在某颗恒星附近。

“好，你猜猜看在星云内，我们能找到多少接近那个球面的恒星？别忘了在整个银河中，共有一千亿颗发热发光的恒星。”

拜伦不知不觉听得入迷，这实在有违他的本意：“好几百颗，我猜。”

“五颗！”独裁者答道，“只有五颗而已，别被一千亿那个数字唬到了。银河的体积大约是七兆立方光年，因此平均而言，每颗恒星占的体积是七十立方光年。遗憾的是，我不知道这五颗中哪些拥有住人行星，否则我们可能将候选者减到只剩一颗。不过很可惜，早期探险者没时间做详尽的观测，他们仅记录了恒星的位置、自行方式，以及光谱结构而已。”

“所以说，这五个恒星系中的某一个，”拜伦说，“就是那个叛军世界的所在地？”

“只有这个结论，才和我们所知的各项事实相符。”

“假设吉尔的故事可信。”

“我做了那个假设。”

“我的故事千真万确，”吉尔布瑞特激动地抢着说，“我发誓。”

“我正准备出发，”独裁者说，“去一一调查那五颗恒星。我这样做的动机很明显，身为林根的独裁者，我能以平等的身份加入他们。”

“再加上两个亨芮亚德家族成员，以及一个维迪莫斯牧主站在你这边，你得到平等待遇的机会更要高得多。而且，想必在未来的自由新世界中，你还能拥有坚实巩固的地位。”拜伦说。

“你的冷嘲热讽吓不倒我，法瑞尔，我的答案是显然如此。如果起义能成功，谁都希望助胜方一臂之力，这点也是显而易见的。”

“否则，胜方的某位私掠船船长，或是某位叛军舰长，便会获得林根的独裁权作犒赏。”

“或是维迪莫斯的牧权，一点也没错。”

“要是起义不成功呢？”

“等我们找到想找的世界后，还有时间判断这一点。”

拜伦缓缓道：“我跟你去。”

“太好了！那么，我们来安排你们的换船事宜吧。”

“为什么？”

“这样对你们比较好，这艘舰艇是个玩具。”

“它是一艘太暴战舰，放弃它是不智之举。”

“正因为它是太暴人的战舰，所以很容易令人起疑。”

“在星云中不会。很抱歉，钟狄，我加入你的阵营纯粹是权宜之计。我也可以坦白对你说，我的确想找到叛军世界，但我们之间没有友谊存在，我要保有自主权。”

“拜伦，”艾妲密西娅温柔地说，“对我们三人而言，这艘舰艇太小了。”

“它本身太小了，没错。但它可以接上一个拖厢，这点钟狄和我一样清楚。只要那样做，我们就会有足够的空间，却仍能掌握自主权。而且这样的拖厢，还能当做一种有效的伪装。”

独裁者考虑了一下：“如果我们之间既没有友谊，又缺乏信任，法瑞尔，那我就必须保护自己。你可以保有你的舰艇，还能得到一个拖厢，完全依照你的意思备妥。可是我一定要有些保证，确保你绝不会乱来。至少，艾妲密西娅郡主必须跟我走。”

"不！"拜伦说。

独裁者扬起眉毛："不？让郡主自己说。"

他转身面对艾妲密西娅，鼻孔微微掀张："我敢保证，你将感到环境极为舒适，郡主。"

"至少，你自己不会感到舒适，大人。既然确定了这点，"她回嘴道，"我决定留在这里，以免害得你不舒服。"

"我想你该重新考虑……"独裁者的鼻梁上出现两道皱纹，破坏了他沉静的表情。

"我可不这么想，"拜伦打岔道，"艾妲密西娅郡主已经做出选择。"

"这么说，你支持她的决定喽，法瑞尔？"独裁者再度露出微笑。

"完全支持！我们三人都将留在'无情号'上，这点绝无妥协的余地。"

"你选择同伴的标准很奇怪。"

"是吗？"

"我想是的。"独裁者似乎全心全意审视着自己的指甲，"你好像对我很恼火，因为我曾经欺骗你，害你性命危在旦夕。但是论起欺诈，亨瑞克绝对能当我的师父。所以说真奇怪，不是吗，你竟和亨瑞克那种人的女儿显得那么亲密。"

"我了解亨瑞克，你对他的偏见改变不了任何事实。"

"你知道有关亨瑞克的每一件事吗？"

"我知道得够多了。"

"你可知道令尊就是被他所害？"独裁者的手指猛然指向艾妲密西娅，"你可知道，你尽全力想要保护的这名女子，就是你杀父仇人的女儿？"

第十四章
独裁者退场

一时之间，每个人仿佛都变成雕像。独裁者正抽着第二根烟，他的神情相当轻松，毫无不安之色。吉尔布瑞特蜷曲在驾驶座上，面容扭成一团，眼泪好像随时会掉下来。驾驶座吸压装置的带子松垮垮地垂下，平添几许悲惨的气氛。

拜伦的脸色苍白如纸，他紧握双拳，面对着独裁者。艾妲密西娅细致的鼻头微微抽动，她没有望向独裁者，始终紧紧盯着拜伦的脸孔。

无线电讯号突然响起，在小小的驾驶舱中，轻微的“咔嗒”声听来就像铙钹发出的轰然巨响。

吉尔布瑞特猛然坐直，然后在座椅上转过身来。

独裁者懒洋洋地说：“只怕我们的谈话比我预料中还要冗长。我告诉过瑞尼特，我若在一小时内没有回去，他就得赶来救我。”

此时，显像荧幕上出现了瑞尼特的面容，以及他斑白的头发。

然后，吉尔布瑞特对独裁者说道：“他想跟你讲话。”说完便起身让位。

独裁者从椅子上站起来，走到控制台前，好让头部进入影像传输的范围。

他说："我安全得很，瑞尼特。"

对方的问话每个人都听得很清楚："那艘巡弋舰上的成员是些什么人，阁下？"

拜伦突然站到独裁者身边。"我是维迪莫斯牧主。"他以骄傲的口气说。

瑞尼特立刻堆满喜悦的笑容，他的右手进入画面，行了个利落的军礼："您好，阁下。"

独裁者插嘴道："我很快要跟一位小姐一同回去，准备进行气闸接合。"说完，他便切断两艘船舰的影像联系。

他转向拜伦说："我曾向他们保证，是你在这艘舰艇上，否则会有些人反对我独自前来。在我部下的心目中，令尊极有声望。"

"因此你才能利用我的名号。"

独裁者耸了耸肩。

拜伦说："你能利用的也只有这点，你跟你的军官说的最后一句话并不正确。"

"怎样不正确？"

"艾妲密西娅·欧思·亨芮亚德将留在我身边。"

"还要？在我告诉你那些话之后？"

拜伦厉声道："你什么也没有告诉我，你只不过做了一番陈述，但我不太可能会重视那些毫无佐证的话。我这么对你说，绝不是想要什么心机，我希望你能了解。"

"难道你对亨瑞克的了解，会使我的陈述听来难以置信？"

拜伦有点动摇了，他并未回答。那句话击中了他的要害，这点很明显，谁都看得出来。

艾妲密西娅说：“我说事实并非如此。你又有什么证据？”

“当然，我没有直接证据。令尊和太暴人进行的会议，我不曾在场。不过我可以提出一些已知的事实，让你们自己推出结论。第一，六个月前，老维迪莫斯牧主曾去拜访亨瑞克，这我已经说过。现在我还能补充一点，他表现得有些过分热心，或者说，他高估了亨瑞克的警觉性。总而言之，他本来不该说那么多，吉尔布瑞特侯爷能证明这一点。”

吉尔布瑞特悲伤地点了点头，然后转头面向艾妲密西娅。她也正好转过来望着他，双眼充满泪水与怒火。他说：“我很抱歉，艾妲，不过这确是事实。我曾经跟你讲过，有关独裁者的一切，我就是从维迪莫斯牧主那里听来的。”

独裁者又说：“侯爷研发出那种长距离机械耳朵，来满足他活跃的好奇心，偷听执政者的正式会谈，对我而言是很幸运的一件事。吉尔布瑞特第一次找我，就不经意地警告了我，让我知道随时会有危险。于是我尽快离开，可是，当然，伤害却已经铸成了。

“好，据我们所知，维迪莫斯牧主只有那次说溜了嘴，而亨瑞克当然是出了名的既不独立又没勇气的人。令尊，法瑞尔，在事后半年内就遭到逮捕，若不是亨瑞克告密，不是这名女子的父亲告密，还有什么别的可能呢？”

拜伦说：“你没警告他吗？”

“投入我们这种工作的人，都已将生死置之度外，法瑞尔，但他的确接到了警告。后来，他就再也没有跟我们任何人接触，不论多么间接的接触都没有，他还把和我们有牵连的证据全部销毁。我们其中有些人，认为他应该离开这个星区，或者至少该躲起来，可是他拒绝这样做。

“我想我能了解这是为什么，假如他改变生活方式，便会证明太暴人得到的情报完全正确，进而将危及整个行动。他决定只拿自己的性命做赌注，继续公然在外活动。

“太暴人等了将近半年的时间，就是为了等待叛变的动作。他们很有耐心，那些太暴人，结果什么也没发生。当他们再也等不下去的时候，竟发现网里只有他一个人。”

“这是谎言，”艾妲密西娅吼道，“全都是谎言。这是个自命不凡、道貌岸然的人说的假话，没有任何真实性。假如你说的都是真的，那么他们也会监视你，你自己也将身处险境，不会还坐在这里谈笑风生、浪费时间。”

“郡主，我没有浪费时间。我已尽力使令尊这个情报来源信用破产，我认为我成功了一部分，他的女儿和堂兄显然已是叛徒，太暴人将会犹豫该不该再听他的。而且，即使他们仍愿意相信他，哈，我马上就要消失在星云中，他们根本找不到我。我倒认为，我的行动使我的故事更加可信，绝不是什么反证。”

拜伦深深吸了一口气，然后说：“让我们结束这次会谈吧，钟狄。至少我们已经同意跟你走，你也答应供给我们必需的补给品，这就够了。即使你说的尽皆属实，和现在的问题仍然毫无关联，洛第亚执政者的罪恶不该由他女儿继承。艾妲密西娅·欧思·亨芮亚德将和我一起留在这里，只要她自己同意。”

“我同意。”艾妲密西娅说。

“很好，我想这句话足以代表一切。此外，我要警告你，你拥有武装，而我也一样；你那些船舰或许是战斗舰，我驾驶的却是太暴巡弋舰。”

“别傻了，法瑞尔，我的意图相当友善。你希望把那名女子留在这里？那就请便。我可以由接合气闸离去吗？”

拜伦点了点头。“这点小事我们还信得过你。”

两艘船舰靠得越来越近，直到双方的伸缩气闸能接触到对方为止。两个气闸小心翼翼地伸出来，试图与对方紧密接合。

吉尔布瑞特一直守在无线电旁边："他们两分钟后会再试一次。"

在此之前磁场已触发过三次，每一次，向外延伸的两根圆管虽然接触到对方，可惜未能完全吻合，两者的侧面都出现了新月形的空隙。

"两分钟。"拜伦重复了一遍，开始战战兢兢地等待。

在秒针的催促下，磁场第四度"咔嗒"一声开启。由于它突然吸取大量电力，发动机立刻调整转速，舱内的光线因此暗了下来。气闸延伸管再度伸出，在不稳定状态的边缘游移。随着一下无声的震动，震波一路传至驾驶舱。两个气闸完全对准了，夹锁也自动紧紧锁住，形成完全密封的接合。

拜伦用手背缓缓蹭拭额头，紧张的情绪顿时减轻几分。

"好了。"他说。

独裁者拾起他的太空衣，那上面仍有一层薄薄的水汽。

"谢谢。"他客客气气地说，"我手下一名军官马上会过来，他将和你安排补给细节。"

然后独裁者便走了。

拜伦说："帮我招待一下钟狄的军官，拜托，吉尔。等他进来后，马上切断气闸的联系。你需要做的只是关掉磁场，这就是你该触动的光子开关。"

说完他就转身走出驾驶舱。现在，他需要给自己一点时间，主要是思考的时间。

不料身后却传来一阵急促的脚步声，以及一声轻柔的呼唤，于是他停了下来。

“拜伦，”艾妲密西娅说，“我要跟你谈谈。”

他回过头来面对着她：“如果你不介意，待会儿吧，艾妲。”

她抬着头，目不转睛地望着他：“不，现在。”

她举起双臂，仿佛想要拥抱他，却不确定他是否会接受。她说：“他说的那些有关我父亲的事，你不会相信吧？”

“这没什么关系。”拜伦说。

“拜伦……”她欲言又止，感到很难开口。但她还是又试了一次：“拜伦，我知道我们之间发生的事，有些只是因为我们很寂寞，又刚好在一起，而且身处险境。可是……”说到这里她再度打住。

拜伦道：“如果你想要说你是亨芮亚德家族的一员，艾妲，那就没必要说了。我知道这点，我不会要你做什么承诺。”

“不，哦，不是这样。”她抓住他的手臂，将她的面颊靠在他结实的肩膀上，又急促地说：“根本不是这回事，跟亨芮亚德和维迪莫斯都毫无关系。我……我爱你，拜伦。”

她一抬眼，接触到了他的目光。“我认为你也爱我。我想，如果你能忘记我姓亨芮亚德，你就会承认这件事。既然我先说出来，或许你也愿意坦白。你曾告诉独裁者，不会因为我父亲的作为而不理我，所以，也请你别因为他的显赫地位而疏远我。”

她的双臂缠绕着他的脖子，拜伦感觉得到她胸部的柔软，唇边还不时传来她温暖的气息。但他慢慢举起双手，轻柔地抓住她的前臂，然后同样轻柔地拉开她的手，又轻柔地后退一步。

他说：“我跟亨芮亚德家族的恩怨尚未了结，郡主。”

她大吃一惊：“你告诉独裁者说……”

他别过头去。“抱歉，艾妲，我告诉独裁者的话你别认真。”

她很想大喊大叫：这不是真的，我父亲没那么做，无论如何……

他却转身进了寝舱，让她一个人站在走廊，眼中充满伤痛与懊悔。

第十五章
太空中的洞口

拜伦再度走进驾驶舱的时候，泰多·瑞尼特立刻转过头来。他的头发已经灰白，但身体仍十分强健，他的脸庞宽阔、红润，堆满笑容。

他一个箭步冲到拜伦面前，热诚地抓住这个年轻人的手。

“我向众星发誓，”他说，“根本不需要你告诉我，我就知道你是令尊的儿子，这简直就是老牧主复生。”

“我希望的确如此。”拜伦以阴郁的口吻说。

瑞尼特的笑容收敛了几分。“我们都这么希望，我们每个人。对啦，我是泰多·瑞尼特，林根正规军的一名上校，不过在我们这场游戏中，我们一律不用头衔，我们甚至用‘阁下’称呼独裁者。这倒提醒了我！”他的表情转趋严肃，“在我们林根，没有什么侯爷、郡主，甚至连牧主也没有。如果我偶尔忘记加上适当的头衔，还希望你们别见怪。”

拜伦耸了耸肩。“正如你所说，我们在这场游戏中一律没有头衔。那么拖厢有没有问题呢？我想我们该商量一下如何安排这件事。”

有那么一瞬间，他的目光扫过整间驾驶舱。吉尔布瑞特坐在那里，默默听着他们的对话。艾妲密西娅却背对着他，纤细苍白的手指茫然抚过电脑的光子开关。下一刻，瑞尼特的声音又将他的注意力拉回来。

那林根人将驾驶舱上上下下环顾一番。“这是我头一次从里面观察一艘太暴航具，我认为也没什么了不起。紧急逃生气闸在正后方吧？而我猜推进器则环绕舰身周围。”

“的确是这样。”

“很好，这样就不会有什么麻烦。有些老式的船舰，推进器位于正后方，因此拖厢必须保持一个角度。这使重力调节变得很困难，大气中的操作灵活度则趋近于零。”

“要花多久时间，瑞尼特？”

“要不了多久，你想要多大的？”

“你能弄到多大的？”

“超级豪华型？没问题。如果独裁者这么说，就必须优先考虑。我们能找到一种本身可算太空船的拖厢，甚至还具有辅助发动机。”

“它应该有单人寝舱吧，我想。”

“给亨芮亚德小姐？比你们这里的好得多……”说到一半他突然打住了。

艾妲密西娅听见有人提到她的名字，便立刻站起来，慢慢地、毫无表情地经过他们，然后走出驾驶舱。拜伦一直目送着她离去。

瑞尼特说：“我想，我不该直呼亨芮亚德小姐。”

“不，不，没有关系，别理她。你刚才在说……”

“哦，有关那些舱房。至少有两间大的，中间有相连的淋浴设备。还有跟大型客船一样的更衣室和厕所，她会住得十分舒适。”

“很好，我们还需要食物和清水。”

“当然。水槽的贮量足够用两个月，但你若想在舰上弄个游泳池，恐怕就稍嫌不够。此外，你们会发现有好些冷冻肉类。你们现在吃的是太暴浓缩食品，对不对？”

拜伦点了点头，瑞尼特便做了个鬼脸。

“味道和木屑差不多，是吗？还需要些什么？”

“全套的女装。”拜伦说。

瑞尼特前额现出皱纹：“是的，当然。不过嘛，那是她自己的事。”

“不，老兄，不是的。我们会把必要的尺寸告诉你，由你负责把我们要的通通找来，现在流行什么就拿什么。”

瑞尼特笑了两声，然后摇了摇头：“牧主，她不会喜欢的。不是她自己挑选的衣物，她就一定不会满意。即使我们拿来的服装，刚好都是她自己会挑的，结果也将完全一样。这不是我的猜测，我领教过女人这一套。”

拜伦说：“我确信你说得对，瑞尼特，但我们必须这样做。”

“好吧，我警告过你了，反正将来麻烦的是你。还需要些什么？”

“小东西，小东西，像是一些洁身剂。哦，对啦，还有化妆品、香水，女人需要的那些东西。我们到时再安排吧，让我们先把拖厢装好。”

此时，吉尔布瑞特没打招呼就走了出去。拜伦同样目送着他，同时感到下颚的肌肉收紧。亨芮亚德！他们都是亨芮亚德！他毫无能力改变这个事实。他们都是亨芮亚德！吉尔布瑞特是一个，她又是另一个。

他说：“还有，当然，需要亨芮亚德先生和我自己穿的衣服，这点倒不太重要。”

“好的，我可否借用你的无线电？我最好待在这艘舰上，直到一切安置妥当。”

当他下达命令时，拜伦在一旁耐心等候。然后坐在椅子上的瑞尼特转过身来，说道：“我很不习惯见到你在这里，活生生的，又能说话，又能走动，你实在太像他了。牧主过去三天两头提到你，你在地球上求学，对不对？”

“是的，一个多星期前，我本来该毕业了，如果没发生那件意外的话。”

瑞尼特看起来很不自在。“听我说，你被那样送到洛第亚，可不能怪到我们头上，我们也不喜欢这件事。我的意思是，我们有些伙伴根本不喜欢这样做，这话绝不能让第三者听到。独裁者没有跟我们商量，这是当然的事。坦白说，这是他自己在冒险。我们有些人——我不提他们的名字了——当初甚至在想该不该去拦截那艘客船，把你救出来。还好我们没有这么做，否则会是个天大的错误。话说回来，我们真有可能采取行动，只不过深思后，我们想到独裁者一定清楚自己在做些什么。”

“能获得这样的信赖实在不错。”

“我们了解他，这点无可否认，他这里很不简单。”他伸出手指轻敲自己的额头，“没人知道他究竟是根据什么来采取行动的，但似乎总是正确无误。至少他比太暴人高明，其他人则办不到。”

“比如说，家父就是个例子。”

“其实我并没有想到他，但就某个角度而言，你说得没错，就连牧主最后也被捕了。然而，他是个不同类型的人，他的思考模式直来直往，从不考虑拐弯抹角的方式，又总是高估了别人的价值。

话说回来，这可算是我们最喜欢他的地方，他对每个人一视同仁，你知道吧。

“我虽然是个上校，但我仍是平民。我父亲是个金工匠，懂了吧，但在他眼里没有任何差别。而且，并非因为我是上校，他才对我另眼相看。如果他在走廊上遇到个实习轮机员，他不但会让路，还会亲切地寒暄一两句，实习生将因此高兴一整天，感觉自己像个轮机长，那就是他待人的方式。

“并不是说他软弱，如果你需要惩戒，你一定逃不掉，不过绝对适可而止。你受到的处罚，一定是你应得的，而你心里也很明白。处罚完毕后，他就将一切抛到脑后，不会无缘无故旧账重提，持续一两周还没完没了。这就是我们的牧主。

“至于独裁者，就大不相同。他很有头脑，但你无法和他亲近，不论你是谁都一样。比方说，他其实并没有幽默感，我跟他说话，不能像现在跟你说话这样。此时此刻，我说话就是说话，我可以完全放松，几乎是在做自由联想。而在他面前，你得将心中的话原原本本地说出来，绝不能有任何保留。而且你的措辞要很正式，否则他会骂你散漫。虽然如此，但独裁者就是独裁者，没什么好说的。”

拜伦道：“有关独裁者高明的头脑，我得完全同意你的说法。你可知道，他在登上这艘舰艇前，就已经推论出我在这里？”

“是吗？我们都不知道。好啦，你看，这就是我的意思。他当初准备单独登上这艘太暴巡弋舰，对我们而言，那无异于自杀，我们都不以为然。但我们假定他知道自己在做什么，而事实证明果真如此。他本来可以告诉我们你或许在这艘舰上。他也一定知道，牧主之子的逃脱会是个天大的好消息，但他照例不说。”

艾妲密西娅坐在寝舱的某个下铺，她必须很不自然地弯着身子，以避免上铺的床架戳到第一节胸椎。但在这个时候，那点不适根本算不了什么。

她一双手掌几乎不自觉地摩挲着衣裳，她感到又脏又累，而且非常厌倦。

她厌倦了用湿毛巾拍拭双手与脸部，厌倦了一周未曾更换服装，厌倦了现在变得潮湿黏腻的头发。

此时，她差点就要站起来，准备赶紧转过身去。她不要见他，不想再跟他面对面。

不过进来的只是吉尔布瑞特，于是她又无精打采地坐到床上："嗨，吉尔伯伯。"

吉尔布瑞特在她对面坐下，一时之间，他瘦削的脸庞似乎显得忧虑不堪，随即又挤出一个满是皱纹的笑容："我也觉得在这里头待上一周十分没趣，我希望你能让我开心。"

她却答道："好啦，吉尔伯父，别在我身上施展心理学。如果你认为能够哄骗我，让我对你产生一点责任感，那你就错了，我其实更想揍你一顿。"

"如果那样会令你感到好些……"

"我再警告你一次，如果你伸出手臂让我打你，我真的会动手。如果你说：'这样让你感到好些吗？'那我还会再打一拳。"

"不管怎么说，你显然跟拜伦吵架了。怎么回事？"

"我看不出为何需要讨论这件事，你别管我就好了。"顿了顿之后，她又说，"他认为父亲真像独裁者指控的那样，所以我恨他。"

"你父亲？"

"不！那个愚蠢、幼稚、道貌岸然的傻瓜！"

“想必是指拜伦吧，好的，你恨他。但你无法在两种情感间画出明显的界线，一种是害你像这样坐在这里的恨意，另一种，则是在我这个单身汉看来，似乎相当荒唐的炽热爱恋。”

“吉尔伯父，”她说，“他会不会真做过那件事？”

“拜伦？做什么？”

“不！我父亲。父亲会不会那样做过？会不会真出卖了牧主？”

吉尔布瑞特显得若有所思，而且神情非常严肃：“我不晓得，”他斜眼望着她，“你也知道，他的确想将拜伦交到太暴人手中。”

“因为他知道那是个陷阱，”她激动地说，“而且事实正是如此。那可怕的独裁者就是这样打算，而他也承认了。太暴人知道拜伦是谁，故意将他送到父亲那里，父亲做了他唯一能做的事。对任何人而言，那都是很明显的决定。”

“即使我们接受这一点，”他又用斜眼望着她，“他也的确曾试图说服你，要你接受那桩相当无趣的婚姻。如果亨瑞克能做出那种事……”

她打岔道：“那件事他也毫无选择余地。”

“亲爱的侄女，他为了讨好太暴人而做的每件事，如果你都要解释为不得已，哈，那么，你怎么知道他没将牧主的秘密泄露给太暴人？”

“因为我确定他不会，你对父亲的了解不像我那么深。他恨太暴人，恨之入骨，我明白这点，他不会主动帮助他们。我承认他怕他们，不敢公开反对他们，但他若有办法避免，就绝不会帮助他们。”

“你又怎么知道他能避免？”

她却猛摇着头，把头发都摇乱了，不但遮住了双眼，还稍微遮住眼中的泪水。

吉尔布瑞特望了她一会儿，然后无奈地摊开手，默默地转身离去。

拖厢以通道连接到“无情号”尾部的紧急逃生气闸，整体看起来像个细腰的大黄蜂。拖厢的容积比这艘太暴舰艇大几十倍，不成比例的程度近乎滑稽。

在做最后的检查时，独裁者加入拜伦的工作。他说：“你觉得还缺些什么吗？”

拜伦说：“没有，我想我们会相当舒适。”

“很好。顺便问一句，瑞尼特告诉我艾妲密西娅郡主不大舒服，或至少看起来如此。如果她需要医疗照护，送她到我的船舰或许是明智之举。”

“她好得很。”拜伦随口答道。

“你这么说就好。你能在十二小时内完成出发准备吗？”

“两小时就行，如果你希望。”

然后，拜伦穿过接合走廊（他得稍微弯下腰来），走进了“无情号”主体中。

他刻意以平稳的语调说：“后面有间私人套房是你的，艾妲密西娅。我不会打扰你，我大部分时间会留在这里。”

她却冷冷地答道：“你不会打扰我的，牧主，你待在哪里都与我无关。”

两艘船舰一齐迅速出发，经过一次跃迁后，便来到星云的边缘。然后他们等了数小时，好让钟狄的船舰完成最后的计算。进入星云内部后，就几乎等同于盲目航行。

拜伦闷闷不乐地盯着显像板，上面什么都没有！整整半个天球都被黑暗占据，根本不见一丝星光。生平第一次，拜伦体会到星辰是多么温暖亲切，使太空变得多么充实。

“就好像掉进太空中的一个洞口。”他喃喃地对吉尔布瑞特说。

然后他们再度跃迁，进入了星云中。

几乎在同一时刻，赛莫克·阿拉特普——大汗的行政官，十艘武装巡弋舰的指挥官——正听完了领航员的报告。他说：“那没什么关系，反正跟踪他们就对了。”

在距离“无情号”进入星云的位置不到一光年处，十艘太暴战舰进行了同样的跃迁。

第十六章
追猎者!

穿着军装的赛莫克·阿拉特普觉得不大舒服。太暴军装的质地有几分粗糙，又一律不会十分合身，但抱怨这种事绝非军人本色。事实上，轻微的不适正是太暴军事传统之一，这样做有助于维持军纪。

然而，阿拉特普却能对这种传统表示某种形式的抗议，他以懊恼的口气说:“这么紧的衣领害我的脖子很难过。”

安多斯少校的衣领一样紧，在他一生中，没有人见过他脱下军装。他说:“独处的时候，打开衣领确实合乎军规。但在任何军官或士兵面前，穿戴若有任何不合规定之处，都将造成不良的影响。”

阿拉特普嗤之以鼻。这次远征算是个准军事行动，军装便是随之而来的另一项改变。除了被迫穿上军装，他还必须听从副官的意见。而那位副官越来越自作主张，这一点，甚至在他们离开洛第亚前便已开始。

安多斯毫不客气地强调自己的主张。

当时他说:“行政官，我们需要十艘战舰。”

听到这句话，阿拉特普抬起头来，显然是被惹火了。那时他已准备妥当，要乘一艘战舰去追捕维迪莫斯少主。他随手将几个信囊放在一旁，信囊里都是他写给殖民局的报告，万一发生什么不幸，他这次远征有去无回，那些信囊便会转交大汗的殖民局。

“十艘战舰，少校？”

“是的，阁下，少一艘都不行。”

“为什么不行？”

“我打算维持一个合理的安全标准。那年轻人要到某个地方去，而你说过有个计划严密的阴谋存在，这两点想必存在着关联。”

“所以说？”

“所以说，我们必须准备面对可能的大阴谋，一艘战舰也许会被轻易消灭。”

“十艘、一百艘也有可能，安全标准的上限在哪里？”

“必须有人做出决定。而在军事行动中，那是我的职责，我建议十艘。”

在壁光的照明下，当阿拉特普扬起眉毛时，他的隐形眼镜闪耀着异样的光彩。军方实在过度膨胀，理论上来说，在如今的太平岁月，应当由文官决定一切。不过军事传统很难完全摆脱，这又是另一个例子。

他慎重地回答说：“我会考虑这个建议。”

“谢谢你，如果你决定不接受我的忠告，我的建议到此为止。我向你保证，”少校用力并拢脚跟，行了个立定礼，但动作中毫无敬意，阿拉特普心里很明白。“那是你的权利。然而你那样做，将令我没有选择的余地，我只好辞去这个职务。”

现在得由阿拉特普尽力帮自己找台阶，他说：“对于一个纯军事性问题，我绝无意阻挠你的任何决定，少校。若是遇到纯政治性事件，不知道你是否也能尊重我的决定。”

“什么样的政治性事件？”

“亨瑞克就是个问题。我建议让他跟我们同行，你昨天却坚决反对。”

少校以冷淡的口气说：“我认为没那个必要，当我军行动时，有异邦人在场将严重影响士气。”

阿拉特普用别人听不见的音量轻轻叹了一口气。安多斯算是个很能干的人，对他表现出不耐烦根本没用。

他又说：“这一点，我也同意你的说法，我只是请你考量一下当前局势的政治层面。你也知道，我们将老维迪莫斯牧主处决后，引起了政治的不安，在众王国之间引发了不必要的惊扰。不论处决多有必要，也该避免让少主的死记在我们账上。在洛第亚人民的心目中，维迪莫斯少主绑架了执政者之女。而在亨芮亚德家族的成员中，那个女孩很受民众爱戴，十足是个公众人物。所以说，让执政者领导这趟讨伐，是相当合适也相当合理的做法。

“这将是个引人注目的行动，能充分满足洛第亚人的爱国心。他自然会请求太暴人协助，并一定会欣然接受，不过那倒可以低调处理。要让一般人认为这趟远征由洛第亚主导，这并不困难，可是必须做到。如果发现了阴谋的内幕，那将是洛第亚人的功劳；如果维迪莫斯少主遭到处决，也将记在洛第亚人的头上。至少，要让其他王国都这么想。”

少校说：“准许洛第亚船舰跟随太暴远征军行动，仍会成为很坏的先例。在战斗中他们会碍手碍脚，那样一来，它就成了军事问题。”

“亲爱的少校，我可没有说亨瑞克将指挥一艘战舰。你对他想必有所了解，不至于认为他有能力、甚至有心尝试指挥战舰。他将和我们在一起，除他之外，舰上不会有任何洛第亚人。”

“这样的话，我就撤回异议，行政官。”少校说。

将近一周以来，太暴舰队一直与林根保持二光年的距离，军心变得越来越不稳定。

安多斯少校主张立即登陆林根。“林根的独裁者，”他说，“花了很大的力气作戏，想让我们认为他是大汗的朋友。但我不信任这些四处旅行的人，他们总是学来一些不安分的想法。他才刚回来，维迪莫斯少主就赶来见他，这实在是很奇怪的事。”

“他每次旅行，不论出发或归来，都从未试图掩饰。而且，我们还不知道维迪莫斯少主是不是去见他。他滞留在林根周围的轨道上，为什么他不登陆呢？”

“为什么他要滞留在轨道上？让我们探讨他所做的事，而不是他未做的事。”

“我能提出一个具有某种规律的解释。”

“我很有兴趣听听。”

阿拉特普将一根手指伸进领口，想将衣领拉开一点，结果白费力气。他说：“既然这个年轻人留在轨道上，我们就可以假设，他是在等待某件事或某个人。假如我们认为，他以如此直接而迅速的方式——事实上，仅借着一次跃迁——来到这里后，却由于迟疑不决而无所行动，那实在是很荒谬的想法。所以我说，他是在等一个或一群朋友跟他会合，等增援来到后，他就会出发往别处去。他不直接降落林根，代表他认为那并非安全的行动。这也表示林根这个世界，以及独裁者这个人，和那件阴谋并没有牵连，不过，个别的林根人还是有可能涉入其中。”

“我不确定能否一直相信那么明显的答案。”

“亲爱的少校，这不只是明显的答案，它还是个合乎逻辑的答案，具有一定的规律。”

“也许吧。即使如此，二十四小时内若没有进一步的发展，我就没有任何选择，不得不下令进军林根。”

少校走后，阿拉特普对着舱门皱起眉头。他得同时控制蠢蠢欲动的被征服者，以及眼光短浅的征服者，这实在是件令人头痛的差事。二十四小时内，有可能发生些变化，否则他也许得想其他办法制止安多斯。

叫门讯号又响了，阿拉特普恼怒地抬起头来。当然不可能又是安多斯，他想。结果的确不是，站在舱门口、弯下腰来的，是洛第亚执政者亨瑞克的高大身躯。在他身后还能瞥见一名卫兵，不论他在舰上哪个角落，那名卫兵永远形影不离。理论上，亨瑞克拥有完全的行动自由，或许他自己也这么想。至少，他从未注意到身旁的卫兵。

亨瑞克露出含糊的微笑。“我有没有打扰您，行政官？”

“一点都没有，请坐，执政者。”阿拉特普继续站着，亨瑞克却似乎没注意到。

“我有件重要的事要跟您讨论。”说到这里亨瑞克突然打住，眼光中透出几许专注的神情。然后，他改以相当不同的口吻说：“好一艘又大又俊的战舰！”

“谢谢你，执政者。”阿拉特普绷着脸笑了笑。在这支舰队中，其他九艘都是典型的小型战舰，但他们坐镇的这艘旗舰，却是根据前洛第亚舰队的设计建造而成，因而体积特别庞大。如今，有越来越多这类战舰加入太暴舰队，这也许是太暴军心逐渐疲软的最初征兆。虽然战斗体仍是两人或三人的小型巡弋舰，但有越来越多的高级将领，都找到各种不同的理由，要求将自己的指挥所设在大型战舰上。

阿拉特普倒不在意这个现象。某些老兵或许会觉得这种逐渐疲软的趋势等于堕落，不过在他看来却像是越来越文明的象征。到了最后（或许还要几个世纪），太暴这个民族有可能完全消失，与他们征服的星云众王国社会融成一体。或许，就连这点也该算是一件好事。

自然，他从未将这种想法公诸于世。

“我来告诉您一件事，”亨瑞克苦苦思索了一会儿，又继续说，“今天我送了一封电讯回去，告诉我的百姓说我很好，罪犯很快会被捉到，我女儿也将平安归来。”

“很好。”对阿拉特普而言，这件事不算什么新闻，那封信其实是他亲笔写的。虽然，现在亨瑞克可能已经说服自己，相信自己才是执笔者，甚至相信这支远征军真由他率领。阿拉特普感到有些痛心，这个人显然正在迅速崩溃。

亨瑞克说：“那些组织严密的匪徒竟敢夜袭王宫，我相信，我的百姓因此深感不安。现在我做出这么迅速的应变行动，我想他们都会为执政者感到骄傲，是吗，行政官？他们将见识到亨芮亚德家族还有实力。”他似乎有点得意忘形。

“我想他们会的。”阿拉特普说。

“我们到了接敌范围没有？”

“还没有，执政者，敌人仍然留在原处，就在林根附近。”

“还在那里？我想起了我来是要跟您说什么。”他变得很激动，一口气说了一大串，“非常重要，行政官，我有件事要告诉您。舰上有人准备叛变，给我发现了。我们必须立刻采取行动，叛变……”他开始压低声音。

阿拉特普感到很不耐烦，迁就这个可怜的白痴自然有其必要，但这样做却渐渐变成浪费时间。照这样发展下去，不久之后，人人都能看出他发疯了，到时他连做傀儡的资格都没有，这实在很可怜。

他说："没有人叛变，执政者，我们的人都既忠诚又可靠。一定是有人令你产生误解，你太累了。"

"不，不。"亨瑞克推开阿拉特普的手臂，那只手臂已在他肩头搁了一会儿，"我们现在在哪里？"

"啊，就在这里呀！"

"我的意思是这艘战舰。我看过显像板，附近一颗星也没有，我们是在深太空中。您可知道？"

"啊，当然啦。"

"林根不在附近，您知道这点吗？"

"它在两光年外。"

"啊！啊！啊！行政官，没人在偷听吧？您确定吗？"他俯身向前，凑向阿拉特普伸过来的耳朵，"那我们怎么知道敌人在林根附近？他距离我们太远，根本侦测不到。我们得到错误情报，这就表示有人叛变。"

嗯，这个人或许疯了，这句话却很有道理。阿拉特普说："这是技术人员负责的事，执政者，不是我们这种身份的人该操心的，我自己也不清楚。"

"可是身为这支远征军的首领，我应该知道。我是首领，对不对？"他小心翼翼地环顾四周，"事实上，我感到安多斯少校有时不肯贯彻我的命令。他值得信赖吗？当然，我很少对他下命令。对一个太暴军官下命令，感觉上似乎怪怪的。话说回来，我必须找到我女儿，我女儿名叫艾妲密西娅，她被人从我身边带走，现在我率领整支舰队，要把她救回来。所以您懂了吧，我一定要知道，我的意思是，我一定要知道我们怎么知道敌人就在林根。我女儿也该在那里，您认识我女儿吗？她的名字叫艾妲密西娅。"

他抬起头来，以恳求的目光望着太暴行政官。然后又伸出手掩住双眼，含糊地说了一句，听来有点像“我很抱歉”。

阿拉特普不知不觉咬紧牙关。他几乎忘记面前这个人——这个白痴的洛第亚执政者——是个失去爱女的父亲。即使这种人也仍有父爱，自己不能让他如此痛苦。

于是他温和地说：“让我试着解释一下。你知道有一种叫做质量计的东西，可以侦测太空中的船舰。”

“是的，是的。”

“它对重力效应很敏感，你懂我的意思吗？”

“哦，当然，每样东西都有重力。”亨瑞克将身体倾向阿拉特普，双手紧张兮兮地互握着。

“那就够了。你可知道，质量计自然只能在接近某艘船舰时使用，差不多是在一万英里的范围内。此外，还需要跟任何行星保持适当距离，因为若非如此，你能侦测到的只有行星，它比船舰大多了。”

“它的重力也大多了。”

“正是这样。”阿拉特普说，而亨瑞克显得很高兴。

阿拉特普继续说：“我们太暴人拥有另一种装置，它是一种发射机，可经由超空间向四面八方辐射讯号。那种讯号并非电磁波，而是空间结构的特殊扭曲形式。换句话说，它不是光波或无线电波，甚至也不属于次以太电波，懂了吗？”

亨瑞克没有回答，他看起来一头雾水。

阿拉特普立刻接着说：“嗯，反正它不一样，怎么不一样倒无关紧要。我们可以侦测到辐射出来的那种东西，所以随时都能知道任何太暴船舰的位置。即使它远在银河另一边，或是躲在某颗恒星的另一侧。”

亨瑞克一本正经地点了点头。

“好，”阿拉特普说，“如果维迪莫斯少主驾着一艘普通船舰逃亡，想要找到他就非常困难。如今，既然他驾驶的是太暴巡弋舰，我们随时掌握他的方位，虽然他自己并不晓得这件事。我们就是利用这种方法，知道他待在林根附近，你懂了吧。此外，他绝对无法摆脱我们，所以我们一定能将令嫒救出来。”

亨瑞克微微一笑：“做得太好了。可喜可贺，行政官，这是个非常高明的策略。”

阿拉特普没有自欺欺人。他刚才说的话，亨瑞克只能理解一点点，但那并不重要。这番话的结论，是保证能将他的女儿救出来，而在他似懂非懂的理解中，也一定有了一个概念，这一切都是拜太暴科学之赐。

他告诉自己，并非全然因为对方诉诸他的同情，他才会花那么大的工夫。为了明显的政治理由，他必须防止此人完全崩溃。也许他女儿的归来会有很大帮助，他衷心希望如此。

叫门讯号再度响起，这次进来的是安多斯少校。亨瑞克的手臂僵在座椅扶手上，脸孔做出一种受迫害的神情。他努力撑起身子，开口道：“安多斯少……”

安多斯却根本不理会这个洛第亚人，立刻开始向阿拉特普报告。

“行政官，”他说，“‘无情号’改变了位置。”

“他当然没登陆林根。”阿拉特普以精明的口吻说。

“没有，”少校答道，“他跃迁到距离林根很远的地方。”

“啊，很好，也许有另一艘船舰跟他会合了。”

“也许是很多艘，但我们只能侦测到他的，这点你应该非常了解。”

“无论如何，我们继续跟踪。”

“命令已经下达。我只想指出一点，凭借那次跃迁，他抵达了马头星云边缘。”

“什么？”

“在上述方位，没有重要的行星系存在，这只能有一个合乎逻辑的结论。”

阿拉特普舔了一下嘴唇，赶紧往驾驶舱走去，少校也跟他一块走了。

在突然腾空的舱房中，只剩下亨瑞克站在正中央，盯着舱门一分钟左右。然后，他微微耸了耸肩，接着又坐下来。他的表情一片茫然，有好长一段时间，他只是坐在那里。

领航员说：“已经查过‘无情号’的太空坐标，长官，他们绝对在星云内部。”

“那没什么关系，”阿拉特普说，“反正跟踪他们就对了。”

他又转过头来，对安多斯少校说：“你明白等待的好处了吧，现在好些事都已经明朗化。除了星云本身，阴谋分子的大本营还会在哪里？除了躲在那里，别处哪里我们找不到？真是个很妙的规律。”

于是，整个分遣队随后也进入星云。

阿拉特普又不自觉地瞥向显像板，这已经是第二十次。其实，他这样做根本没用，因为显像板始终一片漆黑，什么星光也看不到。

安多斯说：“这是他们第三次停下来，可是仍旧没有登陆，我实在搞不懂。他们的目的是什么？他们究竟在找什么？他们每次都停上好几天，但他们就是不登陆。”

“也许他们得花那么长的时间，”阿拉特普说，“才能完成下个跃迁的计算，这里的能见度等于零。”

“你认为是这样吗？”

“不，他们做的跃迁太准确了。每次重返普通空间时，都非常接近一颗恒星。光靠质量计提供的数据，他们无法做得那么好，除非他们事先确知那些恒星的位置。”

“那他们为何不登陆？”

“我想，”阿拉特普说，“他们一定是在寻找可住人行星。或许他们自己不知道那个大本营的位置，或者，至少不是十分确定。”他微微一笑，“我们只要跟踪就行了。”

领航员在阿拉特普面前立定：“长官！”

“什么事？”阿拉特普抬起头来。

“敌方已在某颗行星登陆。”

阿拉特普立刻发讯召来安多斯少校。

“安多斯，”当少校进来时，阿拉特普说，“你获得通知没有？”

“有的，我已命令降落并追击。”

“慢着，你恐怕又操之过急了，就像你当初要冲向林根一样。我想，只有这艘战舰应当前进。”

“你的理由？”

“假如我们需要增援，有你在这里，还有你指挥的这些巡弋舰。倘若它的确是个强大的叛军中心，他们或许会以为，只是一艘船舰无意中碰上他们。我会设法捎信给你，那时你就能撤回太暴星。”

“撤回！”

“然后带一支完整的舰队来。”

安多斯考虑了一下：“很好，反正这是我们的战舰里最没用的一艘。它太大了。”

在他们盘旋而下的过程中，行星的画面占满了显像板。

“表面似乎相当荒凉，长官。”领航员说。

“你判断出‘无情号’精确的位置没有？”

“有的，长官。”

“那么在尽可能接近之处着陆，但不要被他们目击。”

现在他们已进入大气层，当他们掠过昼半球之际，天空正泛着明亮的紫色。阿拉特普望着越来越近的地面，心想：漫长的追猎就要结束了！

第十七章

猎物！

对未曾真正到过太空的人而言，调查某个恒星系、寻找可住人的行星，似乎是件相当令人振奋的任务，至少也算很有趣。可是对太空人而言，它却是最无聊不过的差事。

恒星是一团巨大的火球，其中的氢核不断融合成氦核，寻找这种天体太简单了，它本身就在尽力招摇。即使在黑暗的星云中，也只不过是距离的问题，在五十亿英里的范围内，恒星仍在尽力昭示自己的存在。

可是行星则另当别论，它无异于太空中一块小岩石，仅能反射恒星的光芒。即使以各种不同的角度，穿过某个恒星系达十万次，除了极少数的巧合，很有可能始终不曾接近一颗行星，因而根本无法发现它的存在。

因此想要寻找行星，必须采用一个有系统的方法。在调查某个恒星系前，首先应来到距离恒星约等于其直径一万倍之处。根据银河统计资料，行星距离主星比上述距离更远的几率不到五万分之一。此外，在与恒星的距离超过其直径一千倍的太空中，就几乎没有任何可住人的行星。

这就意味着，从船舰停驻的位置望去，可住人行星必定位于恒星周围六度以内，这大约等于整个天空面积的四百分之一。这样小的一个范围，少量的观测便可得到详尽的结果。

望远照相机经过微调后，能自动抵消船舰在轨道上的运动。在这种情况下，长时间曝光可拍出恒星周围星座的清晰影像。当然，前提是必须遮蔽太阳的烈焰，而这点很容易做到。反之，由于行星具有相当程度的自行，因此会在底片上呈现细微的条纹。

假如看不见条纹，总有可能是行星躲在主星后面。此时船舰会换到另一个位置，通常会比原先更接近恒星，然后再重复整个步骤。

这的确是个很枯燥的程序，若是连续在三个恒星系，每一个都重复做上三遍，结果每次都毫无斩获，对士气必会产生某种程度的打击。

比如说，吉尔布瑞特的士气便已消沉好一阵子。他发现某些事物“有趣”的频率，也变得越来越低了。

现在，他们正准备跃迁到独裁者列出的第四颗恒星。拜伦说：“无论如何，我们每次都遇到一颗恒星，至少钟狄的数字是正确的。”

吉尔布瑞特说：“根据统计，平均每三颗恒星中，就有一颗拥有行星系。”

拜伦点了点头。这是个老生常谈的统计数据，每个小孩都在“初级银河舆理”中学过。

吉尔布瑞特继续说：“这就代表，随机选取三颗恒星，却找不到任何行星——任何一颗行星，它的几率是三分之二的立方，也就是二十七分之八，或者说三分之一弱。”

“所以呢？”

“我们偏偏什么也没发现，这里头一定有什么错误。”

“你自己看过那些感光板，而且话说回来，统计数据有什么用？根据我们的了解，星云内部的情形很不一样，也许是粒子雾阻止了行星的形成，或者也有可能，粒子雾本身就是无法聚结的行星材料。”

“你不是说真的吧？”吉尔布瑞特吃了一惊。

“你说对啦，我只不过没话找话罢了，我完全不懂天文演化学。总之，该死的行星为何要形成？我从未听说哪颗行星上没有一大堆麻烦。”拜伦显得形容憔悴，他一面说话，一面印出一些小标签，并粘贴在控制台上。

他又说：“无论如何，我们已经把霹雳炮全搞懂了，包括测距仪、电力控制系统——所有的一切。”

想不看显像板是很困难的事。他们即将在黑墨般的太空中再度跃迁。

拜伦随口说：“你知道他们为何叫它‘马头星云’，吉尔？”

“第一个钻进来的人叫做玛头，你要说我讲错了吗？”

“也许没错，但在地球上有不同的解释。”

“哦？”

“他们声称它所以叫那个名字，是因为它看起来像马的头。”

“马是什么？”

“是地球上的一种动物。”

“这是个很有趣的想法，可是在我看来，这个星云根本不像任何动物，拜伦。”

“这取决于你观看的角度，比方说在天雾星上，它看起来像伸出三根指头的手臂。不过我曾在地球大学的天文台看过一次，看起来的确有点像马的头部。也许这个名字真是那么来的，也许根本没有什么叫玛头的人。谁知道呢？”拜伦感到这个话题已令人生厌，他仍只是没话找话而已。

沉默显然维持得太久，因为吉尔布瑞特逮到改变话题的机会。拜伦根本不想讨论那个题目，却又无法强迫自己不去想它。

吉尔布瑞特说：“艾妲在哪儿？”

拜伦马上望着他说：“反正是在拖厢里，我又没有一直跟着她。”

“独裁者则正在那样做，他巴不得住在这里。”

“她多么幸运啊。”

吉尔布瑞特满脸的皱纹变得更深，小小的五官仿佛扭成一团。“哦，别当傻瓜，拜伦。艾妲密西娅是亨芮亚德家族的一员，你那样对待她，她当然受不了。”

拜伦道：“别再说了。”

“我偏不，我一直想说这件事。你为什么要这样对她？因为亨瑞克也许得对令尊的死负责？亨瑞克是我的堂弟！你对我的态度并未改变。”

“好吧。”拜伦说，“我对你的态度并未改变，我仍像往常那样跟你说话，我也保持跟艾妲密西娅交谈。”

“仍像往常那样吗？”

拜伦哑口无言。

吉尔布瑞特又说：“你把她推向独裁者的怀抱。”

“那是她的选择。”

“不对，那是你的选择。听我说，拜伦，”吉尔布瑞特变得像是跟自家人说话，将一只手放在拜伦膝盖上，“这不是我喜欢插手的事，你该了解。只不过，如今的亨芮亚德家族，只剩下她一个好孩子。如果我说我爱她，你会不会感到有趣？我自己没有子女。”

“我不质疑你对她的爱。”

“那么为了她好，我要劝你一句，阻止独裁者，拜伦。”

“我以为你信任他，吉尔。”

“把他当成独裁者，我信任他；把他当成反太暴的领袖，我信任他。但把他当成一个女人的男人，当成艾妲密西娅的男人，我却不敢领教。”

“直接告诉她。”

“她不会听的。”

“你认为由我告诉她，她就会听吗？”

“如果你好好跟她讲。”

一时之间，拜伦似乎犹豫起来，伸出舌头轻轻舔着干燥的嘴唇。然后他转过头去，厉声道：“我不想再谈这件事。”

吉尔布瑞特以悲伤的口吻说：“你会后悔的。”

拜伦没再搭腔。吉尔布瑞特为什么要管这件事？他已经多次想到自己也许会后悔。这样做其实不容易，可是他又能怎么办？根本就没有安全的退路。

他张大嘴巴大口呼吸，想借此消除胸口的窒息感。

完成下个跃迁后，舱外的景观变得很不一样。在跃迁之前，拜伦根据独裁者的驾驶员传来的指示，已将操纵系统设定妥当，并将手动操作交由吉尔布瑞特负责，准备趁这个机会睡上一觉。此时，吉尔布瑞特却猛摇他的肩膀。

“拜伦！拜伦！”

拜伦在卧铺上打了个滚，一直滚到地板上，他趴在那里，双手握拳。“怎么回事？”

吉尔布瑞特赶紧后退一步：“喂，别紧张，这次我们发现了一个

F2。”

拜伦渐渐领会这句话的意思，他深深吸了一口气，整个人顿时松懈下来：“再也别那样叫醒我，吉尔布瑞特。一个F2，你是这么说的吗？我想你指的是现在那颗恒星。”

“当然是。它看起来最有趣不过，我这么想。”

就某个角度而言，的确可以这么说。银河中大约百分之九十五的可住人行星，环绕的恒星都属于F或G光谱型；直径在七十五到一百五十万英里之间；表面温度从摄氏五千到摄氏一万度。地球之阳属于G0型，洛第亚之阳属于F8型，林根之阳则属于G2型，而天雾之阳也一样。F2型稍微热了点，但也不能算太热。

他们先前造访过的三颗恒星，全都属于K光谱型，它们体积太小，颜色也太红。即使周围有任何行星，也很可能不适宜人类居住。

好恒星就是好恒星！在第一天的摄影观测中，便找到了五颗行星，其中位于最内围的一颗，与主星的距离为一亿五千万英里。

泰多·瑞尼特亲自带来这个消息。他跟独裁者一样，常常到“无情号”上来，他的热诚为这艘舰艇带来不少温暖。现在，他正在大口喘着气，因为他是借着金属太空索，双手轮流一路拉扯过来的。

“我不晓得独裁者是怎么做到的，他似乎从不把这当一回事。我猜，大概因为他比我年轻。”他突然又说了一句：“五颗行星！”

吉尔布瑞特说：“在这颗恒星周围？你确定吗？”

“绝对确定，只不过，其中四颗都属于木型。”

“另外那颗呢？”

“另外那颗也许还好，至少大气层含有氧气。”

吉尔布瑞特发出轻声的欢呼，但拜伦却说：“四颗都是木型，哦，没关系，我们只需要一颗。”

他了解这是个合理的比例。银河中体积庞大的行星，大多拥有含氢化物的大气层，毕竟，恒星的成分大部分是氢，而它也是组成行星的基本材料。木型行星的大气层具有甲烷或氨气，有时还有氢分子，以及为数不少的氦气。这类大气层通常都很厚，而且极为浓稠。木型行星的直径几乎一律大于三万英里，平均温度鲜有高于摄氏零下五十度，实在极不适合人类居住。

在地球的时候，他曾听过一种说法，这些行星所以称为木型，是因为“木”代表太阳系的木星，它是这类行星的典型。也许他们说得没错，毕竟，行星类别中还有一种地型，而“地”当然是代表地球。地型行星通常比较小，由于产生的重力微弱，因此无法留住氢气或含氢的气体，更重要的原因则是它们通常较接近恒星，因而温度比较高。这类行星的大气稀薄，如果上面有生命存在，通常都含有氧气与氮气，偶尔还混合着氯气，但那样可就不妙了。

“有没有氯气？”拜伦问道，“他们的大气分析做到什么程度？”

瑞尼特耸了耸肩。“如今在太空中，我们只能判别高层的大气。如果有氯气，一定集中在地表附近，我们很快就会知道。”

他伸出手来，拍向拜伦宽大的肩膀：“邀我到你的房间小酌一番如何，孩子？”

吉尔布瑞特不安地看着他们两人的背影。独裁者正在追求艾妲密西娅，他的左右手又成了拜伦的酒友，“无情号”变得越来越像一艘林根舰艇。拜伦是否知道自己在做什么？吉尔布瑞特心中嘀咕着，然后他又想到那颗新发现的行星，便将其他烦恼抛到脑后。

穿越大气层的时候，艾妲密西娅也来到驾驶舱中。她脸上挂着浅浅的微笑，似乎相当心满意足，拜伦不时会朝她的方向望去。她刚进来时（她几乎不再来驾驶舱，因此他有点不知所措），他曾经说：“你好，艾妲密西娅。”她却没有任何回应。

当时，她只是以很高兴的口气，叫了一声“吉尔伯父”，然后又说：“我们真的在降落吗？”

吉尔布瑞特猛搓双手：“看来没错，亲爱的侄女。几小时后，我们大概就能离开这艘舰艇，在坚实的地面上行走。想想可真有趣，对吗？”

“我希望它就是我们要找的行星，假如不是，就不会那么有趣了。”

“另外还有一颗恒星啊。”吉尔布瑞特虽然这样说着，额头却皱了起来。

艾妲密西娅这才转向拜伦，以冷淡的口气说：“你刚才在说话吗，法瑞尔先生？”

拜伦着实吃了一惊，再度变得不知所措。他答道：“没有，其实没说什么。”

“那么请你原谅，我以为你说了什么。”

她经过拜伦身边的时候，由于两人太过接近，她的塑质裙边刷过他的膝盖，她身上的香水也飘散在他四周围，拜伦只好使劲咬紧牙关。

瑞尼特仍跟他们在一起，装上拖厢的好处之一，就是能留客人过夜。他说：“他们现在获得了大气的详尽资料。其中有大量的氧气，大约百分之三十，此外还有氮气和惰性气体，成分相当正常，没有氯气。”他顿了一下，又发出“嗯”的一声。

吉尔布瑞特说：“怎么回事？”

“没有二氧化碳，就没有那么好了。”

“为什么？”艾妲密西娅追问。她在显像板旁占了一个有利的位置，能看到画面上以时速二千英里掠过的行星地表。

拜伦随口答道：“没有二氧化碳，就没有植物。”

“哦？”她望着他，露出亲切的微笑。

拜伦也回以一笑，虽然这有违他的本意。不料，她的表情起了难以察觉的变化，她的笑容则绕过了他，显然她故意漠视他的存在。这样一来，变成他一个人在傻笑，他赶紧将笑容敛去。

能避开她也好，跟她在一起，他绝对无法坚持下去。看得见她的时候，他的意志麻醉剂立即失效，痛苦又开始了。

吉尔布瑞特显得郁郁寡欢。此时他们正在地表上空滑翔，由于低层大气密度浓厚，“无情号”后面又加上一节拖厢，完全不符合空气动力学原理，因此变得很难控制，拜伦正在顽强地跟狂野的操纵系统奋战。

他说：“打起精神来，吉尔！”

他自己并未感到兴高采烈，直到目前为止，电波讯号没有带来任何回应。假如这里不是叛军世界，继续等下去就毫无意义。他的行动方针已定好了！

吉尔布瑞特说：“它看起来不像是叛军世界，它是满布岩石的死星，上面也没多少水分。”他转过头去，“他们有没有再测定二氧化碳，瑞尼特？”

瑞尼特拉长了他那张红润的脸庞。“有的。只有一点点，大约十万分之一。”

拜伦说：“你不能骤下断语。他们也许故意挑选这样一个世界，只因为它看起来那么不可能。”

“可是我当年见到过农场。”

“好吧。我们才绕了几圈而已，这么大的一颗行星，你认为我们能看到多少东西？你心里他妈的很明白，吉尔，不论他们是什么人，为数绝不会太多，不可能布满整颗行星。他们选择的或许是某处山谷，那里蓄积了足够的二氧化碳，比如说是由于火山的作用，而且附近又有充足的水源。我们可能在距离他们二十英里处呼啸而过，却根本没注意到。他们在调查清楚前，自然不会轻易回答我们的无线电呼叫。”

“想要蓄积够浓的二氧化碳，不是那么容易的事。”吉尔布瑞特喃喃道，却仍专心望着显像板。

拜伦突然希望这个世界并非真正的目的地，他认定自己无法再等下去。那件事必须解决，就是现在！

这是一种奇怪的感觉。

人工照明已经关掉，阳光从舷窗毫无阻碍地射进来。其实，这是比较缺乏效率的照明方式，却能带来一种令人向往的新奇感受。现在舷窗全部开启，已经可以呼吸到此地的大气。

瑞尼特曾建议别这样做，理由是空气中缺乏二氧化碳，人的呼吸循环会被搅乱，不过拜伦认为短时间不致有害。

吉尔布瑞特碰见他们两人的时候，他们正在交头接耳。看到他来了，两人赶紧抬起头，并连忙拉开距离。

吉尔布瑞特哈哈大笑。然后他从开启的舷窗向外望去，又叹了一口气，说道：“尽是岩石！”

拜伦以温和的口气说：“我们准备在高地顶端架设一个电波发射机，这样可以增加通讯的有效距离。至少，我们应该能和整个半球取得联系。要是没有任何结果，我们还能再试另一侧。”

“你和瑞尼特讨论的就是这件事？”

“正是。独裁者和我将负责这项工作，那是他的建议，运气实在不错，否则我自己也得提出同样的建议。”他一面说话，一面迅速望了瑞尼特一眼，瑞尼特则毫无表情。

拜伦站了起来：“我想，我最好把太空衣内层解下来穿在身上。”

瑞尼特表示同意。这颗行星阳光普照，空气中只有一点水蒸气，天空没有一丝云彩，但外面却相当寒冷。

独裁者来到了“无情号”的主气闸。他的外套由极薄的人工泡绵制成，重量只有一盎司的几分之一，但绝热效果近乎完美。他胸前绑着一小罐二氧化碳，渗出的速率调得很小，以在他附近维持相当程度的二氧化碳气压。

他说：“你想不想搜我的身，法瑞尔？”他举起双手等待，瘦削的脸庞带着沉稳与戏谑的表情。

“不用了，”拜伦说，“你要不要检查我是否携带武器？”

“我连想都没想过。”

两人的态度与周围的气温一样冰冷。

拜伦走到强烈的阳光下，与独裁者一左一右合力提着一只手提箱，箱子里面装的就是无线电设备。

“不太重。”说完拜伦回过头来，看到艾妲密西娅正默默站在舰艇入口。

她穿着一件白色衣裳，上面没有任何花纹图样，此时正像一面素色旗帜般随风飘扬。半透明的袖子紧贴着她的手臂，使那双手臂变成银白色。

一时之间，拜伦险些要软化了。他很想立刻折返，跑回去，跳进舰艇里面，紧紧抓住她，在她的肩头留下自己的指痕，让自己的唇接触到她的……

但他没有那样做，只是随便点了点头。她回报了一个笑容，还轻轻挥动着手指，不过对象显然是独裁者。

五分钟后，他又回过头来，在敞开的舱门处，仍能看见一团耀眼的白色。然后，地表的隆起切断他的视线，除了凹凸赤裸的岩石，地平线上什么都没有。

拜伦想到等在前面的一切，不知道自己能否再见到艾妲密西娅——也不知道自己若是一去不返，她究竟会不会在乎。

第十八章
虎口余生!

艾姐密西娅望着两个越来越小的身影，他们蹒跚地走在赤裸的花岗岩上，最后沉落地平线之下，消失得无影无踪。在他们即将消失前，其中一人转过头来，她不能确定究竟是谁。就在这一刻，她硬起了心肠。

他们离去的时候，他不曾说一句话，连一个字也没有。她转过身来，原先眼前的阳光与岩石，立刻变成舰艇内部局促的金属空间。她感到寂寞，寂寞得可怕，有生以来她从未感到如此寂寞。

或许，就是这种感觉使她忍不住打颤。但如果承认这点，而不归咎于寒冷的气候，就等于招认自己的软弱，她绝不肯那么做。

于是她没好气地说:“吉尔伯父！你为什么不把舷窗关上？简直能把人冷死。”温度表的读数是摄氏七度，虽然舰艇的暖气已开到最大。

“亲爱的艾姐，”吉尔布瑞特和气地说，“你要是一直坚持这种可笑的穿着习惯，除了几块薄纱什么也不穿，你就得有心理准备，到哪儿都会冷得要死。”他虽然这么说，但还是按下几个开关，随着细微的“咔嗒”声，气闸便滑到密封的位置，舷窗也一一嵌入原位，使舰身重新成为光滑闪耀、毫无瑕疵的整体。与此同时，厚实的玻璃开始产生偏光作用，隔绝外界的阳光，舰内照明随之开启，所有的阴影立即消失。

艾妲密西娅坐进铺有厚重衬垫的驾驶座，信手抚摸着左右的扶手。他双手常常摆在那里，当她想到这点时，涌向体内的微温（她对自己说）只不过是暖气的作用，因为现在强风已被阻挡在外。

漫长的几分钟过去了，她开始感到坐立不安。她也许应该跟他去！这个叛逆的想法袭上心头后，她立刻做了必要的修正，将单数的“他”改成复数的“他们”。

她说:“他们为何非架设电波发射机不可，吉尔伯父？”

他正以纯熟的指法操纵着显像板，听到她的叫唤，他抬起头来说:“啊？”

“我们在太空中一直试图跟他们联络，”她说，“却没有接触到任何人。行星表面的发射机又会有什么特别功能？”

吉尔布瑞特显得很苦恼:“当然啦，我们必须继续尝试，亲爱的侄女，我们必须找到叛军世界。”然后，他咬牙切齿地自言自语道:“我们必须！”

过了一会儿，他又说:“我找不到他们。”

“找不到谁？”

“拜伦和独裁者。山脊切断了我的视线，我怎么调整外视镜都没用。看到没？”

除了阳光下一闪而过的岩石，她什么都没看见。

然后吉尔布瑞特将转动装置固定下来，又说:“至少，那是独裁者的船舰。”

艾妲密西娅瞥了一眼，它停在山谷更深处，大概一英里外的地方。在阳光照耀下，它发出炫目的光芒。此时此刻，她似乎感到那才是真正的敌人，是它，而不是太暴人。她心中突然冒出一个非常强烈的希望，希望他们从未到过林根，而是一直留在太空中，只有他们三个人。那些日子十分滑稽，那么不舒适，却又那么亲切温暖。如今她却不得不设法伤害他，有一股力量驱使她这么做，虽然她其实想……

吉尔布瑞特说："他要做什么啊？"

艾妲密西娅泪眼模糊地望着他，因此必须猛眨眼睛才能对准焦距。"谁？"

"瑞尼特。我想那是瑞尼特，但他显然不是朝这里走来。"

艾妲密西娅凑近显像板。"把它放大点。"她以命令的口气说。

"在这么短的距离？"吉尔布瑞特表示反对，"你会什么也看不到，那样不可能将目标保持在正中央。"

"放大一点，吉尔伯父。"

他一面喃喃抱怨，一面插进望远镜附件，岩石立刻变成鼓胀的团块，他便在这些变形的岩石中开始寻找。他以最轻快的方式触动控制键，眼睛根本跟不上岩石在画面上变换的速率。有那么一瞬间，瑞尼特庞大模糊的身影一闪而逝，而也就在这一瞬间，他的身份变得毫无疑问。吉尔布瑞特猛然将镜头拉回来，重新捕捉到他，并将画面固定住一会儿。艾妲密西娅说："他带了武器，你看到没有？"

"没有。"

"他带了一柄远距离长铳，绝对没错！"

她站起来，向贮物柜飞奔而去。

"艾妲！你在做什么？"

她正在解开另一套太空衣的内层："我要到那里去，瑞尼特在跟踪他们，你难道不了解吗？独裁者不是要去架设无线电，那是个陷害拜伦的陷阱。”她一面喘气，一面奋力钻进粗厚的太空衣内层。

“慢着！这都是你的幻想。”

她虽然瞪着吉尔布瑞特，却像是没看到他，她的脸色苍白，五官皱成一团。她早就该看出来，看出瑞尼特讨好那个呆子的方式。那个痴心的呆子！瑞尼特极力赞扬他父亲，告诉他维迪莫斯牧主是多么伟大的人，拜伦的心便立刻软化了。他的每一项行动都受到父亲的思想指挥，一个人怎能让偏执这样控制自己？

她说：“我不知道气闸控制钮是哪个，把它打开。”

“艾妲，不准离开这艘舰艇，你不知道他们在哪里。”

“我会找到他们的，把气闸打开。”

吉尔布瑞特却一直摇头。

然而，被她剥开的太空衣上挂着一个皮套。她说：“吉尔伯父，我会用它来对付你，我发誓我会。”

吉尔布瑞特发现神经鞭丑恶的发射口正对准自己，他勉强挤出一个笑容：“别乱来！”

“打开气闸！”她喘着气说。

他只好遵命，她便立刻走出去，开始在风中奔跑，转眼间奔过许多岩石，一路跑到山脊上。她跑得血气上涌，耳朵都能感觉到脉搏的跳动。过去这些天，她做得跟他一样过分，在他的面前与独裁者出双入对，这样做没有什么目的，只不过为了满足她的虚荣心，现在想来多傻啊。在她心目中，独裁者的人格突然清晰无比，这个人心机那么深，那么刻薄寡情，既冷血又毫无品味，令她厌恶得全身发抖。

她爬到山顶，前面却什么也没有。她木然地继续前进，仍将神经鞭紧紧抓在胸前。

拜伦与独裁者未曾在途中交谈半句话。现在，他们在一处平坦的地方停下来。经过几千年的风吹日晒，岩石都已出现裂纹。正前方是个古老的断层，对面的裂口已经崩塌，形成一个一百英尺深的绝壁。

拜伦小心翼翼地接近断层，探头向下望去。下面是个斜坡，由于年代久远，再加上少量雨水的侵蚀，因此在他眼力所及的范围内，全都散布着零星的圆石。

“看来，”他说，“像是个毫无指望的世界，钟狄。”

独裁者与拜伦不同，他并未对周遭环境显出任何好奇，也没走向断崖旁边。他说：“这是我们着陆前就找好的地方，就我们的目的而言，它非常理想。”

至少就你的目的而言，它非常理想，拜伦心想。他离开断崖边缘，找个地方坐了下来。他听着二氧化碳罐发出的轻微“嘶嘶”声，静静地等待片刻。

然后，他以非常沉静的语调说：“等会儿你回到你的舰上，要怎么跟他们说，钟狄？或是我该猜一猜？”

独裁者正准备打开他们带来的那只手提箱，听到这句话，他停止了动作，直起身子来说：“你在说些什么？”

拜伦感到脸部被冷风吹得麻木，便用戴着手套的手揉了揉鼻头。但他却将裹着身体的泡绵内层解开，强风立刻将它吹得四下飘扬。

他说：“我在说你来这里的目的。”

“我想赶紧架设好无线电，不想浪费时间讨论这种问题，法瑞尔。”

“你不是来架设无线电的，你为什么要那样做？我们在太空中曾试图和他们联络，却毫无回应，没有理由指望地面发射机能带来更好的结果。并非高层大气的游离层阻挡了无线电波，因为我们也试过次以太电波，结果同样一无所获。而且在我们的队伍中，我们两个也不是什么无线电专家。所以说，你来这里的真正目的是什么，钟狄？”

独裁者在拜伦对面坐下，信手轻拍着手提箱：“如果你心中有这些疑虑，为什么还要来呢？”

“为了发现真相。你的手下瑞尼特当初告诉我，说你正在筹划这趟行程，并且建议我加入你。我相信你对他所做的指示，是要他告诉我，一旦我加入你的工作，那么不论你收到任何讯息，我都不会被蒙在鼓里。这是个很合理的说法，只不过我认为你根本不会收到任何讯息。但我还是说服自己跟你来了。”

“为了发现真相？”钟狄取笑道。

“正是如此，我已经能猜到真相。”

“那么告诉我，好让我也发现真相。”

“你来此地是要杀害我。我单独跟你在这里，而我们前面是一座悬崖，掉下去必死无疑。这样做不会有蓄意动武的痕迹，不会有轰得四分五裂的肢体，或是任何能让人联想到使用过武器的证据。你回到你的船舰时，将带回一个很完美、很悲伤的故事，大意是说我不慎失足坠崖。你也许还会带一队人马来收我的尸骨，再为我举行一个风光的葬礼。这样做从头到尾都会非常动人，而我也就这样被你除掉了。”

“你相信是这样，而你仍旧前来？”

“我既然料到了，你就无法使我措手不及。我们两人都没带武器，我不信你徒手能将我逼下崖去。”一时之间，只见拜伦鼻孔翕张。他慢慢举起右臂，一副蓄势待发的架势。

钟狄却哈哈大笑：“既然你现在死不掉了，我们能否开始安装电波发射机？”

“还不行，我还没说完，我要你承认你准备杀我。”

“哦？你坚持要我在你自导自演的即兴剧中，扮演你为我写好的角色？你指望如何迫我就范？准备将我屈打成招吗？你要了解，法瑞尔，你是个年轻人，而且你的名头和地位会对我有帮助，所以我从来不愿跟你计较。然而我必须承认，直到目前为止，你带来的麻烦比你的帮助还要大。”

“我的确如此，因为我还活着，虽然你处心积虑要杀我！”

“假如你指的是你在洛第亚遇到的危险，那我已经解释过了，不准备再解释一遍。”

拜伦站了起来：“你的解释并不正确，其中有个漏洞，从一开始就很明显。”

“真的？”

“真的！站起来听我说，否则我会把你拽起来。”

独裁者起身的时候，双眼眯成两道缝：“我劝你别试图使用暴力，小伙子。”

“听好，”拜伦提高声音，他身上的泡绵内层仍敞在风中，他却毫不理会，“你说你将我送到洛第亚，让我面对死亡的威胁，只是想把执政者扯入一个反太暴的计划。”

“那仍是事实。”

“那仍是谎言，你的首要目的是要我遭到杀害。打从一开始，你就把我的身份通知了洛第亚太空船的船长，你根本没有理由相信亨瑞克会接见我。”

“假如我真想杀你，法瑞尔，我会在你的房间放一颗真的放射线弹。”

“策动太暴人当你的刽子手，显然是更方便的做法。”

“当我刚登上‘无情号’的时候，也有机会在太空中杀死你。”

“你的确有机会，你带着一柄手铳，一度曾经瞄准我。你料到我会在舰上，可是你没告诉你的手下。当瑞尼特和我们通讯，一眼看到我的时候，你就没有机会轰我了。然后你犯了一个错误，你告诉我说，你曾经跟手下讲过我可能在舰上。不久，瑞尼特却说你从未提过这件事。你在说谎后，总是懒得跟手下串通一下吗，钟狄？”

钟狄的脸原本就被冻得苍白，这时则似乎更无血色。“光凭你指控我说谎，我现在就该杀掉你。可是我问你，瑞尼特在显像板上看到你之前，又是什么使我暂时没扣扳机？”

“政治考量，钟狄。艾妲密西娅·欧思·亨芮亚德就在旁边，一时之间，她成了比我更重要的目标。我的确佩服你见风使舵的本领，倘若在她面前杀死我，便会破坏另一个更大的计划。”

“这么说，我对她一见钟情喽？”

“钟情！对方是亨芮亚德家族的一员，有何不可？你没浪费任何时间。你首先试图请她改乘你的船舰，计划失败后，你又告诉我亨瑞克出卖了我父亲。”他沉默了一下，又继续说，“因此我失去了她，毫无异议地让你接手。如今，我想她已不必纳入考量，她已坚决站在你那边。你可以着手进行杀害我的计划，不用担心因为这样做，便可能失去继承亨芮亚德家族的机会。”

钟狄叹了一口气，然后说：“法瑞尔，这里很冷，而且越来越冷，我想太阳正在下沉。你是个言语无法形容的笨蛋，你令我感到十分厌倦。在这场无意义的胡闹结束前，你能否告诉我，我究竟为什么有兴趣杀你？我是说，假如你那显然是妄想的指控能有什么理由的话。”

“跟你杀害我父亲的理由完全相同。”

“什么？”

“你以为当你说亨瑞克是个叛徒时，我曾有一时一刻相信过你吗？假如他不是一个人尽皆知的可怜懦夫，那他倒还有可能。你以为我父亲笨到那种程度吗？他有可能将亨瑞克看走眼吗？即使我父亲没听说过他的评价，在晋见他五分钟后，还看不出他是个全然无望的傀儡吗？我父亲难道那么傻，会在亨瑞克面前胡乱讲话，泄露足以用来指控他背叛的秘密？不，钟狄，真正出卖我父亲的叛徒，一定是他信得过的人。”

钟狄后退了一步，将手提箱踢到一旁，然后摆出一个准备抗辩的姿势：“我听出了你卑鄙的言外之意，我唯一的解释，就是你是个精神失常的危险人物。”

拜伦全身颤抖，却并非由于寒冷。“我父亲深受你手下的爱戴，钟狄，太受爱戴了。在领导统御方面，独裁者绝不允许有竞争对手。你千方百计使他无法再和你竞争，而你的下一步行动，就是千方百计使我无法再活下去，这样我就不能取代他，或是为他复仇。”他再度提高音量吼道：“是不是真的？”在寒冷的空气中，这几个声音呼啸而过。

“不是。”

钟狄弯下腰说：“我可以证明你错了！”他将手提箱用力拉开，“无线电设备，你检查一下，好好看看。”他将许多零件一一抛到拜伦脚下。

拜伦瞪着那些零件：“这又能证明什么？”

钟狄站了起来：“的确不能，不过现在，你仔细看看这个。”

他手中多了一柄手铳，由于抓得太紧，指节都已泛白。他以不再沉着冷静的声音说：“我给你烦透了，但是到此为止。”

拜伦以平板的语调问道:“你将手铳藏在手提箱内?”

“你以为我不会吗?你真指望来到这里之后,会被我推下悬崖,而且以为我准备徒手行动,像个装卸工或煤矿工?我是林根的独裁者——”他的脸部肌肉开始抽搐,左手做了个横劈的动作,“维迪莫斯两位牧主的虚伪言行和空虚的理想主义,我已经受够了。”然后他压低声音,“往后退,退到悬崖那边。”他自己则向前走了一步。

拜伦举起双手,两眼紧盯着那柄手铳,一步一步向后退去。“那么,的确是你杀了我父亲。”

“我杀了你父亲!”独裁者说,“我告诉你,好让你在死前最后几分钟,知道那个将你父亲送进分解室轰得粉碎的人,现在也要送你去找他——还会把那个亨芮亚德姑娘据为己有,并得到随她而来的一切。想一想!我再给你一分钟想一想!但你的手不准乱动,否则我宁可冒着被部下质疑的危险,也要立刻把你轰掉。”此时此刻,他的冷面具已经碎裂,只剩下炽烈的怒火暴露在外。

“在此之前你就试图杀我,正如我所说的。”

“的确如此,你的猜测每一方面都很正确。现在你满意了吗?退后!”

“不,”拜伦放下双手,说道,“如果你准备发射,那就动手吧。”

独裁者说:“你以为我不敢?”

“我说请你发射。”

“我会的。”独裁者故意瞄准拜伦的头部,在仅仅四英尺的近距离,他扣下了手铳的扳机。

第十九章

虎口！

泰多·瑞尼特小心翼翼地绕过一块小台地。目前他尚未准备现身，但在这个由光秃秃的岩石构成的世界上，想保持隐蔽是很困难的事。而这一片零星散布的晶状圆石，则能使他产生安全感，于是他奋力向前走去。他偶尔会停下来，用戴着蓬松手套的手背擦拭脸部，丝毫不觉得空气是干冷的。

现在，从两块形成锯齿状的大花岗岩之间，他终于看到那两个人，遂将长铳架在两块岩石的交叉处。太阳晒在他的背上，他感到微弱的热量逐渐渗入，令他觉得相当安心。假如他们碰巧向这边望来，阳光将占满他们的视野，自己则很不容易被看见。

他们的声音听来十分清晰。无线电通讯设备正在运作，他得意地微微一笑。直到目前为止，一切都按计划进行。当然，他的出现并不在计划内，但这样或许更好。这个计划实在太过自负，他们的猎物毕竟不是真正的傻瓜，他的武器也许能派上决定性的用场。

他默默等待。当独裁者举起手铳，而拜伦毫不畏惧地站在原处时，他仍木然地凝视着。

艾妲密西娅并未看到独裁者举起武器，也没有看到平坦岩石表面上的两个人影。五分钟前，她曾瞥见瑞尼特的轮廓镶在天空的背景中，从那时候开始，她就一直跟在他后面。

可是对她而言，他的运动速度实在太快。眼前的事物变得模糊而摇曳不定，她还两度发现自己瘫在地上，却记不得是如何跌倒的。第二次，她跌跌撞撞地站起来的时候，一只手腕已被尖锐的岩石刮伤，鲜血正从伤口流淌出来。

她终于又看到瑞尼特，只好踏着蹒跚的步履追逐他。当他消失在闪烁的圆石林时，她绝望得哭了起来。她倚着一块岩石，感到全身筋疲力尽，完全没注意到岩石的肉红色美丽色泽、如玻璃般光滑的表面，以及它其实是太古火山时期的古老遗迹。

她唯一能做的，就是跟蔓延全身的窒息感奋战。

然后，她再度发现他的踪迹，此时他正背对着她。置身两块交叉的巨岩之间，使他看起来像个侏儒。当她踉踉跄跄地奔过坚硬的地面时，仍将神经鞭抓在胸前。他正端着长铳，专心地瞄准目标，看来已经准备就绪。

她绝对来不及了。

她必须分散他的注意力，于是叫道："瑞尼特！"然后再补了一句，"瑞尼特，别发射！"

她一不小心又摔倒了，太阳立刻从她的视野中消失。不过她的意识还暂时保持清醒，足以让她听见撞向地面引起的巨响，还能按下神经鞭的按钮，也还能知道自己远在射程外，即使瞄准也无法击中目标，何况那是根本不可能的事。

不久，她感觉有双手臂抱住自己，并将她抱了起来。她想看看是什么人，但就是无法张开眼睛。

"拜伦？"她发出微弱的声音。

对方回答的语句相当模糊，但她听得出那是瑞尼特的声音。她试图再说些什么，但立刻放弃了。她失败了！

所有的一切全部消失。

独裁者维持一动不动的姿势，时间长达十几秒钟。拜伦同样一动不动地面对着他，瞪着那柄刚刚向自己直射的手铳。在他的注视下，平举的手铳渐渐垂下来。

拜伦说："你的手铳似乎没上膛，检查一下吧。"

独裁者毫无血色的脸孔轮流望着拜伦与那柄武器。刚才，他在四英尺近的距离向拜伦射击，照理说，现在一切应该结束了。他猛然挣脱了恐惧的束缚，开始以迅速的动作分解手铳。

能量囊不翼而飞。本来应该放置能量囊的地方，现在只剩一个空洞。独裁者用力将这块没用的废铁抛到一旁，同时发出充满怒意的诅咒。手铳不停向外滚去，在阳光下变成个小黑点，最后在一块岩石上撞得粉碎，并激起一阵微弱的声响。

"一对一单挑！"拜伦说，颤抖的声音听来已迫不及待。

独裁者向后退了一步，什么也没说。

拜伦则慢慢向前走出一步。"我有很多方式可以杀你，但有些不能让我泄恨。如果我将你轰掉，那代表在百万分之一秒内，就会把你从活人变成死尸，你将无法意识到死亡的来临，那样很没有意思。不过让我泄恨的方式也不少，比如说赤手空拳慢慢打死你。"

他蓄势待发，但在尚未冲出之际，动作便被一声纤弱而尖锐的叫声打断，那叫声中还充满惊恐。

"瑞尼特！"叫声传了过来，"瑞尼特，别发射！"

拜伦及时转过头来，看到百码外岩石后面的动态，以及太阳照在金属上的反光。然后，突然有人扑到他背上，突如其来的重量立刻将他压倒，令他双膝着地。

独裁者落地时，一切拿捏得恰到好处，他的膝盖紧紧扣住拜伦腰部，拳头猛力击向他的后颈。拜伦痛得拼命吐气，发出嘘嘘的呻吟声。

拜伦感到眼前发黑，但他奋力让自己保持清醒，终于挣脱了对方的压制。独裁者跳开来，拜伦还瘫在地上的时候，他已站稳了身子。

当独裁者再度冲来时，拜伦刚好来得及弯曲双腿，及时将对方踢出老远。这一次，他们同时站了起来，两人脸颊上的汗水都已变得冰凉。

他们慢慢绕着圈子。拜伦将他的二氧化碳气罐丢到一旁，独裁者也解下自己的气罐，抓着包覆着金属网的气管，然后他飞快踏前一步，将气罐甩了出去。拜伦连忙卧倒，听见并感到气罐从头顶呼啸而过。

拜伦很快站了起来，在独裁者尚未站稳前，就赶紧向他扑过去。他一只大手抓向对方的手腕，另一只手握拳击向对方脸部。独裁者应声倒地，拜伦则向后退了几步。

拜伦说：“站起来，我会让你再尝尝厉害，没什么好急的。”

独裁者用戴着手套的手摸摸自己的脸，然后瞪着沾在手套上的血迹，露出阴沉无比的神情。他的嘴角扭曲着，一只手伸向被抛在地上的气罐。拜伦立刻重重踏在那只手上，独裁者马上痛得大吼大叫。

拜伦说：“你距离悬崖边太近了，钟狄。别再朝那个方向移动，站起来，让我把你丢到另一边去。”

此时却响起瑞尼特的声音：“慢着！”

独裁者随即尖声叫道：“射击这个人，瑞尼特！立刻开火！先射他的双臂，再射他的双腿，然后我们就把他留在这里。”

瑞尼特缓缓举起武器，架在他的肩头上。

拜伦说：“是谁将你的专用手铳退膛的，钟狄？”

“什么？”独裁者茫然地瞪着他。

“我可没办法接近你的手铳，钟狄，那么是谁干的呢？现在是谁用武器指着你，钟狄？不是指着我，钟狄，而是指着你！”

独裁者转向瑞尼特，尖叫道：“叛徒！”

瑞尼特低声说：“我不是叛徒，阁下。出卖了忠诚的维迪莫斯牧主，将他置于死地的人才是叛徒。”

“不是我干的，”独裁者吼道，“如果他那么说，就是他在说谎。”

“是你自己告诉我们的。我不但掏空你的武器，还接通你的通话器开关，因此我听到了你今天说的每一个字。每一名舰员都听到了，我们都已看清你的真面目。”

“我是你们的独裁者。”

“也是世上最大的叛徒。”

一时之间，独裁者什么话也说不出来，只是狠狠地轮流瞪着面前两个人，他们则以阴沉、愤怒的目光回瞪着他。然后，他挣扎着爬起来，重新掌控住自己的情绪，借着勇气再度振作起来。

他再开口的时候，声音几乎恢复了原有的冷静。他说：“如果这都是真的，那又有什么关系？除了接受既成的事实，你们毫无选择的余地。还有最后一颗星云内恒星有待造访，叛军世界一定就在那里，而只有我才知道它的坐标。”

他竟能保持一贯的威严。由于腕部骨折，他一只手松软无力地垂下；他的上唇肿成可笑的模样，还有好些血迹凝固在脸颊上。然而，他仍散发出天生统治者的傲慢气息。

“你会告诉我们的。”拜伦说。

“别欺骗自己了，无论在任何情况下，我都不会讲出来。我已经告诉过你，平均每颗恒星占了七十立方光年的范围，若是没有我，仅仅使用尝试错误的方式，想来到任何恒星附近十亿英里的范围，只有二十五万兆分之一的几率。任何恒星！”

拜伦心中突然冒出一丝灵感。

他说：“带他回‘无情号’去！”

瑞尼特低声说：“艾妲密西娅郡主……”

拜伦打岔道：“那么真是她，她在哪里？”

“别担心，她很安全。她没带二氧化碳罐就跑出来，随着她血液中的二氧化碳逐渐流失，自动呼吸机制自然开始减缓。她试图奔跑，却不会自动自发做深呼吸，最后就昏倒了。”

拜伦皱起眉头：“可是，她究竟为什么想阻止你？确保她的男友不会受到伤害？”

瑞尼特答道：“是的，的确如此！只不过她以为我是独裁者的人，是准备射杀你的。我现在就带这个鼠辈回去，拜伦——”

“什么？”

“你也要尽快回来。他仍是独裁者，舰员也许需要开导。要挣脱有生以来便养成的服从性，是一件很困难的事……她就在那块岩石后面，赶快去找她，免得她冻死了，好吗？她不会离去的。”

她头上盖着一块头巾，几乎将脸部完全遮掩。在厚实的太空衣内层包裹下，完全看不出她身躯的曲线。当他接近她的时候，他立刻加快了脚步。

他说：“你好吗？”

她答道：“好些了，谢谢你。如果我惹了麻烦，那我很抱歉。”

他们站在那里凝望着对方，但在交谈两句后，似乎就再也找不到话题了。

然后，拜伦又说：“我知道我们无法让时光倒流，取消我们曾做过的事，收回我们曾说过的话。可是，我实在希望你能了解。”

“为什么一直强调了解？”她的眼睛拼命眨动，“这几周以来，除了了解，我什么事也没做。你要再对我说一遍我父亲的事吗？”

“不，我知道令尊是无辜的，我几乎从一开始就怀疑那个独裁者，但我必须找到确实的证据。我唯一能做的，艾妲，就是强迫他自己招认。我当初想到，只要能引诱他试图杀害我，我就可以令他招出真相。而要这样做，却只有一个办法。”

他感到羞愧，又继续说：“这样做很卑鄙，几乎和他对付家父的手段同样卑鄙，我并不指望你原谅我。”

她说：“我不懂你在说什么。”

他又说：“我知道他想要得到你，艾妲。就政治层面而言，你是个理想的结婚对象。对于他的目的，亨芮亚德的名头会比维迪莫斯更管用。因此他一旦拥有你，就再也不会需要我。我故意把你推给他，艾妲，我故意表现得那样，希望你会投向他的怀抱。当你这样做后，他便认为除掉我的时机成熟了，而瑞尼特和我便设下了我们的陷阱。”

“而你自始至终一直爱着我？”

拜伦说：“你难道不能相信这点吗，艾妲？”

“当然，为了你父亲在天之灵，以及你们家族的荣誉，你已准备牺牲你的爱。那首古老的打油诗是怎么说的？你无法好好爱我，亲爱的，只因你爱荣誉更多！”

拜伦以无奈的语调说：“拜托，艾妲！我不是高傲自大，实在是想不出其他办法。”

“你应该告诉我你的计划，让我成为你的盟友，而不是把我当成工具。”

“这不是你的战争。假使我失败了——真有这个可能——这件事将跟你毫无牵连。万一独裁者杀死我，由于你早已不在我这边，也就不会受到我的连累。你甚至可能会嫁给他，过着快乐的日子。”

“既然你赢了，我也许会因为他的失败而伤心。”

“可是你没有。”

“你又怎么知道？”

拜伦抱着最后一线希望说：“至少试着看清我的动机。就算我是个傻子——罪该万死的傻子，你难道不能了解吗？你不能试着不恨我吗？”

她轻声道：“我曾试图不再爱你，但你也看得出来，结果我失败了。”

“这么说你原谅了我？”

“为什么？因为我了解了？不！如果只是了解那么简单的事，如果只是领悟你的动机而已，我这辈子绝不会原谅你的行为。假如只是那样，而没有别的原因！可是我会原谅你，拜伦，因为我不得不这样做。我要是不原谅你，怎能让你回到我的身边？”

她投入他的怀抱，用冻得冰冷的唇向他吻去。两层厚实的外套将他俩隔开，他的双手又戴着手套，无法抚摸到紧抱着的躯体，但是至少，他的嘴唇能感受到她苍白而光润的脸颊。

最后，他以关切的语气说：“太阳快下山了，温度会越来越低。”

她却轻声道：“这可真奇怪，我似乎感到越来越温暖。”

于是两人一同走回舰艇的位置。

现在拜伦面对着他们，外表显得信心十足，心中却没有什么自信。林根的战舰相当大，上面总共有五十名舰员。这时他们都坐在他面前，五十张脸孔！这些人自出生以来，就一直被训练得无条件服从独裁者。

在他们之中，某些已被瑞尼特说服；另外有一部分，在截听到独裁者对拜伦的一番话后，也已经能明辨是非。可是，还有多少人仍抱持着迟疑的态度，甚至全然怀有敌意？

直到目前为止，拜伦的演说未有太大作用。此时，他身子向前倾，改用交心般的口吻说："你们究竟为何而战，战士们？你们甘冒生命危险，到底为了什么？我想，是为了一个自由的银河。在这样的银河中，每个世界都能自由选择最佳的道路，为自己创造最大的福祉，不做任何人的奴隶，也不做任何人的主子。我说得对不对？"

一阵低语声陆续响起，虽然可以解释为同意，可是显然缺乏热诚。

拜伦继续说："而独裁者又为何而战？为了他自己。他现在是林根的独裁者，假如他打赢了，就会成为星云众王国的独裁者，大汗的地位将被独裁者取而代之。那样做有什么好处？值得为他送命吗？"

其中一名舰员高声喊道："他至少是我们的同胞，而不是猥琐的太暴人。"

另一人则叫道："独裁者寻找叛军世界，是要助他们一臂之力，那也算是野心吗？"

"野心是否应该来自更坚决的理由？"拜伦以讽刺的口气吼了回去，"可是当他加入叛军世界时，会有一个组织做他的后盾。他可以贡献出整个林根，根据他的打算，他还能贡献出与亨芮亚德家族结盟而获得的威望。他非常肯定，叛军世界最终将成为他的，会任由他为所欲为。是的，这就是野心。

“当他的计划和行动安全起冲突时，为了遂行他的野心，他是否毫不犹豫地拿你们的性命冒险？家父当初对他构成威胁——家父是个诚实而热爱自由的人，可是由于他太受爱戴，因此被出卖了。在出卖家父的同时，独裁者有可能葬送整个大计，让你们每个人一同陪葬。只要符合他的利益，他随时会跟太暴人打交道，在这种人的手下效命，你们有谁能确保自身的安全？有谁能安然侍奉一个懦弱的叛徒？”

“好多了，”瑞尼特悄声道，“抓住这点不放，好好教训他们一顿。”

后排又响起同一个声音，说道：“独裁者知道叛军世界在哪里，你知道吗？”

“这点我们等下再讨论。此时此刻，让我们先来考虑其他问题。在独裁者的领导下，我们全被引向毁灭之途；但我们还有时间自救，那就是唾弃他的领导，改走另一条更正确、更高贵的路；我们还有机会反败为胜，重新——”

“——只会败不会胜，亲爱的年轻人。”一个轻柔的声音打断了拜伦，他立刻满怀恐惧地转过头去。

五十名舰员吵吵嚷嚷地站起来，一时之间，他们似乎准备向前冲，可是来开会之前，瑞尼特严令大家一律缴械。现在，一小队太暴卫兵从数道舱门鱼贯而入，每一名都手持武器。

赛莫克·阿拉特普双手各握着一柄手铳，站在拜伦与瑞尼特的身后。

第二十章
在哪里？

赛莫克·阿拉特普仔细衡量着面前四个人的个性，感到某种兴奋之情油然而生。这将是一次很大的赌博，规律眼看就要拼凑成功了。安多斯少校已然不在他身旁，其他太暴巡弋舰也已经离去，这两点令他相当欣慰。

如今，只剩下他的旗舰、他的舰员，以及他自己。这就足够了，他讨厌大而无当的阵仗。

他以温和的口吻说："让我向诸位报告一下最新状况，郡主、各位先生。独裁者的战舰正由接收人员驾驶，在安多斯少校护送下驶向太暴星。独裁者的手下将依法接受审判，他们若被判有罪，就会受到叛乱罪的惩处。他们是平常的阴谋分子，因此将以平常的方式处理。可是我该怎么发落你们呢？"

洛第亚的执政者亨瑞克坐在旁边，脸孔罩着厚厚一层愁云惨雾。他说："别忘了我女儿是个年轻少女，她卷入这一切并非自愿。艾姐密西娅，告诉他们你当初是……"

"令千金，"阿拉特普插嘴道，"也许将被释放。她是位居要津的一位太暴贵族结婚的对象。我一定会把这件事放在心上。”

艾妲密西娅说：“我会嫁给他，只要你把其他人放了。”

拜伦刚要起身，阿拉特普却挥手示意他坐下。这位太暴行政官微微一笑，然后说：“郡主，拜托！我可以谈条件，我承认。然而，我不是大汗，只不过是他的仆人之一。因此，我谈妥的任何条件，都需要母星彻底的认可。所以说，你的提议内容究竟如何？”

“我同意那桩婚事。”

“那不是你的筹码，令尊早已同意，这就足够了。你还有任何其他提议吗？”

阿拉特普耐心地等着他们的反抗意志逐渐消融，虽然并不喜欢自己扮演的角色，他仍做得非常称职。比如说，此时此刻，那个女孩也许会开始哭泣，对那个年轻男子而言，这将是个正面影响。这两人显然是一对情侣，他怀疑在这种情况下，老波汉还会不会要她，最后断定他可能还是会。虽然如此，那老家伙仍将占尽便宜。一时之间，他突然隐约想到，这女孩的确非常迷人。

而她依旧维持着心情的平静，并没有崩溃。很好，阿拉特普想。她的意志力也很坚强，波汉根本占不了什么便宜。

他对亨瑞克说：“你想不想顺便帮你堂兄求情？”

亨瑞克的嘴唇无声地嚅动着。

吉尔布瑞特大喊：“谁都不要为我求情，我不要任何太暴人施舍我任何东西。来啊，下令射杀我吧。”

“你别那么歇斯底里，”阿拉特普说，“你知道在审判前，我不能下令射杀你。”

“他是我的堂兄啊。”亨瑞克悄声道。

“这点也会纳入考量。你们这些贵族，总有一天得明白不可高估自己对我们的重要性。我怀疑，你堂兄至今尚未学到这个教训。”

他对吉尔布瑞特的反应很满意，那个老家伙至少是真心求死，生命中的挫折他实在够受了。那么，只要让他活下去，就能使他精神崩溃。

然后，他在瑞尼特面前若有所思地站定。这位是独裁者的手下之一，想到这里他就感到有点脸红。在这趟追猎刚开始时，他完全将独裁者这个因素摒除在外，他有近乎铁一般的事实根据。没关系，偶尔失算未尝不是一件好事，这样刚好能平衡过度的自信，而不使自己变得傲慢自大。

他说：“你是个傻瓜，竟然侍奉一个叛徒，你跟着我们其实会更好。”

瑞尼特的脸涨得通红。

阿拉特普继续说：“假如你曾经有任何军功，只怕如今也要毁了。你不是一名贵族，政治的考量不会在你身上发挥作用。你将接受公开审判，让大家知道你只是工具的工具，这实在太糟了。”

瑞尼特说：“然而，你准备提出一项交换条件，是吗？”

“交换条件？”

“比如说，做大汗的线人？你只逮到一艘战舰，难道你不想知道其他的革命机关？”

阿拉特普轻轻摇了摇头：“不，我们已经有独裁者，他可以成为情报来源。即使没有任何情报，我们需要做的也只是对林根开战。然后，我确信，革命活动就会所剩无几，这种事没什么条件好谈。”

说完，他来到这个年轻人面前。阿拉特普故意将他留在最后，因为他是这些人中最聪明的一位。不过他还年轻，而年轻人通常都不危险，他们普遍缺乏耐心。

拜伦抢先开口，说道：“你是如何跟踪我们的？是不是他在通风报信？”

“独裁者？这回没有。我相信，那可怜的家伙想要来个吃里扒外，通常这种事外行人是不会成功的。”

亨瑞克突然插嘴，幼稚的热心显得很不搭调。他说：“太暴人有种发明，能经由超空间追踪船舰。”

阿拉特普猛然转身：“假如殿下能避免打岔，我将感激不尽。”亨瑞克立刻噤若寒蝉。

其实根本没关系，这四个人今后都不会再构成威胁。不过，他无意降低这年轻人心中的疑虑，连一点也不愿意。

拜伦说：“喂，听好，告诉我们实情，否则什么也别说。你不是因为喜爱我们，才把我们带来这里。为何不把我们跟其他人一起送回太暴星？因为你不知道该怎样杀我们。我们之间，有两个人属于亨芮亚德家族，而我是维迪莫斯家族的人，瑞尼特则是林根舰队著名的军官。此外，你手中还有一个人，就是你宠爱的那个懦夫兼叛徒，他仍是林根的独裁者。假使你杀死我们任何一人，恶名都会从太暴星一直传到星云各王国。你必须试图跟我们交换某种条件，因为你根本没有别的办法。”

阿拉特普说：“你并非全然错误。让我为你理出一个规律：我们一直在跟踪你们，姑且别管我们如何做到，我认为，你大可不必理会执政者的夸张幻想。你们在三颗恒星附近暂停，未曾登陆任何行星，然后你们来到第四颗恒星，找到一颗行星登陆。我们立刻跟随你们降落，一面监视，一面等待。我们认为应该有什么值得等待的，而我们猜对了。你和独裁者起了争执，两人都毫不保留地互揭疮疤。那是你为了自己的目的而安排的行动，这点我知道，但它也有助于达到我们的目的，我们始终都在监听。

“独裁者曾说，还剩最后一颗星云内恒星未曾探访，叛军世界可能就在那里。这点很有意思，懂了吧。嗯，叛军世界。你知道吗，我的好奇心被挑了起来。这第五颗，也就是最后一颗恒星，究竟会在哪里呢？”

他让沉默持续一阵子，自己则坐下来，面无表情地看着他们，一个接一个看过去。

拜伦说：“根本没有叛军世界。”

“那么，你们没在寻找什么？”

“我们没在寻找什么。”

“你的话简直荒谬。”

拜伦耸了耸肩，显得十分厌倦。“假如你指望得到什么答案，那你自己才荒谬。”

阿拉特普说：“有鉴于这个叛军世界一定是叛乱活动的大本营，我让你们活着的唯一目的，就是为了要找到它。你们每个人都能从我这里得到好处。郡主，我应该能帮你取消那桩婚事。侯爷，我们应该能为你建一间实验室，让你不受打扰地专心工作。没错，我们对你的了解超出你的想象。”（阿拉特普赶快别过头去，那老者的面容已开始抽动，他可能会掉泪，那会是件令人不快的事。）“瑞尼特上校，你将免于军法审判的羞辱，以及必然随之而来的定罪、名誉扫地、沦为笑柄等等。而你，拜伦·法瑞尔，则能重新成为维迪莫斯牧主。此外，你若跟我们合作，我们甚至愿意为令尊平反。”

“并且让他死而复生？”

“并且恢复他的名誉。”

“他的名誉，”拜伦说，“建立在他的英勇行动上，正是那些行动导致他被定罪和处死。凭你这点权力，还没法对他的名誉做任何增减。”

阿拉特普说：“你们四个人当中，总有一个会告诉我哪里能找到这个世界。你们之中那个识时务的人，将会得到我许诺的不管是哪一项报酬。其他三人则将被嫁掉、入狱、处决，总之一定是最坏的下场。我警告你们，有必要的时候，我能变得非常残酷。”

他等了一下，又说：“究竟是哪位？如果你不说，旁边的人还是会说。你将丧失一切，而我仍能获得想要的情报。”

拜伦说：“没有用的。你虽然精心安排这一切，但它对你毫无帮助，因为根本就没有叛军世界。”

“独裁者说有。”

“那就拿你的问题去问独裁者。”

阿拉特普皱起眉头，这个年轻人，唬人唬到超乎常理的程度。

他说：“我自己倾向于跟你们其中之一打交道。”

“然而，你以前曾和独裁者打过交道，那就再来一次吧。你无法向我们推销任何东西，你推销的东西我们都没兴趣。”拜伦向两旁看了看，“对吗？”

艾妲密西娅悄悄凑近拜伦，一只手慢慢握紧他的手肘。瑞尼特随便点了点头，吉尔布瑞特则像喘不过气来，喃喃道：“对！”

“既然你们心意已决。”阿拉特普说完，便按下一个按钮。

独裁者的右手腕被轻金属护套固定，护套则借着磁力粘在他腹际的金属环带上。他的左边脸颊浮肿，由于瘀血而呈蓝色，只有一道凹凸不平、由力场缝合的伤疤是鲜红的。他来到众人面前后，挣开被武装卫兵抓着的左手，就一动不动地站在那里。

“你到底要什么？”

“我很快就会告诉你。”阿拉特普说，“首先，我要你打量一下诸位观众，看看今天有哪些人在场。比如说那位年轻人，你曾设计取他性命，他却活到现在，还把你打成残废，并破坏了你的计划——虽然你是独裁者，而他只是一名流亡人士。”

独裁者鼻青脸肿，很难看出他究竟有没有涨红脸，但他脸上并没有任何表情。

阿拉特普并未细究他的反应，继续以沉稳的、几乎毫不关心的口气说：“这位是吉尔布瑞特·欧思·亨芮亚德，他救了那年轻人的性命，并带他去找你。这位是艾妲密西娅郡主，有人告诉我，你曾用最具魅力的方式追求她，不料她背叛了你，因为她爱的仍是那个年轻人。这位是瑞尼特上校，你最信任的一位副官，他最后也背叛了你。你对这些人有没有任何亏欠，独裁者？”

独裁者再度问道：“你到底要什么？”

“情报。只要你告诉我，你便仍是独裁者。你原先和我们打的交道，我们会在大汗的法庭上为你争取。否则——”

“否则怎样？”

“否则我将从这些人口中问出来，你懂了吧。他们会因此保住性命，你却将遭到处决。所以我才会问你，是否对他们有任何亏欠。假如答案是肯定的，你就应该故作顽强，以便给他们一个自救的机会。”

独裁者的脸孔痛苦地挤出一个笑容：“他们无法牺牲我来拯救自己，他们不知道你要找的那个世界在哪里，只有我知道。”

“我没说我要的是什么情报，独裁者。”

“你会要的只有一样东西。”他的声音嘶哑，令人几乎无法听懂，“如果我的决定是招出来，就能保留我的独裁权，你是这么说的？”

“当然，还会受到更严密的保护。”阿拉特普客气地纠正他。

瑞尼特高声吼道：“要是相信他，你只会罪上加罪，最后仍将因此遭到杀害。”

一名卫兵向前走来，但拜伦已经料到，他赶紧冲向瑞尼特，奋力将他向后拉。

“别当傻瓜，”他喃喃道，“你什么都做不到。”

独裁者说：“我不在乎我的独裁权或我自己，瑞尼特。”他转向阿拉特普，“这些人会被杀掉吗？这一点，你至少一定得答应我。”他那可怕的变色脸孔粗野地扭曲着，“尤其，是那一个。”他的手指猛然指向拜伦。

“如果那是你要求的代价，一言为定。”

“要是我能当他的行刑者，我不会向你索取其他报酬。如果我的手指能控制处决他的按钮，那也算是让我报了仇。如果不行，至少我会把他不想让你知道的情报告诉你。我现在就告诉你它的ρ、θ、ϕ，单位是秒差距和弧度——7352.43，1.7836，5.2112。这三个数字即可决定那个世界在银河中的位置，现在你已经知道了。”

“我知道了。”阿拉特普一面说，一面赶紧写下来。

此时瑞尼特突然挣脱，高声喊道：“叛徒！叛徒！”

拜伦冷不防地被那林根人逃掉，由于重心不稳，他单膝着地摔在地上。“瑞尼特！”他只好拼命大喊。

瑞尼特面露凶光，跟一名卫兵扭打了一阵。其他卫兵很快蜂拥而上，但瑞尼特已经抢到手铳。他拳打脚踢，跟周围的太暴卫兵奋战。拜伦突破重重人墙后，也加入混战中，他抓住瑞尼特的脖子，紧紧地勒住，同时使劲向后拉他。

“叛徒。”瑞尼特气喘吁吁，仍奋力用手铳瞄准独裁者，独裁者则拼命东躲西藏。他开火了！然后卫兵立刻将他缴械，把他压在地板上。

但独裁者的右肩与半边胸部已被轰掉，右臂兀自诡异地挂在磁性护套上，手指、手腕与手肘都成了焦黑的一团。有好一阵子，当独裁者的身子还勉强保持平衡时，他的双眼仍放出光芒。最后，他的眼神终于变得呆滞，整个人倒了下去，成为地板上的一团焦炭。

艾姐密西娅吓得哑然失声，将头紧紧埋在拜伦怀中。拜伦则强迫自己，以坚定而毫不畏缩的目光，看了杀父仇人的尸首一眼，然后才赶紧转移视线。亨瑞克躲在一个遥远的角落，喃喃地自言自语，还在咯咯地傻笑。

只有阿拉特普一个人冷静如常，他说："把尸体移走。"

卫兵立刻遵命照办，并用软热线喷向地板，总共喷了好几分钟，以除去沾在上面的血迹。最后，地板上只剩下少许零星的焦黑痕迹。

接着，卫兵扶起瑞尼特。他用双手刷了刷衣服，然后恶狠狠地转向拜伦。"你刚才在干什么？我几乎让那个杂种逃掉了。"

拜伦以困倦的口气说："你中了阿拉特普的圈套，瑞尼特。"

"圈套？我杀了那杂种，不是吗？"

"那就是圈套，你帮了他一个大忙。"

瑞尼特并未回答。阿拉特普也没有插嘴，他带着几分兴味聆听他们的对话，这年轻小伙子的头脑果然灵光。

拜伦又说："假如阿拉特普窃听到他所声称的一切，那么他就应该知道，只有钟狄拥有他需要的情报。在那场格斗后，钟狄面对我们的时候，他曾经提到这一点，而且特别强调。阿拉特普首先盘问我们，显然是要扰乱我们的心智，让我们在适当时机做出不经大脑的举动。对于他期望的那种失去理智的冲动，我早已做好心理准备，可是你没有。"

"我本来以为，"阿拉特普轻声打岔道，"做出这个举动的会是你。"

“要是我的话，”拜伦说，“我会瞄准你。”他又转向瑞尼特，“他不想让独裁者活着，你难道看不出来吗？太暴人都是蛇一般阴险的人物。他想要独裁者的情报，却不愿付出代价，但他不能冒险杀掉他，所以你就做了他的帮凶。”

“正确，”阿拉特普说，“而我也得到情报了。”

此时，某处的警铃突然响起。

瑞尼特开口道：“好吧，就算我帮了他一个大忙，我同时也为自己做了一件大事。”

“并不尽然，”行政官说，“因为我们这位年轻朋友的分析并不彻底。你看，你又犯了一桩新的罪行。当初你的罪名只是反叛太暴，对你的处置将是一桩微妙的政治案件。可是现在，林根的独裁者被你杀害，就能根据林根的法律审判你，定你的罪，将你处决，太暴人从头到尾不必出头。这将是很方便……”

此时他皱起眉头，没有再说下去。他也听到了叮叮当当的铃声，于是他走到门口，一脚踢开舱门。

“怎么回事？”

一名士兵向他敬礼，答道：“一般警报，长官，在贮物舱。”

“火警吗？”

“还不知道，长官。”

阿拉特普心中暗自叹道：银河啊！便赶紧走回舱房：“吉尔布瑞特在哪里？”

直到现在，大家才发现他不见了。

阿拉特普说：“我们会找到他的。”

结果，他们发现他躲在轮机室，蜷缩在巨大的机器中拼命发抖，立刻半拖半抱地将他带回行政官的房间。

行政官以冷漠的口气说：“在船舰上是跑不掉的，侯爷。你弄响一般警报也没用，即使那样做，引起混乱的时间也极有限。”

他继续说：“我想这就够了。法瑞尔，你偷走的那艘巡弋舰——我的巡弋舰——我们已把它装在这艘战舰上，它将用来探索那个叛军世界。一旦完成跃迁计算，我们就要向已故独裁者所提供的坐标前进。在我们这个安逸的世代，这样的冒险还真是难得。”

他心中突然浮现他父亲指挥一支分遣舰队，征服各个世界的景象。他很高兴安多斯已经离去，这次的探险将由他一人独享。

然后他便令众人解散。艾妲密西娅与父亲待在一起，瑞尼特与拜伦则分别朝不同方向走去。吉尔布瑞特一面挣扎，一面尖叫道：“我不要一个人留在这里，我不要独处。”

阿拉特普叹了一口气。此人的祖父是位伟大的统治者，历史书上这么说的。目睹这种场面实在令人没面子，他带着嫌恶的情绪说：“把侯爷跟其中一个关在一起。”

于是吉尔布瑞特与拜伦关在同一间囚室。在战舰的“夜晚”来临，照明光线变成昏暗的紫色前，他们一直没有交谈。这种紫光还算亮，足以让轮班的卫兵透过闭路电视系统监视他们，但亮度绝不会干扰睡眠。

可是吉尔布瑞特却没睡。

“拜伦，”他悄声唤道，“拜伦。”

拜伦从蒙眬的半昏睡状态中被叫醒，他说：“你要干什么？”

“拜伦，我做到了。没有关系，拜伦。”

拜伦说：“设法睡一会儿吧。”

吉尔布瑞特却继续说：“可是我做到了，拜伦。阿拉特普也许聪明，但我比他还聪明，这是不是很有趣？你不必担心，拜伦。拜伦，不必担心，我已经弄好了。”他再度摇晃着拜伦的身子，显得兴奋异常。

拜伦坐起来。“你究竟是怎么了？”

“没什么，没什么，没有关系，但我的确弄好了。”吉尔布瑞特正在微笑，那是个狡狯的笑容，小男孩做了什么恶作剧，就会露出那样的笑容。

“你到底弄好了什么？”拜伦站起来，抓住对方的肩头，把他向上拉，“回答我。”

“他们在轮机室发现我，”他一口气答道，“他们以为我在躲藏，其实并非如此。我弄响贮藏室的一般警铃，是因为我必须独处几分钟——两三分钟就好。拜伦，我把超原子线路短路了。”

“什么？”

“那很简单，只花了我一分钟时间。他们不会知道的，我做得很高明。在他们准备跃迁前，他们绝不会发现。等到跃迁的时候，所有的燃料将在链锁反应中变为能量，这艘战舰、我们、阿拉特普，以及有关叛军世界的所有情报，全都会化成一团稀薄的蒸气。”

拜伦立刻向后退了几步，双眼张得老大：“你做了这种事？”

“是的，”吉尔布瑞特将头埋在双手之中，前后不停地摇晃，“我们都会死，拜伦，我不怕死，但我不要孤独死去，不要孤独死去！我一定要跟什么人在一起，而我很高兴是跟你在一起。当我死去的时候，我要跟某个人在一起。可是不会有痛苦，一切很快就会结束。不会有痛苦，不会……痛苦。”

拜伦说：“笨蛋！疯子！你不这样做，我们仍有可能渡过难关。”

吉尔布瑞特没听到这句话，他耳中充满了自己发出的呻吟，拜伦只好猛然冲向门口。

“卫兵，”他喊道，“卫兵！”还有几小时，或是只剩下几分钟？

第二十一章
在这里?

随着一阵急忙的脚步声，一名士兵沿着走廊冲过来。“回到里面去。”他的声音既凶狠又严厉。

拜伦与他面对面站着。充作囚室的小舱房都位于最底层，一律没有舱门，门口却被一道力场从左到右、从上到下封死。拜伦用手便能感到它的存在。它摸起来有微弱的弹性，像是橡皮膜拉到接近极限的状态，但它的形变很快中止，仿佛一下轻压就使它变成无形的钢铁。

拜伦的手指微微刺痛。他很明白，虽然它能完全阻挡物质的出入，但对神经鞭的能束而言，它却与真空一样透明，而那名卫兵手中正有一柄神经鞭。

拜伦说:“我必须见阿拉特普行政官。”

“这就是你大呼小叫的原因吗?”卫兵的心情不太好，值夜并非受欢迎的差事，何况他刚才打牌又输了，“等到亮灯后，我会帮你提一提。”

“这件事不能等，”拜伦感到绝望，“它非常重要。”

“这件事必须等。你是要退回去，还是想吃一记鞭击？”

“听好，”拜伦说，“跟我在一起的人是吉尔布瑞特·欧思·亨芮亚德。他生病了，也许已经奄奄一息。假如只因为你不让我见负责人，竟使亨芮亚德家族的人死在太暴战舰上，你就不会有好日子过了。”

“他有什么不对劲？”

“我不知道，请你快点好吗，还是你活得不耐烦了？”

卫兵一面咕哝，一面转身离去。

借着暗紫色的光线，拜伦极目望着卫兵的背影。他又竖起耳朵，试图捕捉发动机的节奏。能量密度升到跃迁前的峰值时，发动机的脉动会陡然增强，幸好现在他什么也没听到。

他走向吉尔布瑞特，抓住他的头发，将他的头轻轻向后拉。吉尔布瑞特的脸孔扭曲，双眼紧盯着拜伦的眼睛，但他的目光只透出恐惧，根本认不出面前是什么人。

“你是谁？”

“这里只有我——拜伦，你感觉如何？”

过了一阵子，这句话才钻进他的脑海。吉尔布瑞特茫然道：“拜伦？”然后，他突然清醒一点，“拜伦！他们就要跃迁了吗？死亡不会有痛苦的，拜伦。”

拜伦让他的头再垂下去。对吉尔布瑞特生气毫无意义，就他所知的情势而言，或者应该说，就他自以为所知的情势而言，他的所做所为是一项伟大的举动。尤其在濒临崩溃之际，他能这样做更是难得。

可是拜伦心中充满挫折感。他们为何不让他见阿拉特普？为何不让他出去？他来到一面墙壁前面，开始用力挥拳猛击。银河在上，如果有一扇门，他可以把它打烂；如果有一道栏杆，他可以扯开来，或者连根拔起。但门口却是一道力场把关，任何东西都奈何不了它。

他再度大吼大叫。

脚步声又传了过来，他赶紧冲向那道似开非开的门。但他无法探头出去，看看究竟是谁沿着走廊走来，他唯一能做的只有等待。

来人又是那名卫兵：“离力场远一点，”他吼道，“退回去，双手举在前面。”卫兵身边还站着一名军官。

拜伦向后退去，对方的神经鞭坚定不移地指着他。拜伦说：“跟你来的人不是阿拉特普。我要见行政官。”

那军官开口道：“假如吉尔布瑞特·欧思·亨芮亚德生病了，你不应该找行政官，你该找的是医生。”

力场降了下来，当开关切断时，还冒出些许暗淡的蓝色火花。那名军官走进来后，拜伦看到他的制服上绣着医疗队徽。

拜伦走到他面前：“好吧，你听我说。这艘战舰绝对不可跃迁，行政官是唯一能做主的人，所以我必须见他。你了解这点吗？你是一名军官，你可以叫醒他。”

医官伸出手臂想推开拜伦，却被拜伦猛力打退。他立刻发出厉声的吼叫，并说：“卫兵，把这个人带到外面去。”

卫兵向前走来，拜伦马上冲过去，两人一起重重摔倒。拜伦沿着卫兵的身体向上抓，先抓到他的肩膀，再抓住他握着神经鞭、正要发动攻击的那只手。

一时之间，两人扭在一起，保持一动不动的僵持状态。然后，拜伦眼角瞥见那医官的行动，他正跃过他们两人，想要按下警铃。

拜伦一只手仍用力抓着卫兵的手腕，另一只手及时伸出去，捉住医官的脚踝。卫兵眼看就要挣脱，医官则疯狂地踢他。拜伦使出浑身力气，两只手拼命抓住不放，颈部与太阳穴的血管都因此暴胀。

那医官终于摔倒，随即发出嘶哑的嚎叫。卫兵的神经鞭也掉到地板上，激起了一声巨响。

拜伦扑到神经鞭上打了个滚，随即用双膝与单手撑起身子，神经鞭已握在另一只手上。

“不准出声，”他喘着气说，“一点声音都不准，把其他武器通通丢掉。”

卫兵摇摇晃晃地站起来，将一柄镶有金属的塑质短棒丢到一旁。他的短袖紧身衣已被扯破，双眼射出愤恨的目光。那名医官则未携带任何武器。

拜伦捡起短棒，然后说：“抱歉，我没有东西捆绑你们，也根本没有时间。”

神经鞭闪出暗淡的光芒，一下、两下。卫兵与医官两人立刻僵住，痛苦万分却动弹不得，两人一前一后硬邦邦地倒下，手脚都扭曲成奇形怪状，这正是他们挨鞭前所摆的姿势。

拜伦转身面对吉尔布瑞特，后者正出神地默默看着这突兀的变化。

“抱歉，”拜伦说，“但你也一样，吉尔布瑞特。”神经鞭再度发射。吉尔布瑞特侧身倒下时，出神的表情依旧僵凝在他脸上。

力场仍未升起，拜伦顺利地走出去。走廊上没有任何人；现在是战舰的“夜晚”，除了值夜与巡逻人员，其他的人都在睡觉。

没时间去找阿拉特普了，他得直接前往轮机室。于是他立刻出发，当然，应该朝舰首方向走去。

一个穿着轮机员制服的人，匆匆经过他身边。

“下次跃迁是什么时候？”拜伦大声问道。

“大约半小时后。”轮机员转过头来回答。

“轮机室在正前方吗？”

“在坡道上面。”此时，那人突然转过身来，“你是谁？”

拜伦没有回答，神经鞭第四度射出闪光。他跃过地上的躯体继续前进，只剩半个小时了。

他快步走在坡道上的时候，便听见一些嘈杂的人声。前方的光线不再是暗淡的紫色，而是明亮的白光。他迟疑了一下，然后将神经鞭塞进口袋。那些人都很忙，不会有时间检查他。

他很快走进去。在巨大的质能转换器附近跑来跑去的人，个个看起来都像侏儒。轮机室挂满仪表，像是有十万只会说话的眼睛，让人一目了然。这艘战舰十分巨大，几乎跟大型太空客船同一等级，与拜伦熟悉的小型太暴巡弋舰有很大差异。在小型巡弋舰上，发动机几乎是全自动的，而这里的几台发动机足以提供整个城市的动力，自然需要许多人监控。

他来到一个围着栏杆、沿着轮机室四周绕行一圈的悬空走廊。在某个转角有一间小房间，里面有两个人用十指飞快地操作电脑。

他赶紧向那个方向前进，有许多轮机员经过他身边，却都未曾看他一眼。最后，他走进那扇门内。

操作电脑的两个人向他望去。

“什么事？”其中一人问道，“你来这里干什么？回到你的岗位去。”这个人戴着中尉的臂章。

拜伦道：“听我说，超原子线路已经短路，必须立刻修理。”

“慢着，”另一个人说，“我见过这个人，他就是俘虏之一。抓住他，蓝西。”

那人跳了起来，想从另一道门逃走。拜伦跃过办公桌，又跳过电脑，一把抓住那个主管的短袖衣腰带，把他向后拉回来。

“没错，”他说，“我是俘虏之一，我是维迪莫斯的拜伦。但我说的都是事实，超原子线路的确短路了。假如你不相信我，那就赶快派人检查。”

那名中尉望着指向自己的神经鞭，小心翼翼地说：“办不到，先生，没有值日官或行政官的命令，这是办不到的事。这表示要改变跃迁计算，使我们耽误好几个小时。”

“那么叫负责人来，叫行政官来。”

“我能使用通话器吗？”

“赶快。”

中尉伸手去取通话器的喇叭状话筒，却在半途猛然敲向桌缘的一排按钮，舰上各个角落立刻警铃大作。

拜伦的棒子来得太迟。它重重落在中尉手腕上，中尉连忙抽回手来，一面搓揉一面呻吟，可是警报讯号已经响了。

众多卫兵从各个入口出现，一举冲上悬空走廊。拜伦从控制室跑出来，用力关上门，前后看了看，便赶紧从栏杆往下跳。

他垂直下落，着地时双膝弯曲，随即滚向一旁。他尽可能快速翻滚，避免使自己成为活靶，但耳旁仍传来针枪发出的轻微“嘶嘶”声。最后，他滚到一台发动机旁。

他躲在发动机的弧形底部，低着头、弯着腰站起来，右腿感到针扎般的疼痛。此地与舰身非常接近，因此重力特别强，他又是从高处落下，膝盖严重扭伤。这表示他逃不了了。假如他要扭转局势，必须就在原地进行。

他高声叫道：“停止射击！我放下武器。”他从卫兵手中夺来的棒子与鞭子先后滚出来，双双滚向轮机室中央。谁都看得出来，它们再也无法发挥作用。

拜伦又吼道：“我来是要警告你们的。超原子线路已经短路，只要进行一次跃迁，我们全都会送命。我只要求你们检查一下发动机，假如我说错了，你们也许会损失几小时；但我要是说对了，你们便能救自己一命。”

有人叫道:“下去捉他。”

拜伦喊道:“你们宁愿拿性命打赌，也不愿听我的劝告吗?”

他听见许多谨慎的脚步声，便又向内退了一点。然后，上面响起轻微的响声，一名士兵顺着发动机滑下，他抱着发动机微温的表面，就像拥抱新娘一样。拜伦守株待兔，他仍能赤手空拳搏斗。

此时，上方突然传来说话声，穿透了巨大的轮机室每一个角落，音量高得很不自然:“回到你们的岗位，暂停跃迁准备，检查超原子线路。”

那是阿拉特普透过公众演说系统说的话。他又命令道:“带那个年轻人来见我。”

拜伦束手就擒，没做任何抵抗。两侧各有两名士兵抓住他，仿佛提防他随时可能的爆发。他试图勉强走得自然些，但仍然跛得很厉害。

阿拉特普衣衫不整，双眼看起来似乎跟平常不一样:失去光泽、目光僵滞、焦距不准。拜伦突然想起来，他平时都戴着隐形眼镜。

阿拉特普说:“你制造了一场不小的骚动，法瑞尔。”

“要拯救这艘战舰就必须如此。叫这些卫兵走开，只要你们肯检查发动机，我就不会再有什么行动。”

“他们得再待一会儿。至少，直到我接到轮机人员的报告为止。”

他们静静地等待，时间一分一秒慢慢过去。终于，亮着“轮机室”三个字上方的一圈毛玻璃，发出了红色的闪光。

阿拉特普按下开关:“开始报告!”

传来的声音利落而急促:“丙组超原子线路完全短路，正在抢修中。”

阿拉特普说:“重新计算跃迁，顺延六个小时。”

他转向拜伦，以泰然的口吻说:“你对了。”

他做了个手势，卫兵立刻敬礼、转身，然后一个接一个很有秩序地离去。

阿拉特普说:“请说说详细经过。”

“吉尔布瑞特·欧思·亨芮亚德待在轮机室的时候，想到让机件短路会是个好主意。他不该为这项行动负责，一定不能因此处罚他。”

阿拉特普点了点头:“多年来，没有人认为他该负什么责任，这件事将是你我之间的秘密。然而，我的好奇心被撩了起来，我想知道你为何要拯救这艘战舰。假如有个很好的理由，你绝不会贪生怕死，是吗?”

“根本没有任何理由，”拜伦说，“根本没有叛军世界。我已经告诉过你，现在我再重复一遍。林根就是革命活动的中心，这点已经证实了。我的目的只是要追捕杀父凶手，艾妲密西娅郡主只是要逃避一桩不情愿的婚事。至于吉尔布瑞特，他早就疯了。”

“独裁者却相信这颗神秘的行星的确存在，他明明给了我一组坐标!”

“他的信念建立在一个疯子的梦想上。二十年前，吉尔布瑞特梦想到一件事，独裁者便以它为根据，试图寻找那个梦想中的世界，结果总共算出五颗可能的恒星，这完全是无稽之谈。”

行政官又说:“可是有件事困扰着我。”

“什么事?”

“你花了太大的力气劝阻我。一旦我完成跃迁，我自己当然就能发现一切。如此想来，你们走投无路之下，并非没有可能由其中一人破坏战舰，然后另一个人出来解救，想要用这种迂回的方法，让我相信不必再找什么叛军世界。这样一来，我就会对自己说：假如真有这样一个世界，小法瑞尔必定会让这艘战舰气化，因为他是个年轻人，而且有足够的浪漫情怀，能为他心目中的壮烈行动英勇牺牲。既然他冒着生命的危险，阻止将要发生的惨剧，那就代表吉尔布瑞特疯了，根本没有什么叛军世界。而我便会立刻折返，不再继续探索下去。我这样说会不会太复杂了？”

“不会，我了解你的意思。”

“既然你拯救了我们的性命，在大汗的法庭中，你便会得到适度的减刑。你不但能保住性命，还能保住你的秘密。不，年轻的先生，我还不准备相信这么明显的事实，我们仍将进行跃迁。”

“我不反对。”拜伦道。

“你很有胆识，”阿拉特普说，“真可惜你不是我们的同胞。”他这样说颇有恭维之意。他继续说：“我们现在要带你回囚室去，并把力场升起来，这只是以防万一。”

拜伦点了点头。

他们回到囚室时，被拜伦打昏的卫兵已经不见了。不过那名医官还在，他正俯身检视仍不省人事的吉尔布瑞特。

阿拉特普说：“他仍旧昏迷不醒吗？”

听到他的声音，医官赶紧立定站好。“报告行政官，神经鞭的效应已经消退。可是这个人年纪大了，又处于身心俱疲的状况下，我不知道他能否恢复。”

拜伦感到恐惧感充斥全身，他不顾扭伤的疼痛，双脚跪在床前，伸出一只手轻按着吉尔布瑞特的肩头。

“吉尔。”他悄声唤道，同时以焦切的目光望着那张潮湿、苍白的脸孔。

“走开，你这家伙。”医官一面凶巴巴地吼着，一面从内层口袋掏出一个黑色诊疗袋。

“幸好皮下注射器没撞坏。”他喃喃抱怨道。然后他俯身凑向吉尔布瑞特，举起充满无色液体的注射器。等到针头深深扎了进去，针筒内管便自动下压。注射完毕后，医官将注射器丢到一旁，在场三个人便开始等待。

吉尔布瑞特的眼皮眨动几下，然后张了开。有好一阵子，他的眼睛只是茫然地张着。当他终于开口的时候，发出的声音则近乎耳语：“我看不见，拜伦，我看不见。”

拜伦再度俯身凑到他面前：“没有关系，吉尔，好好休息。”

“我不想休息。”他挣扎着要坐起来，“拜伦，他们什么时候跃迁？”

“快了，快了！”

“那么，留在我身边，我不想孤独地死去。”他的手指无力地抓着拜伦，但不久便松开，他的头同时向后垂下。

医官弯下腰看了看，随即站了起来。“我们的动作太迟，他已经死了。”

拜伦顿时热泪盈眶。“对不起，吉尔，”他说，“可是你不知道，你不了解。”另外两个人并未听见他在说什么。

接下来几个小时，拜伦感到万分难熬。阿拉特普拒绝让他参加太空葬礼，不过他也知道，在这艘战舰的某个角落，吉尔布瑞特的尸体将在分解炉中被轰成无数原子，然后排放到太空去，与稀疏的星际物质永远混在一起。

艾妲密西娅与亨瑞克一定会在场，他们会不会了解呢？她会不会了解，他做的只是他必须做的事？

医官曾为拜伦注射软骨质，它有助于加速韧带撕裂伤的复原。膝盖的疼痛已经几乎消失，但那毕竟只是肉体的痛楚，根本算不了什么。

体内突然出现一种异样的感觉，他知道这代表战舰已经完成跃迁。接着，最难熬的时刻来临了。

早先的时候，他感到自己的分析完全正确，一定错不了。可是万一他猜错了呢？万一他们现在来到叛军的大本营，那该怎么办？这个消息将火速传回太暴星，特遣舰队会立刻集结。如此他将含恨而逝，知道他原本能拯救叛军，却冒着生命危险破坏了那个机会。

在这段最黑暗的时光，他又想到了那份文件，那份他当初未能寻获的文件。

那份文件的热潮大起大落，显得十分诡异。它有时会被提及，又很快遭到遗忘。太暴人疯狂地、密集地寻找叛军世界，却完全不理会那份神秘失踪的文件。

这样做是否本末倒置？

拜伦突然间想到，阿拉特普竟以一艘战舰独闯叛军世界，他到底有什么自信？他敢以一艘战舰挑战一颗行星吗？

独裁者曾说，那份文件许多年前就不见了，可是它究竟落在了谁的手上？

说不定就是太暴人，他们可能已经得到那份文件。而它上面记载的秘密，足以让一艘战舰毁灭整个世界。

假如真是这样，那么叛军世界在哪里，甚至是否真正存在，又有什么关系呢？

时间一分一秒过去，阿拉特普终于走进囚室，拜伦赶紧站起来。

阿拉特普说：“我们抵达了那颗恒星的可能位置，那里果真有一颗恒星，独裁者给我们的坐标是正确的。”

“怎么样？”

“不过没必要再寻找什么行星，我的星际领航员告诉我，在不到一百万年前，那颗恒星曾经变成一颗新星。当时即使有什么行星，也都已经尽数毁灭。它现在是一颗白矮星，周围不可能有任何行星。”

拜伦说：“那么——”

阿拉特普说：“所以你是对的，根本就没有叛军世界。”

第二十二章

在那里！

阿拉特普即使再豁达，也无法完全扫除此时心中的遗憾。曾经有一阵子，他不再是他自己，而成了他父亲的化身。过去这几周，他也曾率领一支分遣舰队，向大汗的敌人英勇进军。

但在如今这个衰败的时代，本来可能存在叛军世界的地方，却什么也找不到。大汗再也没有任何敌人，再也没有世界需要征服。他只能继续担任一名行政官，注定只能抚平一些微不足道的麻烦，不可能再有更大的作为。

然而，遗憾是一种徒然的情绪，它没有任何实质帮助。

他说："所以你是对的，根本就没有叛军世界。"

他坐了下来，同时示意拜伦坐在另一张椅子上："我要跟你谈谈。"

年轻人以严肃的目光瞪着他。阿拉特普想起来，距离他们首次见面其实还不到一个月，这令他有点讶异。这个男孩现在长大了，远比一个月前成熟，而且也不再恐惧。阿拉特普暗自想道：我变得很颓废了。我们有多少人开始喜欢藩属世界的子民？又有多少人开始关心他们了？

他说："我准备释放执政者和他女儿。自然，这样做是一种政治智慧。事实上，就政治角度而言，这也是一个必然的结果。不过，我想现在就释放他们，将他们送回'无情号'。你愿不愿意担任他们的驾驶？"

拜伦说："你也要还我自由？"

"是的。"

"为什么？"

"你拯救了我的战舰，也拯救了我的性命。"

"我不信个人的感激会影响你对公事的决策。"

阿拉特普差点就要哈哈大笑，他实在喜欢这孩子："那么让我给你另一个理由。只要我还在追查一个反抗大汗的巨大阴谋，你就是一名危险人物。当那个巨大阴谋成了梦幻泡影，当我找到的只是一小撮林根匪徒，而且他们的首领已经伏法，这时你对我就不再构成威胁。事实上，不论是审判你，或是审判那些林根俘虏，两者都是危险的行动。

"审判必将在林根法庭举行，因此无法在我们完全的掌握中。审判时又必然会提到所谓的叛军世界，虽然它根本不存在，但在太暴的子民中，至少有一半会认为也许真有这回事，因为无风不起浪，事出必有因。这样一来，我们等于给他们一个团结起来的念头、一个革命的理由、一个对未来的希望。在本世纪结束前，太暴领域中的叛乱活动将不会平息。"

"那么你要将我们全部释放？"

"并非给你们绝对的自由，因为你们没有一个绝对忠诚。从今以后，我们将以自己的方式处理林根的问题，下届独裁者将发现自己被大汗管束得更紧。它将不再只是个联合势力，这样一来，就不一定要在林根的法庭审判林根的人民。跟这次的阴谋有牵连的人，包括已经落在我们手中那些，都会被放逐到接近太暴星的世界，在那里他们构成不了威胁。你自己则无法回到天雾星，也不必指望收回你的牧地。你将留在洛第亚，瑞尼特上校也一样。”

“够好了，”拜伦说，“可是艾妲密西娅郡主的婚事呢？”

“你希望它叫停？”

“你一定知道我们两人希望结合，你曾说过，也许有办法阻止那个太暴人。”

“当我那样说的时候，我其实是想达到某种目的。那句古老谚语是怎么说的？‘恋人与外交官的谎言都值得原谅。’”

“可是明明有办法，行政官。你只要对大汗指出，一个有权的廷臣想跟藩属世界的重要家族联姻，便有可能是受到野心驱策的结果。藩属世界的革命不一定得由野心勃勃的林根人领导，由野心勃勃的太暴人领导同样容易。”

阿拉特普这回真的大笑了起来。“你的推理方式跟我们真像，但这不会奏效。你想听听我的忠告吗？”

“什么样的忠告？”

“你自己娶她，尽快行动。在如今的情况下，这种事一旦成为既成事实，就很难再挽回了。我们会帮波汉再找个女人。”

拜伦犹豫了一下，然后伸出手来：“谢谢你，阁下。”

阿拉特普握住他的手：“反正，我对波汉也没什么特别的好感。话说回来，还有一件事你要牢记在心。不要被野心迷惑，你虽然娶了执政者的女儿，却绝不可能成为执政者，你不是我们要的那种人。”

阿拉特普望着显像板上逐渐缩小的“无情号”，对自己迅速做成的决定感到高兴。那个年轻人自由了，一道电讯已通过次以太传回太暴星。安多斯少校无疑将会气得中风，而在宫廷中，请求召回他这个行政官的人绝少不了。

假如有必要，他将亲自返回太暴星。他会设法面见大汗，让他听听自己的解释。将一切事实表明后，那位万王之王将明白地看出来，根本没有其他可能的解决方案，因此，他有办法击退任何敌人的联合攻击。他们已双双飞出星云。“无情号”现在成了一个小光点，群星逐渐包围在它四周，彼此几乎无法分辨。

瑞尼特望着显像板上逐渐缩小的太暴旗舰，说道：“所以那个人真放了我们！你知道吗，要是每个太暴人都像他一样，我不加入他们的舰队才有鬼。这不禁使我有点困惑，我对太暴人的德行有明确的概念，而他却不符合。你想现在他能听到我们说些什么吗？”

拜伦设定好自动操纵系统，在驾驶座上转过身来。“不，当然不能。他虽然还能像以前那样，经由超空间来追踪我们，但我想他无法以间谍波束进行监听。你应该记得，他刚抓到我们的时候，他对我们的一切了解，都只是他在那颗行星上窃听到的，没有超出那个范围。”

艾妲密西娅踏进驾驶舱，将手指放在嘴唇上：“别太大声，”她说，“我想我父亲正在睡觉。我们回到洛第亚要不了多久吧，对不对，拜伦？”

“我们能以一次跃迁完成，艾妲，阿拉特普已经帮我们计算好了。”

瑞尼特说：“我得去洗洗手。”

两人目送他离去，然后她就投入拜伦怀中。他轻吻着她的额头与双眼，当他的手臂收紧时，他吻到了她的樱唇。热吻持续了很长的时间，结束时两人都几乎窒息。她说：“我好爱你。”而他说：

“我对你的爱胜过千言万语。”接下来的对话同样了无新意，但两人心中同样感到十分甜蜜。

过了一会儿，拜伦说：“在我们着陆前，他会不会为我们主持婚礼？”

艾姮密西娅微微皱起眉头。“我试图向他解释，说他是执政者，又是这艘舰艇的舰长，而且这里根本没有太暴人。我也不知道他会不会，他相当心烦意乱，简直是六神无主，拜伦。等他休息够了，我会再去试试。”

拜伦轻声笑了笑：“别担心，他会被说服的。”

瑞尼特踏着重重的步伐回来。他说：“我希望我们还有那个拖厢，这里挤得甚至没法做深呼吸。”

拜伦说：“要不了几小时，我们便能回到洛第亚，我们很快就要进行跃迁。”

“我知道。”瑞尼特面露不悦之色，“而我们将待在洛第亚，直到老死为止。不是我在拼命抱怨，我很高兴我还活着，但这是个毫无意义的结局。”

“事情根本尚未结束。”拜伦轻声道。

瑞尼特抬起头来：“你是说我们能重新来过？不，我可不这么想。你也许可以，但我不能。我太老了，已经不能有什么作为。林根将被纳入太暴势力范围，而我再也见不到它。我想，这是令我最难过的一点。我生在那里，一辈子住在那里，到了其他地方我只能算半个人。你还年轻，你会忘掉天雾星。”

“母星并非生命中唯一重要的事，泰多。过去数世纪以来，我们最大的弱点就是无法认清这个事实。所有的行星，都是我们的母星。”

“也许吧，也许吧。如果曾有个叛军世界，啊，那么也许能这么说。”

“叛军世界的确存在，泰多。”

瑞尼特厉声道：“我可没心情开玩笑，拜伦。”

“我不是乱讲，的确有这样一个世界存在，我还知道它的位置。我在几周前就该知道，我们每个人都一样。一切事实俱在，一直在向我揭示，却始终徒劳无功。直到在第四颗恒星的行星上，当你我联手击败钟狄后，我才恍然大悟。你记不记得他站在那里，告诉我们说，要是没有他的帮助，我们永远无法找到第五颗恒星？你记得他说的那些话吗？”

“确切的字句？不记得。”

“我想我还记得，他说：‘平均每颗恒星占了七十立方光年的范围，若是没有我，仅仅使用尝试错误的方式，想来到任何恒星附近十亿英里的范围，只有二十五万兆分之一的几率。任何恒星！’就是在那一刻，我想，那些事实终于钻进我的脑海，我能感到那道灵光。”

“我心中则毫无灵光，”瑞尼特说，“请你稍作解释。”

艾妲密西娅说：“我想不通你是什么意思，拜伦。”

拜伦说：“你们难道看不出来，那么微乎其微的几率，正是理论上吉尔布瑞特应该遇到的？你们都记得他的故事：流星撞上战舰，令战舰的航向偏移，等它完成所有的跃迁后，竟然来到某恒星系的范围内。那种事根本是巧合中的巧合，简直令人无法置信。”

“那么，它就是个疯子说的故事，其实没有什么叛军世界。”

“除非在某种情况下，他抵达某个恒星系的几率并非低得难以置信，而这种情况的确存在。事实上，有那么一组条件，而且是唯一的一组，使他必定会抵达某个恒星系，因为那是必然的结果。”

“所以呢？”

“你该记得独裁者作的推论。吉尔布瑞特那艘战舰的发动机未受影响，因此超原子推力未曾改变，换句话说，也就是跃迁的总长度没有变化，改变的只是跃迁的方向。而在大到不可思议的星云中，仅有五颗恒星是可能的终点。像这样的解释，表面上看起来就很牵强。”

“但是还有什么其他可能呢？”

“哈，就是推力和方向都没发生变化。我们并没有真正的理由，假设航行的方向的确受到影响，那只是一项假设罢了。假如战舰仍循原来的路径航行呢？它原本就瞄准一个恒星系，因此最后来到那个恒星系，其间根本没有几率介入。”

“可是它瞄准的那个恒星系——”

“——就是洛第亚，所以他来到洛第亚。这会不会明显得难以理解？”

艾妲密西娅道：“但是这样一来，叛军世界必定在我家乡！那是不可能的。”

“为什么不可能？它就在洛第亚星系的某个角落。藏匿一样东西共有两种方式，你可以把它放在没人找得到的地方，比如说藏在马头星云内；但你也能把它放在没人想得到的地方，清清楚楚地摆在众人面前。

“想想吉尔布瑞特在叛军世界着陆后的际遇，他毫发无损地被送回洛第亚。根据他自己的理论，这是为了避免太暴人大规模搜索那艘战舰，因而过于接近那个世界。可他们为什么要让他活着？假如战舰送回来的时候，吉尔布瑞特死在上面，也能达到同样的目的，但吉尔布瑞特就没有泄露秘密的机会。他们没有那样做，而他最后果然泄露了秘密。

“这一点，也唯有假设叛军世界位于洛第亚星系才解释得通。

吉尔布瑞特是亨芮亚德家族的一员，除了洛第亚，还有哪里对亨芮亚德家族的生命那样尊重？”

艾妲密西娅激动得双手颤抖。“但你说的若是实情，拜伦，那么父亲正处于可怕的危险中。”

“而且历时已有二十年，”拜伦表示同意，“但或许并非你想象的那种情况。吉尔布瑞特曾经告诉我，装成一个半调子、一个没用的废物，是一件多么困难的事。为了做戏做到十足，甚至在朋友面前，甚至在独处的时候，也都不能摘下面具。当然，就这个可怜的家伙而言，他主要是演给自己看。他并未真正改变自己的生活，跟你在一起的时候，艾妲，他的真实自我很容易就跑出来。他也对独裁者露出过真面目，甚至跟我才刚相识，他就感到有必要以真面目见我。

“可是我想，过着百分之百做戏的生活仍有可能，只要你的理由足够重要。一个人甚至可能瞒骗亲生女儿一辈子，情愿眼睁睁看着她接受一桩可怕的婚姻，也不愿危及他努力一生的成果，因为那是建立在太暴人完全的信任上。他甘愿假扮近乎疯子的角色……”

艾妲密西娅终于能开口了，她以沙哑的声音说：“你绝不会是那个意思！”

“不可能再有别的意思，艾妲。他担任执政者已超过二十年，这段时期中，在太暴人的许可下，洛第亚的疆域不断扩充，因为他们对他放心。二十年来，他一直在组织起义的叛军，却没有受到他们的干预，因为他的无能看起来那么明显。”

“你是在猜测，拜伦，”瑞尼特说，“这种猜测和我们以前做的那些同样危险。”

拜伦说：“这不是猜测。我和钟狄在做最后一次讨论时，我曾经告诉他，谋害家父的叛徒是他，而不是执政者，因为家父绝不至于笨到那种程度，会将招致死罪的情报托付给执政者。不过事实上——当时我已经知道——那正是家父所做的事。吉尔布瑞特就是从窃听家父和执政者的讨论中，获悉了钟狄的秘密角色。除此之外，他没有别的途径能知道这件事。

“可是凡事总有正反两面，我们都认为家父当初为钟狄工作，去见执政者是为了争取他的支持。但还有一种同样可能的情形，甚至更可能的情形，就是他原本便为执政者工作，他在钟狄的组织中，担任的角色其实是叛军世界的特务，他的任务是预防林根过早发难，以免二十年的努力经营毁于一旦。这难道不能成立吗？

“当吉尔布瑞特让发动机短路后，我拼了命也要拯救阿拉特普的战舰，你们以为是为了什么？不是为我自己，那个时候，我无论如何想不到阿拉特普会释放我。甚至也不能算为了你，艾妲。我的目的是要拯救执政者，在我们这些人当中，他才是最重要的角色，可怜的吉尔布瑞特并不了解这点。”

瑞尼特连连摇头：“很抱歉，我就是无法相信这一切。”

此时，突然有另一个声音响起：“你还是相信的好，这是真的。”执政者站在舱门口，身形高大而目光严肃。刚才说话的就是他，但那又不太像他的话。那句话听来简捷有力，而且充满自信。

艾妲密西娅跑到他面前：“父亲！拜伦说……”

“我听到拜伦说了什么。”他以温柔的动作来回抚摸着她的秀发，“那都是真的，我甚至会让你的婚事如期举行。”

她连忙向后退去，几乎像是感到尴尬：“你的话听来好奇怪，听来简直好像……”

“好像我不是你的父亲，”他以悲伤的口吻说，“这不会持续太久的，艾妲。我们回到洛第亚后，我就会变回你所熟悉的我，而你必须接受这个事实。”

瑞尼特睁大眼睛瞪着他，平时红润的脸庞变得跟他的头发一般灰白，拜伦则屏住了气息。

亨瑞克说：“过来这里，拜伦。”

他将一只手放在拜伦的肩上：“过去曾有那么一次，年轻人，我准备牺牲你的性命。未来这种情况仍有可能发生，到那一天，我再也无法保护你们两人。除了扮演过去那个角色，我什么也不能做。你了解这点吗？”

每个人都点了点头。

“不幸的是，”亨瑞克又说，“危害已经造成了。二十年前，我不像今天这样，对我扮演的角色如此坚定。当初我应该下令杀死吉尔布瑞特，可是我做不到。因为我的一念之仁，现在许多人都知道有个叛军世界，而我是它的领导者。”

“只有我们知道而已。”拜伦说。

亨瑞克露出苦笑：“你会这样想，是因为你还年轻。你认为阿拉特普不如你聪明吗？你推论出叛军世界的位置和领导者，所根据的事实他全知道，而他的推理能力绝不在你之下。唯一的差别是他较年长，较谨慎，而且担负的责任重大，所以必须百分之百确定。

“你以为他释放你，是因为感情用事吗？我相信你如今获得自由，跟你上回获得自由的原因完全一样。这只是放长线钓大鱼，想通过你而找到我。”

拜伦面如死灰。“那我必须离开洛第亚？”

“不，那样才会要命。除了真正的原因，你似乎没有理由离去。留在我身边，他们始终会捉摸不定。我的筹划即将完成，大概再一年吧，或许更短。”

“可是执政者，还有些您也许不清楚的因素。有那么一份文件……”

“令尊当初寻找的那份文件？”

“是的。”

“亲爱的孩子，令尊并不知道全部内情，让任何人掌握一切事实都是危险的事。老牧主独自在我的图书馆里，从相关资料中发现那份文件的存在，这点令我十分佩服，而他也看出了它的重要性。但他若能先跟我商量一下，我就会告诉他，那份文件早已不在地球上。”

“正是如此，阁下，我确定它落到太暴人手中。”

“当然不是这样，因为它在我这里，我已经保存了二十年。叛军世界便是它催生的，因为直到我得到这份文件，我才知道当我们胜利后，我们能永保胜利的果实。”

“那么，它是一种武器喽？”

“它是宇宙间最具威力的武器，会毁灭太暴人，也能将我们一并毁灭。但它能拯救星云众王国。没有它的话，我们或许仍能击败太暴人，却无法改变封建专制政体；正如我们密谋推翻太暴人一样，也将有人密谋推翻我们。我们和他们，都得送进过时政体的垃圾桶中。如今时机已经成熟，就像当年在地球上那样，我们将有一个新型的政府，一种在银河中从未尝试的形式。从此再也没有大汗，也没有独裁者、执政者或牧主。”

“看在太空的份上，”瑞尼特突然吼道，“那还剩下什么？”

“人民。”

“人民？他们怎能治理政府？必须有某个人做出决策。”

“有办法解决的。我掌握的那个蓝图，原本是为一颗行星的一小部分地区设计的，但它不难推广到整个银河。”

执政者微微一笑，“来吧，孩子们，还是让我为你们主持婚礼吧。现在，这样做不会再有什么害处。”

拜伦紧紧握着艾妲密西娅的手，她则对他露出浅浅的笑容。此时，“无情号”进行了事先计算好的单一跃迁，众人体内都生出一阵异样的感觉。

拜伦说：“在您开始前，阁下，能否对我说说您提到的那个蓝图？我的好奇心满足后，才能把心思专注在艾妲身上。”

艾妲密西娅笑出声来，她说：“你最好那样做，父亲，我可受不了一个心不在焉的新郎。”

亨瑞克微微一笑。“我将那份文件谨记在心，听好了。”

当洛第亚之阳在显像板闪闪发光之际，亨瑞克开始背诵那些古老的字句。在整个银河中，只有一颗行星的历史比这些字句更为古老。

“我们合众国的人民，为了形成更完善的联邦，树立公义，确保境内安宁，提供共同防卫，增进大众福祉，保障我们及后世子孙永享自由，特此制定并确立这部《美利坚合众国宪法》……”

后　记

《繁星若尘》的创作与首度发表，都是早在一九五〇年的事。在那个时代，我们对行星大气知道得不如今天这样多。在第十七章中，我描述一颗没有生命的行星，它的大气层含有氮与氧，却独缺二氧化碳。现在我们似乎可以肯定，一个没有生命的“地型”世界（像地球这种由岩石构成的小型行星，与它的恒星距离相当近），如果拥有大气层，它可以没有氧气，而只有氮气与二氧化碳。

若想对第十七章做适当的修改，我必须重写本书很大一部分。因此我请各位读者不要追究，姑且根据本书的逻辑来欣赏（假设您的确欣赏）这个故事。

艾萨克·阿西莫夫

读客®

科幻文库

跟着读客读科幻，经典科幻全看遍

太空歌剧、赛博朋克、奇幻史诗……

中国、美国、英国、俄罗斯、波兰、加拿大、日本、牙买加……

读客汇聚雨果奖、星云奖、轨迹奖获奖作品

精挑细选顶尖的科幻奇幻经典

陪伴读者一起探索人类文明的过去、现在和未来

亿亿万万年，直至宇宙尽头

阿西莫夫
银河帝国系列

基地系列

银河帝国：基地（Foundation）

银河帝国2：基地与帝国（Foundation and Empire）

银河帝国3：第二基地（Second Foundation）

银河帝国4：基地前奏（Prelude to Foundation）

银河帝国5：迈向基地（Forward the Foundation）

银河帝国6：基地边缘（Foundation's Edge）

银河帝国7：基地与地球（Foundation and Earth）

机器人系列

银河帝国8：我，机器人（I, Robot）

银河帝国9：钢穴（The Caves of Steel）

银河帝国10：裸阳（The Naked Sun）

银河帝国11：曙光中的机器人（The Robots of Dawn）

银河帝国12：机器人与帝国（Robots and Empire）

帝国系列

银河帝国13：繁星若尘（The Stars, Like Dust）

银河帝国14：星空暗流（The Currents of Space）

银河帝国15：苍穹一粟（Pebble in the Sky）

图书在版编目（CIP）数据

繁星若尘 /（美）阿西莫夫 (Asimov,I.) 著 ; 叶李华译 . -- 南京 : 江苏凤凰文艺出版社 , 2015（2023.3 重印）
（银河帝国 . 帝国三部曲）
书名原文 : The Stars, Like Dust
ISBN 978-7-5399-8334-9

Ⅰ . ①繁… Ⅱ . ①阿… ②叶… Ⅲ . ①长篇小说 - 美国 - 现代 Ⅳ . ① I712.45

中国版本图书馆 CIP 数据核字 (2015) 第 096926 号

繁星若尘

［美］艾萨克 · 阿西莫夫 著　　叶李华 译

责任编辑　丁小卉
特约编辑　杨菊蓉　许姗姗
封面设计　李子琪
责任印制　刘　巍
出版发行　江苏凤凰文艺出版社
　　　　　南京市中央路 165 号，邮编：210009
网　　址　http://www.jswenyi.com
印　　刷　三河市龙大印装有限公司
开　　本　890 毫米 ×1270 毫米　1/32
印　　张　8
字　　数　184 千字
版　　次　2015 年 9 月第 1 版
印　　次　2023 年 3 月第 35 次印刷
标准书号　ISBN 978 - 7 - 5399 - 8334 - 9
定　　价　140.00 元（全 3 册）

江苏凤凰文艺版图书凡印刷、装订错误，可向出版社调换，联系电话：010-87681002。